陆游文研究

倪海权 著

中国社会科学出版社

图书在版编目（CIP）数据

陆游文研究／倪海权著.—北京：中国社会科学出版社，2018.8
ISBN 978 – 7 – 5203 – 3116 – 6

Ⅰ.①陆…　Ⅱ.①倪…　Ⅲ.①陆游（1125 – 1210）—文学研究
Ⅳ.①I206.2

中国版本图书馆 CIP 数据核字（2018）第 204734 号

出 版 人	赵剑英
责任编辑	顾世宝
责任校对	杨　林
责任印制	戴　宽

出　　版	中国社会科学出版社
社　　址	北京鼓楼西大街甲 158 号
邮　　编	100720
网　　址	http://www.csspw.cn
发 行 部	010 – 84083685
门 市 部	010 – 84029450
经　　销	新华书店及其他书店

印刷装订	北京君升印刷有限公司
版　　次	2018 年 8 月第 1 版
印　　次	2018 年 8 月第 1 次印刷

开　　本	710×1000　1/16
印　　张	14.5
插　　页	2
字　　数	208 千字
定　　价	58.00 元

序　言

邹进先

陆游是中国古代文学史上诗文兼擅而又多产的大作家，是南宋文学中兴之冠。杜思恭谓其"文章翰墨，凌跨前辈，为一世标准"，这里的"文章翰墨"，当然是包括诗文两方面的。

"六十年间万首诗"，陆游的诗流传至今的尚有九千四百多首。《唐宋诗醇》谓"其感慨悲愤、忠君爱国之诚，一寓之诗，酒酣耳热，跌宕淋漓。至于渔舟樵径，茶碗炉熏，或阴或晴，一草一木，莫不著为歌咏，以寄其意"。忧国念时的主调，渴望跃马杀敌、恢复中原的英雄精神，恢宏雄放的格调，作为陆诗的精华和灵魂，感动着一代又一代中国人。

陆游还是南宋文章大手笔，一生写了八百多篇文章，内容繁富，诸体皆备，文辞超迈，高华朗畅，《会稽续志》谓其"志铭记序之文，皆深造三昧，尤熟知先朝典故沿革，人物出处，以故声名震耀当世"。钱锺书《管锥编》云："陆氏古文，仅亚于诗，亦南宋一高手，足与叶适、陈傅良骖靳。"对于陆游的文，后世显然重视不够。近代以来，一般文学史关于陆游的章节，笔墨集中于他的诗歌成就，对他的文章往往一笔带过，甚至只字不提。朱东润在《陆游研究》中说："南宋时代，陆游和朱熹同称为当时的古文作家，有人甚至认为他的散文是南宋第一。平心而论，陆游的散文和唐宋八大家比较，远在苏洵、苏辙之上，明人茅坤选《八大家文钞》，不录朱熹、陆游，所见不可谓不偏，后代对陆游散文的注意不够，可能正由于此。"近些年来，这种情形有所改变，出现了一些关于陆游散文的研究论文，但是还没有对陆游散文做系统全面研究的论著。海权的这本书，是填补这一空白的学术专著。

作者将陆游文章按序跋、书启、杂记、笔记、史传、碑志、颂赞、辞赋等类别，进行了深入具体的论析。全书紧紧抓住陆游散文的最根本的特点，即其经世之意，"陆游生活的南宋时期是民族危机空前的时代，他的文章中对于国家前途命运的思考以及民生疾苦的关注，表现了强烈的经世之意。他一生以恢复中原国家统一为己任，恢复之志是陆游文中最有个性的东西，也是经世之意最突出的表现"，"这使得陆游文在立意方面以高远的意境超过同时代的很多同类作品，与那些整日困在书斋中不问世事者的文章绝不相埒"。在具体论述上，作者从陆游各类文章的实际出发，分析其中经世之意的具体内容和表现特点，如序跋部分论其对社会时事的强烈关注；书启部分论其论政、论学之作指摘时弊、寄意恢复的特点；杂记部分论其状物写景"多征古迹"，记事记人"兼及朝章"；笔记部分论《老学庵笔记》的史料价值；史传部分论《南唐书》的经世之意，等等，都是围绕陆游的志士身份和志士之文的本质特征展开而贯散成统的。

本书是对陆游散文的文学研究，自然应立足于文学本体。作者一方面着眼于一般文学的特征诸如审美、情感、想象等；另一方面，更注意散文作品本身的艺术特征，即审美观照和理性思考相结合，深入抉发陆游散文的文学特质和文学价值。王水照先生曾指出："文学以形象地反映生活为特性，散文的艺术性即文学性，主要表现在形象性和抒情性上，自不待言；但是，从我国古代散文历史形成的具体特点出发，似不宜把散文的艺术性理解得太窄。我国古代文论家强调文章的神理、气味、格律、声色，强调结构、剪裁、用笔、用字，强调间架、枢纽、脉络、眼目等等，对于述意、状物、表情都是极其重要的手段，理应属于艺术性的范围。"海权在论述陆游散文的艺术成就时，注意各体散文的基本文体特征，注意中国古代散文在历史发展过程中形成的基本特点和语言形式，因而其观照视野、思考重点与论析方法就避免了偏狭、空泛与肤廓，思考细致而深入，写得具体而扎实，体现了良好的学风。

此书标志海权中国古代文学研究的开端。他人年轻，路正长，学术进境未可限量，更多的学术成果可期待于异日，我相信。

2018 年 6 月于哈尔滨

目　　录

前　言

　　南宋的陆游是一位诗文兼擅的作家，对自己的文章非常重视，"以诗文自许"①。他晚年致力于《渭南文集》的编纂，从命名、体例到次序均按照他本人之意而定。他特意强调诗文有别，应单独编集："《剑南》乃诗家事，不可施于文，故别名《渭南》。"他唯恐《入蜀记》散佚，特意叮嘱幼子陆子遹仿效庐陵所刊欧阳修集例，将其附于集后②。

　　陆游一生博览群书，善于思考，孜孜以求，创作丰富，其文章数量颇为可观，流传至今的③主要有《渭南文集》五十卷（包括《天彭牡丹谱》一卷、《入蜀记》六卷）、《放翁逸稿》二卷、《老学庵笔记》十卷、《老学庵续笔记》二卷、《家世旧闻》二卷、《南唐书》十八卷、《高宗圣政草》一卷、《感知录》一卷、《斋居纪事》、《放翁家训》、《避暑漫抄》。即以《渭南文集》及后人辑佚所得的单篇文而论，陆游文尚有 820 篇④。这个数量，置于唐宋八大家中亦名列前茅⑤。

---

　　①　（明）唐锦：《龙江梦余录》，明弘治刊本。
　　②　陆子遹：《渭南文集原序》，《陆游集》第五册，中华书局 1976 年版，第 2491 页。
　　③　陆游散佚的文集主要有《山阴诗话》一卷、《会稽志》二十卷、《陆氏续集验方》二卷、《孝宗实录》五百卷（与傅伯寿同修）、《光宗实录》一百卷（与傅伯寿同修）、《禾谱》。
　　④　其中，《渭南文集》收 764 篇，明人毛晋《放翁逸稿》收 9 篇，今人孔凡礼辑佚 41 篇，《全宋文》辑佚 6 篇。
　　⑤　据杨庆存统计，唐宋八大家文数量如下：韩愈 361 篇，柳宗元 522 篇，欧阳修 2416 篇，苏洵 106 篇，王安石 1332 篇，曾巩 799 篇（包括辑佚），苏轼 4349 篇，苏辙 1220 篇。见《宋代散文研究》一书所列表格，人民文学出版社 2002 年版，第 57—58 页。陆游文数量在八大家中排名第五，仅次于欧阳修、王安石、苏轼和苏辙。

时人和后人对陆游的文章评价极高。在陆游生前，其文名便广为流传，所谓"身老空山，文传海外"①"四海文章陆放翁"②。时人杜思恭说他"文章翰墨，凌跨前辈，为一世标准"③。明人祝允明称其"文笔简健，有良史风"，"为中兴大家"④。近人陈康黼评其文"高华朗畅，有大家风"⑤。

然而，陆游在文章创作领域的成就历来所受关注和重视却远远不够。一般文学史著作在论述陆游时，将笔墨集中于诗歌创作成就，对于他的文章往往一笔带过，甚至只字不提。造成这种局面主要有以下两个方面的原因：

第一，文名为其巨大的诗名所掩。陆游在中国诗歌史上可谓是一个声名赫赫的人物。他是中国古代写诗数量最多的一位诗人，素有"诗王"之称；他被认为是有宋一代诗人中最似李白的诗人，有"小太白"之美誉⑥；他被认为是继杜甫和李商隐之后律诗写得最好的诗人⑦；他与北宋的苏轼齐名，并称"苏陆"；他在"中兴四大诗人"中独占鳌头，被评为"中兴之冠"⑧；他被学者称为最爱国的诗人⑨。巨大的诗歌光环掩盖了陆

---

① 《渭南文集》卷二十二《放翁自赞》其二，本文所引陆文皆依中华书局 1978 年《陆游集》点校本，以下亦同，且只标明卷数，不备注。

② （宋）杜旟：《陆务观赴召》，《癖斋小集》，读画斋重刊本《南宋群贤小集》。

③ 《广西通志》卷二百二十四引杜思恭《题跋一则》。

④ 《书新本渭南集后》，四部丛刊本《渭南文集》附录。

⑤ 陈康黼：《古今文派述略》，载王水照主编《历代文话》，复旦大学出版社 2007 年版，第 8168 页。

⑥ （宋）罗大经：《鹤林玉露》卷四："陆务观，农师之孙，有诗名。寿皇尝谓周益公曰：'今世诗人亦有如李太白者乎？'益公因荐务观，由是擢用，赐出身为南宫舍人。"钱锺书曰："放翁颇欲以'学力'为太白飞仙语，每对酒当歌，豪放飘逸……而有宋一代中，要为学太白最似者。"《谈艺录》（补订本），中华书局 1984 年版，第 125 页。

⑦ （清）舒位《瓶水斋诗话》："尝论七律至杜少陵而始盛且备，为一变；李义山瓣香于杜而易其面目，为一变；至宋陆放翁，专工此体，而集其成，为一变；凡三变，而他家之为是体者，不能出其范围矣。"

⑧ （宋）陈振孙：《直斋书录解题》卷十八，徐小蛮、顾美华点校，上海古籍出版社 1987 年版，第 541 页。

⑨ 朱自清：《爱国诗》："过去的诗人里，也许只有他才配称为爱国诗人。"《朱自清选集》，人民文学出版社 2004 年版，第 205 页。钱锺书《宋诗选注》："爱国情绪饱和在陆游的整个生命里，洋溢在他的全部作品里。"人民文学出版社 1989 年版，第 171—172 页。

游的文名，使人们在研究陆游时，将注意力集中于他的诗歌成就。因此，在一般人的印象中，陆游的身份主要是诗人。

第二，"唐宋八大家"古文传统的遮蔽以及宋文研究领域"重北轻南"的研究格局的传统偏颇。朱东润先生曾指明陆游文不被重视的原因即在于研究者过度重视"名家"："茅坤选《八大家文钞》，不录朱熹、陆游，所见不可谓不偏，后代对于陆游散文的注意不够，可能正由于此。"① 明人茅坤编选《唐宋八大家文钞》，标举"唐宋八大家"的古文传统，奠定了八大家古文正宗的统治地位，对后代散文产生了积极而深远的影响。八大家中的宋六家均为北宋时欧阳修倡导的诗文革新运动的代表作家，由于过分重视名家，导致南宋一些散文大家被遮蔽于宋六家的光环之中，宋文研究领域形成了"重北轻南"的失衡格局。如影响颇大的古文选本《古文辞类纂》和《古文观止》，南宋文竟一篇也不入选，可谓失之偏颇。

实际上，南宋文在孝宗隆兴初（1163）至宁宗嘉定末（1224）六十年间，是一个大家辈出的"中兴期"。元人虞集云："乾、淳之间，东南文士相闻而起者，何啻十数……文运随时，而中兴概可见矣。"② 王十朋、陆九渊、陈亮、朱熹、陈傅良、周必大、杨万里、范成大、辛弃疾、叶适等，均个性突出且成就斐然。王水照先生指出："南渡前后徽宗、钦宗及高宗三朝六十余年，由于党禁、靖康之变和南渡等内忧外患，宋文的发展陷入低潮。至孝宗朝，北宋欧苏之文的典范地位得到确认，元祐法度影响既远且深。其时名家众多，各体兼备，文论勃兴，是南宋散文发展的高潮时期。"③ 陆游作为这个时期宋文的代表作家，体现着南宋文的最高成就。

陆游文的研究已取得了一定成就。20 世纪六七十年代，朱东润先生

---

① 朱东润：《陆游的散文》，《陆游研究》，中华书局 1961 年版，第 171 页。
② 《庐陵刘桂隐存稿序》，《四库全书》本。
③ 王水照、熊海英主编：《南宋文学史》第二章《中兴之局与文学高潮》，人民出版社 2009 年版，第 98 页。

在《陆游的散文》（1961）中高扬陆游在南宋文坛的地位，对陆游文进行了简要的介绍与论析，虽篇幅不长，但时见精到的论断。在《陆游选集》（1979）的序言中高标陆游文的成就远在八大家中的苏洵、苏辙之上①。该书共收录 45 篇单篇文，其精要的简析颇具启发意义。新时期以来，有些文章在陆游文的一些具体问题上作出了论析。徐志啸《论陆游的散文》② 从文体入手着重论述了陆游散文的成就与风格，将陆游与苏洵、苏辙、王安石和曾巩作概括比较，认为陆游文成就不在四家之下。王立群《〈入蜀记〉：向文化认同意识的倾斜》③ 将《入蜀记》视作文化型游记的典型，从文化角度论证了《入蜀记》的独特风貌。莫砺锋《读陆游〈入蜀记〉札记》④ 从文学、文献和文学史等角度论述了《入蜀记》的价值，将《入蜀记》与入蜀诗作比较分析，尤其具有启发意义。张福勋《〈老学庵笔记〉中的诗论》⑤ 将《老学庵笔记》中的诗论，加以爬梳和类辑，将其放在陆游整个文艺思想中加以考察，分七个方面详尽论证，是较为全面和系统的。2009 年出版的王水照主编的《南宋文学史》，关于陆游文的篇幅已由一般文学史著作的几十字增至上千字，显示出陆游文的成就与地位已日益引起学界的重视。

但就总体而言，目前国内外对陆游文的研究尚属薄弱，缺乏系统全面的综合研究。在基本文献和资料方面，陆游文集多为标点本和影印本，缺乏较为精审详赡的笺注本。《陆游资料汇编》所录陆游评价资料以诗为主，关于文的评价资料漏收不少。目前，专门研究陆游文的专著尚付阙如。自 1980 年至今三十年间在各种学术期刊上发表的论文五十余篇，数量虽不算少，但重复现象比较严重，总体水平不高。学界目前对陆游文缺乏总体观照，有些重要方面还没有涉及。关键是缺乏从文体本身出发

---

① 朱东润：《陆游选集·序》，上海古籍出版社 1979 年版，第 7 页。
② 载《青大师院学报》1996 年第 1 期。
③ 载《河南大学学报》（哲学社会科学版）1987 年第 5 期。
④ 载《文学遗产》2005 年第 3 期。
⑤ 载《包头教育学院学报》1983 年第 1 期。

立足于文学本位的深入研究。朱仲玉《陆游的史学成就》① 从撰写目的、编撰体例和材料来源三个方面论述了《南唐书》的史学成就，但对陆游的史识、史才和史笔缺乏必要的观照和论述。欧明俊《陆游散文研究》② 从赋体文、记体文和题跋文三个方面论述了陆游文，作者将着眼点放在思想情感方面而略于艺术方面的阐释。关于陆游文的地位，多是结论性的一般论断，缺乏在纵横比较的基础上，将陆游文置于文学史的宏观背景中深入考察进而作出准确定位。本书立足于文学本位，以审美观照和理性思考相结合的方式，深入抉发陆游文的文学特质和价值，最终归依于文学研究。本书立足于文学研究，一方面着眼于一般文学的特征诸如审美、情感、想象等；另一方面也注重文本身的艺术特征。对此，王水照先生指出："文学以形象地反映生活为特性，散文的艺术性即文学性，主要表现在形象性和抒情性上，自不待言；但是，从我国古代散文历史形成的具体特点出发，似不宜把散文艺术性理解得太窄。我国古代文论家强调文章的神理、气味、格律、声色，强调结构、剪裁、用笔、用字，强调间架、枢纽、脉络、眼目等等，对于述意、状物、表情都是极其重要的手段，理应属于艺术性的范围。"③

清人杨大鹤在《剑南诗钞序》中写道："放翁非诗人也……酒旗鼓，笔刀槊，一饭不忘，没齿不二，临绝《示儿》，使人泪如雨下；此为放翁不可夺之志。论其世，知其人，考其志，以放翁为诗人而已可乎？知放翁之不为诗人，乃可以论放翁之诗。"陆游当然不只是一位诗人，更不只是一位吟风弄月的诗人，而是一位终生以杀敌报国恢复中原为己任的爱国志士。清人卢世㴶云："君忆山阴陆放翁，眼穿梦断九州同。可怜数斛英雄血，泼向雕虫汗简中。"④ 梁启超云："恨煞南朝道学盛，缚将奇士作诗人"，"集中十九从军乐，亘古男儿一放翁"⑤。陆游本人往往以管仲、

① 载《浙江学刊》1983 年第 4 期。
② 见欧明俊《陆游研究》第五章，上海三联书店 2007 年版。
③ 《曾巩及其散文的评价问题》，《复旦学报》（社会科学版）1984 年第 4 期。
④ 《尊水园集略》补遗《酬茅止生》，清顺治刊本。
⑤ 《饮冰室文集》卷四十五（下）《读陆放翁集》其五、其一。

诸葛亮、刘琨自比，是一位胸怀大志的爱国志士。陆游文是典型的志士之文，据史料记载："（陆游）天资慷慨，喜任侠，常以踞鞍草檄自任。且好结中原豪杰以灭敌，自商贾仙释诗人剑客，无不遍交。"① "踞鞍草檄自任"，表明了陆游对写文章的态度，以战士自命的他在创作时追求文章的战斗力。程千帆先生说："（陆游）更其值得我们效法和称颂的，还在于他对祖国对人民的至死不渝的忠诚，以及燃烧在内心深处的永不熄灭的战斗精神。就这一点上来说，陆游首先是一个战斗者……陆游的诗，也正是一位奇材绝识之士被压抑的精气所铸成的。只有理解到这一点，我们才能从他极其繁富的创作中把握住他最主要的精神。"② 对于陆游之文亦当如此。陆游虽然不能到战场上书写战斗檄文，却转而以写战斗檄文的双手书写与战斗檄文一样的文章。由此构成了他相当一部分文章充满锋芒、是非分明、识见敏锐的特点。

陆游文具有强烈的经世之意。陆游生活的南宋前期是民族危机空前严重的时代，他的文章对于国家前途命运的思考以及民生疾苦的关注，表现出强烈的经世致用之意。他一生以恢复中原为己任，恢复之志是陆游文中最有个性的东西，也是经世之意最突出的表现。恢复中原的时代主题，在其文中的表现虽然不如诗中那样充满激情，但亦得到朗畅的表达，它广泛体现于陆游的各种文体之中并且如诗中一样集中而持久。这使得陆游文在立意方面以高远的意境超过同时代的很多同类作品，与那些整日困在书斋中不问世事者的文章绝不相埒。

陆游是宋型文化的典型人物，他是一位热爱读书、学识渊博、善于思考、勤于著述的学者。他曾自述勤学经历与学术积累，"某小人，生无他长，不幸束发有文字之愚，自上世遗文，先秦古书，昼读夜思，开山破荒，以求圣贤致意处……自《六经》、《左氏》、《离骚》以来，历历分明，皆可指数"（《文集》卷十三《上执政书》）。广博学识为陆游文章创

---

① （宋）叶绍翁：《四朝见闻录·乙集》，沈锡林、冯惠民点校本，中华书局 1989 年版，第 65 页。明人唐锦《龙江梦余录》中所载与此相似而稍略。
② 程千帆、吴新雷：《两宋文学史》，上海古籍出版社 1991 年版，第 321—322 页。

作提供了深厚的知识基础和深邃的目光识见。

陆游既注重文章干预现实的战斗作用，又重视文章的文采。在文派林立的南宋文坛上，陆游不属于任何派别，他以自己的不懈努力和勤奋创作而自成一家。陆游文既没有道学家的空疏，也没有词苑翰臣的板滞，也不像事功派重议论而轻文采。总体而言，陆游文以言志见长，呈现出题材广泛、立意高远、识见卓异、情感浓郁、文体多样、风格朗畅、文采飞扬的鲜明特征。

齐治平指出："大抵陆文爱'放笔为直干'，所以不能雄深，只有雅健。然而他用字非常准确，修词极为洗练，结构又整饬明晰，所以他的散文在所谓古文中也是别具一格的。他既不象有的古文那样貌为高古，诘屈聱牙；也不象有的古文那样玩弄腔调，摇曳作态。他的散文也和他的诗一样，'清空一气，明白如话'，是极合语言的自然，极其平易近人的。"① 这种文从字顺、行云流水的散文，显然更切合实用，也更容易为作者和读者所接受。

陆游文以深沉的爱国情怀赢得了后世许多读者的青睐和认可，尤其是到近代民族危亡的关键时刻，陆游的这类作品更是大放异彩。但四库馆臣对陆游文的评价，却与其宋文大家的地位明显不符："游以诗名一代，而文不甚著。集中诸作，边幅颇狭。然元祐党家世承文献，遣词命意，尚有北宋典型，故根柢不必其深厚，而修洁有余，波澜不必其壮阔，而尺寸不失。士龙清省，庶乎近之，较南宋末流，以鄙俚为真切，以庸沓为详尽者，有云泥之别矣。"② 这一评价，总体而言是不高的。说陆游文"修洁有余""尺寸不失"，与南宋末流之鄙俚庸沓有云泥之别，这是符合实际的。"清省"一词，语出陆云《与兄平原书》："云今意视文，乃好清省"③，后来刘勰也以此评价陆云文："士衡才优，而缀辞尤繁；士

---

① 齐治平：《陆游传论》，岳麓书社 1984 年版，第 163 页。
② （清）纪昀等撰，四库全书研究所整理：《钦定四库全书总目》（整理本），中华书局 1997 年版，第 2143 页。
③ （晋）陆云：《陆云集》卷八，黄葵点校，中华书局 1988 年版，第 138 页。

龙思劣,而雅好清省。"① 所谓"清省"乃是指与繁缛相对的简净的语言风格。说陆游文与其"庶乎近之",大抵也是正确的。但说陆游文"边幅颇狭",若指其文中缺少鸿篇巨制的策论之类尚可;若指其文的立意和境界不高,则显然是错误的。陆游文的立意和境界主要来自对恢复中原的呼唤与追求,在具体表达时往往渗透着深沉的民族意识。这或许是四库馆臣贬低陆游文的重要原因。

朱东润先生说:"爱国的感情,在陆游的诗里,得到充分的抒写;同样在他的散文里,也得到畅达的叙述。"② 爱国情感是陆游诗文中最有价值的组成部分,而更多的,在陆游文中呈现的是一位与诗中不一样的陆游形象。他的知识结构、文化抱负、思想识见、胸怀理想、人生思考、情感意志等在其文中有着更为全面和深入的体现。立足于陆游研究的整体观,加强针对陆游文的全面深入的研究,对于全面认识陆游以及认识宋代散文史是有重要价值的。本书一则立足于陆游志士之文的本质特征,二则归依于文学本位的文学研究,对陆游文进行初步研究。本人才疏学浅,至于能否搔到痒处,尚祈专家学者不吝赐教。

---

① (南朝梁)刘勰著,范文澜注:《文心雕龙注》,人民文学出版社 1958 年版,第 544 页。
② 朱东润:《陆游的散文》,《陆游研究》,中华书局 1961 年版,第 176 页。

第一章　陆游的生平和思想

陆游（1125—1210），字务观，号放翁，越州山阴（今浙江绍兴）人。他生于北宋灭亡前两年，卒于蒙古族崛起于北方草原之时。他一生经历了徽宗、钦宗、高宗、孝宗、光宗和宁宗六朝，八十五年的人生历程使他成为南宋前期历史的见证人。本章本着知人论世的原则，简要描述陆游的生平与时代，论述陆游的心态和思想，以期对陆游其人有一个基本的把握。

一　陆游的生平

陆游生于宋徽宗宣和七年（1125），其时的北宋王朝危机四伏，皇帝昏庸，奸臣当道，农民起义风起云涌，女真声势日隆虎视眈眈。两年后，发生"靖康之变"，北宋亡国。康王赵构在群臣的拥戴下，在南京（今河南商丘）登基，改元"建炎"，建立了南宋政权。南渡士人以极高的政治热情参与了新生政权的政治重建，士人分为主战派和主和派两大阵营，党争的焦点在于主战还是主和、恢复中原还是偏安江左。然而南宋的开国之君高宗赵构并不是一个雄才大略的有为之主，他因患有严重的"恐金症"而对金人闻风丧胆。因此，他统治的三十六年里，是一贯主和的。他即位不久即罢免主战的李纲的相位，而以主和的黄潜善代之。面对金人咄咄逼人的凌厉攻势，他只会一味仓皇逃跑，甚至一度逃到海上避敌。建炎四年（1130）十月，秦桧自金营逃归，因主张与金议和而迅速获得高宗的信任和重用。绍兴元年（1131），秦桧任参知政事。绍兴十一年（1141），高宗与秦桧不顾抗金恢复的大好形势和主战派的反对，罢韩世忠，杀岳飞，与金人议和，许以淮水、大散关为界，岁币银帛各二十五万两匹，史称"绍兴和议"。以丧权辱国的巨大代价获得了偏安苟且的政治局面。

绍兴三十二年（1162）六月，高宗禅位于太子赵昚，是为孝宗，次年（1163）改元隆兴。孝宗即位之初，锐意恢复，拜张浚为枢密使，都督江淮军马，开府建康，积极准备北伐。宋军开始取得了局部胜利，但旋即因张浚部将李显忠、邵宏渊不和而兵败符离。隆兴二年（1164），宋金再次签订和议，主要内容为：两国君主关系由君臣改为叔侄，岁币减十万之数，地界恢复到完颜亮南侵前的绍兴时期，史称"隆兴和议"。

乾道五年（1169），孝宗拜虞允文为相，任王炎为四川宣抚使，为挥师北伐做各方面的积极准备。但当时孝宗面对的局面极其艰难，因为主战派长期以来受到高宗和秦桧的打击和摧抑。秦桧两居相位，前后擅权达十九年之久。他"屏塞人言，蔽上耳目""一时忠臣良将，诛锄略尽"，朝中尽是一些"顽钝无耻"之徒，"争以诬陷善类为功"①。这直接导致纲纪败坏，政治混乱。更为严重的是，秦党打击人才，摧抑士气，"人才之摧抑已极，则天下无才；流及于百年之余，非逢变革，未有能兴者也。故邪臣之恶，莫大于设刑纲以摧士气，国乃渐渐积以亡"②。孝宗是南宋诸帝中唯一一位锐意恢复者。有人认为孝宗经符离之败和隆兴和议后，已心灰意冷，其实不确。王夫之对此辩论道："宋之决于和，非孝宗之心也。孝宗嗣立以来，宴寝不忘者兴复之举，岂忍以割地终之。……和者皆其所不得已。"③ 所谓"不得已"，确实道出了孝宗这位奋发有为的英明之主的尴尬处境。孝宗面对的局面极其困难，诸帅老死，代乏其人；士卒怯懦，不肯用力；士风萎靡，安于现状。满朝文武一片文恬武嬉。

---

① （元）脱脱等：《宋史》卷四百七十三《秦桧传》，中华书局 1985 年版，第 13764 页。
② （清）王夫之：《宋论》卷十一《孝宗》，舒士彦点校，中华书局 1964 年版，第 207 页。
③ 同上书，第 211 页。

亡国的耻辱与恢复的雄心日益远去，转而为灯红酒绿醉生梦死的生活所取代。"暖风熏得游人醉，直把杭州作汴州。"① 便是这种生活的真实写照。残酷的现实终于让这位励精图治的天子心灰意冷，在做了二十七年皇帝后效法高宗禅位于光宗。

陆游就是生活在这样一个主战与主和激烈斗争的时代里。面对金人咄咄逼人的侵略，陆游六岁时曾随父离开故乡山阴到东阳山中避乱。在兵荒马乱中度过了自己的童年。

陆游的祖父陆佃是王安石的学生，是一个正直无私的人，他是"新法"的支持者，但他对于"新法"中不如人意的地方颇有微词，敢于当面指斥"新法"之弊。"熙宁三年，应举入京。适安石当国，首问新政，佃曰：'法非不善，但推行不能如初意，还为扰民，如青苗是也。'"② 后陆佃迁吏部侍郎，以修撰《神宗实录》徙礼部。在有关王安石的问题上，他多次与史官范祖禹、黄庭坚争辩，为之晦隐。黄庭坚曰："如公言，盖佞史也。"陆佃曰："尽用君意，岂非谤书乎！"③ 陆佃读书刻苦，《宋史》本传说他"居贫苦学，夜无灯，映月光读书。蹑屩从师，不远千里"。正是这样一种勤学多问的精神使他成为一名知识渊博的学者，他著述宏富，擅长治经，宋神宗评之曰："自王郑以来，言《礼》未有如佃者"④，因此后来陆游颇为自负地说："经术吾家事，躬行更不疑。"（《诗稿》卷六十三《自儆》之二）陆佃著有《埤雅》，擅长文字训诂之学。受此家风的影响，陆游平时便注重文字训诂的基本训练。《东篱记》（《文集》卷二十）云："放翁于是考《本草》以见其性质，探《离骚》以得其族类，本之《诗》、《尔雅》及毛氏、郭氏之传，以观其比兴，穷其训诂。"精研《尔雅》，穷其训诂，可见陆游对语言文字确实下过苦功。

陆游的父亲陆宰是个藏书家，与石公弼、诸葛行仁并称为宋代浙中

---

① （宋）林升：《题临安邸》，载北京大学古文献研究所编《全宋诗》卷二六七六，北京大学出版社 1991 年版，第 31452 页。

② （元）脱脱等：《宋史》卷三百四十三《陆佃传》，中华书局 1985 年版，第 10917 页。

③ 同上书，第 10918 页。

④ 同上。

三大藏书家，且为三家之首。绍兴十三年（1143），朝廷下诏求遗书于天下，陆宰进献所藏"凡万三千卷有奇……数人校勘，书手百余人，再阅岁乃毕。"① 陆宰为人正直无私，精忠爱国，所结交的士大夫如傅子骏、李光、陈宗誉等都是有气节的一时豪杰。他们人人以拥戴王室、恢复中原自期，陆游说："绍兴初，某甫成童，亲见当时士大夫，相与言及国事，或裂眦嚼齿，或流涕痛哭，人人自期以杀身翊戴王室。"（《文集》卷三十一《跋傅给事帖》）这对少年陆游的影响十分深远，使他从小就立下了"下马草军书，上马击狂胡"（《诗稿》卷四《观大散关图有感》）的豪情壮志。同时，在这个有教养的家庭中成长起来的他，耳濡目染，从小就喜欢读书，在双亲的督促下刻苦读书，达到废寝忘食的程度，"偶见藤床上有渊明诗，因取读之，欣然会心。日且暮，家人呼食，读诗方乐，至夜，卒不就食"（《文集》卷二十八《跋渊明集》）。这为陆游打下了坚实的文学基础。

绍兴十二年（1142），陆游拜曾几为师。曾几对他的最大影响，在于忧国忧民的情怀和疾恶如仇的品格。陆游晚年撰文回忆说："绍兴末，贼亮入塞，时茶山先生居会稽禹迹精舍，某自敕局罢归，略无三日不进见，见必闻忧国之言。先生时年过七十，聚族百口，未尝以为忧，忧国而已。"（《文集》卷三十《跋曾文清公奏议稿》）曾几曾因反对秦桧议和而罢官，陆游评他"孝悌忠信，刚毅质直，笃于为义，勇于疾恶，是是非非，终身不假人以色词"（《文集》卷三十二《曾文清公墓志铭》），这种疾恶如仇、是非分明的品格深深激励着陆游，他在编订诗集时将描写老师曾几的诗置于卷首，"皎若月在天"（《诗稿》卷一《别曾学士》）的人格永远照耀着陆游的心灵。

绍兴二十三年（1153），陆游二十九岁，赴临安省试，考官两浙转运使陈子茂擢置第一。但在第二年赴礼部试时，因喜论恢复，而被秦桧所

---

① （宋）施宿等编：《嘉泰会稽志》卷十六《求遗书》，《宋元方志丛刊》本。

黜落①。绍兴二十八年（1158），秦桧病死三年后，陆游才正式步入仕途，"始赴福州宁德簿"②。县主簿是从九品的文职官员，在县衙中地位低下，公务琐碎繁杂，待遇又较差③。这距离陆游恢复中原的理想相去甚远。这是陆游一生仕途生涯的开端，也是仕途坎壈和悲剧一生的开端。孝宗即位后，赐陆游进士出身。陆游趁机提出了许多抗金复国的军事策略和政治主张。隆兴议和后，主和派再次占据上风。其时正如赵翼所说"朝廷之上，无不以画疆守盟、息事宁人为上策"④，陆游的言论，自然引起当权者的不满。乾道二年（1166），言官论陆游"交结台谏，鼓唱是非，力说张浚用兵，免归"⑤。

乾道六年（1170）十月，陆游出任夔州通判。乾道八年（1172）二月，夔州任满，入四川宣抚使王炎幕府。陆游向王炎提出许多重要的军事见解。历史悠久的人文景观，丰富多彩的军旅活动，跃马前线的飒飒英姿，豪杰云集的幕府，宾主相期的意气，这一切，均给陆游留下深刻印象，他的生活开辟了一个崭新的天地，由此丰富了他的创作内容。邱鸣皋曾详细分析了陆游从军南郑时的心态："这是陆游有生以来第一次（也是唯一的一次）以'从戎'身份投身于抗金收复斗争的最前线。多年的苦苦追求一旦变为现实，他该是何等的兴奋，是可想而知的。他一扫失意时的迟暮之感，陡然觉得自己年轻了许多。当时他四十八岁，可在诗中偏偏说'四十从军渭水边'（《排闷》之三）。中国古代计数'取其

---

①　《文集》卷七《答人贺赐第启》："顷游场屋，首犯贵权……讼刘贲之下第，空辱公言；与李贺而争名，几成奇祸。"《文集》卷二十二《放翁自赞》："名动高皇，语触秦桧。"《四朝闻见录》乙集"陆放翁"条："公绍兴间已为浙漕锁厅第一，有司竟首秦熺，置公于末。及南宫一人，又以秦桧所讽见黜，盖疾其喜论恢复。"（宋）叶绍翁撰，沈锡麟、冯惠民点校，中华书局1989年版，第65页。按，应为秦埙，叶氏误记。

②　（元）脱脱等：《宋史》卷三百九十五《陆游传》，中华书局1985年版，第12057页。

③　南宋何恪在《祭灶斋记》中说："簿之秩，下丞、令而列尉上，其秩则远出尉下。自簿书程督勾核外，于县事，一不得以可否。且檄于部郡刺史，仆仆道途无宁日。故所至，令、丞、尉治多葺，而簿或寓于老、佛氏之屋。"见元吴师道《敬乡录》。

④　赵翼：《瓯北诗话》卷六《陆放翁诗》，霍松林、胡主佑校点，人民文学出版社1962年版，第91页，

⑤　（元）脱脱等：《宋史》卷三百九十五《陆游传》，中华书局1985年版，第12058页。

成数'的惯例是取具体数字所靠近的上或下的一个'成数'（或曰'整数'），如四十八即可称'五十'，而称'四十'者极罕见。陆游在这时取四十而不取五十，这不能不说是陆游可贵的'青春心态'，而这种心态在陆游的一生中，只有南郑时期才出现过。"① 正是这种"青春心态"使南郑生活充满了希望与激情，成为诗人以后回忆的重要内容，形成了难以割舍的"南郑情结"。乾道八年（1172）九月，时局发生了变化，孝宗皇帝将王炎召回京都，苦心经营的幕府随之遣散，四年的心血付诸东流。王炎幕府遣散后，陆游在成都及其附近的川府辗转宦游。但他并没有忘记自己的政治理想，淳熙元年（1174），陆游在蜀州任上，在写给郑闻、薛良朋和叶衡的贺启中多次提及恢复中原之意。范成大帅蜀，陆游与之"以文字交，不拘礼法，人讥其颓放，因自号放翁"②。淳熙五年（1178），陆游奉诏东归后，又先后在建安、抚州和严州等地担任不能施展自己抱负的地方官。最终又因政敌的诬陷而一度罢官③。

从绍熙元年（1190）陆游六十六岁以后，直到嘉定二年（1210）去世的二十年间，陆游的大部分时间都在故乡闲居。读书和写作成为他晚年生活的主要内容。陆游的思想和创作更为成熟，达到一个新的高峰④。他关注时局的变化，关心民瘼，写了很多反映民生疾苦的作品。回忆成为陆游晚年生活和创作的重要内容和方式。恢复中原依旧是他创作的重要主题。"双鬓多年作雪，寸心至死如丹。"（《诗稿》卷七十六《感事六

---

① 邱鸣皋：《陆游评传》，南京大学出版社 2002 年版，第 122 页。
② （元）脱脱等：《宋史》卷三百九十五《陆游传》，中华书局 1985 年版，第 12058 页。
③ 宋光宗绍熙元年（1190），陆游六十六岁，闲居故乡山阴，有诗题云："予十年间两坐斥，罪虽擢发莫数，而诗为首，谓之嘲咏风月。既还山，遂以'风月'名小轩，且作绝句。"（《诗稿》卷二十一）
④ 根据欧小牧《陆放翁先生著作系年》及《陆放翁诗系年统计表》统计，陆游诗可系年者共计 9138 首，其中，六十五岁之后 6502 首，占全部作品的 71.2%，是之前创作的 2.5 倍。陆游文可系年者共计 601 篇，其中，六十五岁之后 310 篇，占全部作品的 51.6%，是之前创作的 1.1 倍。若以年均量计算，六十五岁之后，诗年均约 325 首，文年均约 16 篇，六十五岁之前，诗年均约 56 首，文年均约 5 篇，则陆游晚年诗歌创作是此前的 5.8 倍，文的创作是此前的 3.2 倍。两相比较，不难看出陆游晚年创作之繁富。数据来源见欧小牧《陆游年谱》，人民文学出版社 1981 年版，第 294—335 页。

言》）许国丹心，至死不渝。"死去元知万事空，但悲不见九州同。王师北定中原日，家祭无忘告乃翁。"（《诗稿》卷八十五《示儿》）这是陆游最后的呼声，是他苦苦追求一生的夙愿，是他当时代表全体人民的"庄严的誓言"[①]。

二　陆游的思想

陆游一生的政治理想是大宋王朝的恢复与中兴。为此，他主张改善政治、奖拔人才、富国强兵、精心筹划恢复大计等。恢复中原是陆游思想最核心的地方。陆游的政治思想和文学主张均是围绕着这个核心而展开的。

陆游主张改善政治，他关注的范围极为广泛，举凡皇帝的品行、吏治的腐败、士风的陵替、百姓的生活，都在他的论述之内。陆游政论文的精华在于指斥时弊，观察民隐，是非分明，锋芒毕露，有感而发，不作空泛浮华之论。隆兴元年（1163），宋孝宗即位的前一天，知阆州吕游问奏庆云见于普安郡，并绘图一轴，作为天子受命于天的瑞兆。孝宗欣然纳之，下旨降付编类圣政所。陆游上《上二府乞勿受庆云图札子》（《文集》卷三），直言不讳地指责这种做法"谀佞牵合，不识大体"，并提及"太上皇帝建炎之初，京东进芝草，亲诏却之，盛德煌煌，光映简册"，相信以孝宗之"圣孝"[②]，当会理解太上皇之良苦用心。陆游指出，天子初登大宝，若受此祥瑞，则"自此草木之妖，氛气之怪，纬候之说，歌颂之文，纷纷来上，却之则自启其端，不却则遂将成俗"。可见，陆游是站在时代的高度，以期达到清正纲纪、营造良好的政治环境的深层目的。孝宗即位之初，颇想振作一番，"宽恤之令继下，至诚恻怛，纤悉备

---

① 程千帆、吴新雷：《两宋文学史》，上海古籍出版社 1991 年版，第 302 页。
② 《宋史》卷三十五《孝宗本纪赞》曰："然自古人君起自外藩，入继大统，而能尽宫庭之孝，未有若帝。其间父子怡愉，同享高寿，亦无有及之者。终丧三年，又能却群臣之请而力行之。宋之庙号，若仁宗之为'仁'，孝宗之为'孝'，其无愧焉，其无愧焉！"（元）脱脱等撰，中华书局 1985 年版，第 692 页。

具，欢欣之声，达于远迩，可谓盛矣"。但"命下累月，而有司或恬然不以为意"。帝王的恩泽不及小民，再好的诏令终究成为一纸空文。因此，陆游建议孝宗首先要严明法令，务必使政通令达。他力劝孝宗"以所下数十条者申谕中外，使恪意奉行，毋或失坠。仍命谏官御史及外台之臣精加考核，取其尤沮格者与众弃之"，这样才会达到"不惟圣泽速得下究，亦使文武小大之臣，耸然知诏令之不可慢"的效果。他从正面强调严明法令"实圣政之所当先也"，又从反面论证，诏令如果"复为官吏将帅一切玩习，漫不加省，一旦国家有急，陛下诏令戒敕之语，将何加此，而欲使人捐肝脑以卫社稷乎?"（《文集》卷三《上殿札子三首》其一）显而易见，他是站在时代的高度，怀着深沉的危机感和长远眼光来强调严明法令的。

陆游筹划恢复大计，包括国都选址、将帅选拔、战略运用等方面，大都与当时主战派成员的想法和主张相一致。但是他的有些主张不仅来自历史经验，更主要的来自他蜀中时期的实地考察，所以更加具有说服力。朱东润先生《陆游传》称："他的踪迹，在南郑和前线中间不断地来往……从南郑画一个圆圈，在半径三百里以内，除了正东一面，他都常去过。作为宣抚司的干办公事，他都必得去，他始终没有忘记自己的责任。"①

陆游坚决主张定都建康，他在孝宗隆兴元年（1163）呈给二府的《上二府论都邑札子》中说道："某闻江左自吴以来，未有舍建康他都者。吴尝都武昌，梁尝都荆渚，南唐尝都洪州，当时为计，必以建康距江不远，故求深固之地。然皆成而复毁，居而复徙，甚者遂至于败亡，相公以为此何哉?"认为定都临安只是危急时刻的权宜之计，"车驾驻跸临安，出于权宜，本非定都，以形势则不固，以馈饷则不便，海道逼近，凛然常有意外之忧"。陆游考虑得相当全面，认为和议之后定都建康恐怕会引起金人的疑虑，引起不必要的麻烦，为此他写道："今一和之后，盟誓已

---

① 朱东润：《陆游传》，中华书局 1960 年版，第 102—103 页。

立，动有拘碍，虽欲营缮，势将艰难。某窃谓及今当与之约，建康、临安，皆系驻跸之地，北使朝聘，或就建康，或就临安。如此，则我得以闲暇之际建都立国，而彼既素闻，不自疑沮。黠虏欲借以为辞，亦有不可者矣。"他不无忧虑地写道："今不为，后且噬脐。"认为应该当机立断，以除后患。如假以时日，苦心经营，则"不一二年，不拔之基立矣"（《文集》卷三）。

定都建康是当时主战派的共识，相较之下，陆游的想法更为全面和成熟。乾道元年（1165），辛弃疾向孝宗上《美芹十论》，建议皇帝当机立断，采取"绝岁币""都金陵"的铁腕政策，鼓舞士气，期在必战。到了乾道六年（1170），辛弃疾在《九议》中提出不要因迁都一事而引起金人的警觉，"两敌相持，见之以弱犹恐为强，示之以怯犹恐为勇，见强示勇敌必疑惧，敌既疑惧吾事必去"。此时，距离陆游提出相同观点已有七年之久。可见，在这一问题上，陆游站在了时代思想的前沿。

在人才选拔方面，陆游力主选用西北人才。这集中反映在《文集》卷三《论选用西北士大夫札子》一文中，兹录文如下：

> 臣伏闻天圣以前，选用人才，多取北人，寇准持之尤力，故南方士大夫沉抑者多。仁宗皇帝照知其弊，公听并观，兼收博采，无南北之异。于是范仲淹起于吴，欧阳修起于楚，蔡襄起于闽，杜衍起于会稽，余靖起于岭南，皆为一时名臣，号称圣宋得人之盛。及绍圣、崇宁间，取南人更多，而北方士大夫复有沉抑之叹。陈瓘独见其弊，昌言于朝曰："重南轻北，分裂有萌。"呜呼！瓘之言，天下之至言也。臣伏睹方今，虽中原未复，然往者衣冠南渡，盖亦众矣。其间岂无抱才术蕴器识者，而班列之间北人鲜少，甚非示天下以广之道也。欲望圣慈命大臣近臣各举赵、魏、齐、鲁、秦、晋之遗才，以渐试用，拔其尤者而任之。庶上遵仁祖用人之法，下慰遗民思旧之心。其于国家，必将有赖。伏惟留神省察。取进止。

奏议回顾了宋代建国以来国家选用南人北人的变化，建议孝宗遵循先祖仁宗用人之法，取北方才术器识高尚者而用之。所谓"赵、魏、齐、鲁、秦、晋"之地，自古以来为战争多发地带，险要的地形和悠久的传统孕育了这一地区的人任侠尚武、彪悍善战的性格①。因此，这里是侠客和名将的摇篮。这是陆游力主选用西北人才的直接原因。至于其最终目的，联系文中"中原未复""遗民思旧"之语，不难理解依旧是为了恢复中原故土。

在战略运用上，陆游主张固守江淮、经营关中。隆兴元年（1163）在写给孝宗的《代乞分兵取山东札子》（《文集》卷三）中他主张集中优势兵力固守江淮，控制要害，以静制动，同时挑选一支劲旅，分兵山东，插入敌后，骚扰敌人，出奇制胜。待到时机成熟，固守江淮之兵便倾巢出动，挥师北伐。在当时敌强我弱的情况下，陆游的想法是比较符合实际的。正是因为认识到两淮的重要性，孝宗于乾道六年（1170）三月，"用三省言，两淮守帅宜久其任，二年后察其能否，以行赏罚"②。

"关中"作为一个地域概念，大致为函谷关以西，大散关以东，秦岭之北，以至陕北的大片土地，即《关中记》所谓"东至函关，西至陇关，二关之间，谓之关中"。关中土地肥沃，地势险要，以此为依托而平定天下者代不乏人。秦始皇于此富国强兵后，以横扫六合之势逐鹿中原，统一六国。刘邦于此积蓄力量，在楚汉之争中战胜强大的项羽，建立了大汉王朝。有鉴于此，陆游在蜀中时上书王炎，"以为经略中原必自长安始，取长安必自陇右始，当积粟练兵，有衅则攻，无则守"③。于其诗中，亦屡次提及，初到南郑，陆游想象挥师北伐："会看金鼓从天下，却用关中作本根。"（《诗稿》卷三《山南行》）初到成都，慨叹奇谋不遂："渭

---

① 《建炎以来系年要录》卷一百九十九载，张浚认为："西北之人，能战，忍苦，方为可仗。""淮楚之人自古可用，乘其困扰之后，当收以为兵。""两淮之人，素称强力，而淮北义兵，尤为忠劲。"（元）刘埙《水云村稿》卷八《中大夫延平路宣相杏林公墓志铭》："因思西北人材，率雄杰，悍鸷尚武而嗜杀，意者天地劲气攸萃耶？"

② （元）脱脱等：《宋史》卷三十四《孝宗纪》，中华书局1985年版，第647页。

③ （元）脱脱等：《宋史》卷三百九十五《陆游传》，中华书局1985年版，第12058页。

水岐山不出兵，却携琴剑锦官城。"（《诗稿》卷三《即事》）滞留眉州，送别友人范成大回朝，仍希望他能代自己向圣上传达心声："劝公上前勉画策，先取关中次河北。"（《诗稿》卷八《送范舍人还朝》）出兵关中，并非为陆游所独创，当时很多主战派人物如李纲、赵鼎、张浚、虞允文等均持此种观点，这些观点从另外一个角度验证了陆游的战略眼光，可谓英雄所见略同。"先生为王炎所陈进取之策，即孔明兵出祁山之遗意。"① 这是对大智慧的一种承袭，体现了陆游的远见卓识。

陆游的文学主张首先是文章要担负起起衰挽颓、改造社会的责任与作用，要求文章关心现实，高扬忠义之气，批判丑恶，有益于世道人心。这是北宋诗文革新运动时经世致用思潮在新的历史条件下的发展和高扬。欧阳修倡导的诗文革新运动，既是对中唐古文运动的继承，也是配合当时政治革新的产物。欧阳修认为作家不能回避社会矛盾，粉饰太平，而必须揭发时弊，以利改革。他在《与黄校书论文章书》中指出："见其弊而识其所以革之者，才识兼通，然后其文博辩而深切，中于时病而不为空言。盖见其弊，必见其所以弊之因。若贾生论秦之失而推古养太子之礼，此可谓知其本矣。然近世应科目文辞，若求此者盖寡。"② 为配合"庆历新政"，欧阳修以极高的热情创作了《原弊》《本论》《朋党论》等一批"中于时病而不为空言"的文章。南宋前期，中兴与恢复成为时代主题，在这种情况下以陈傅良、叶适为代表的永嘉学派讲求事功，关注时弊，如叶适"志意慷慨，雅以经济自负"③，其文章多在于"求贤、审官、训兵、理财，一切施诸政事之间，可以隆国体，济时艰"④。陆游正是这一时代思潮的积极支持者和参与者。他自称"少鄙章学句，所慕在经世。诸公荐文章，颇恨非素志"（《诗稿》卷六《喜谭德称归》）。他说自己向来鄙视皓首穷经的章句之学，追求的是经世致用，对于自己因

---

① 欧小牧：《陆游年谱》，人民文学出版社 1981 年版，第 149 页。
② （宋）欧阳修：《欧阳修全集》卷六十八，李逸安点校，中华书局 2001 年版，第 987—988 页。
③ （元）脱脱等：《宋史》卷四百三十四《叶适传》，中华书局 1985 年版，第 12894 页。
④ （明）王直：《黎刻水心文集序》，《水心文集》卷首。

"善辞章，谙典故"而被荐以进士出身深表遗憾，因为这与自己恢复中原的"素志"相距甚远。陆游十分重视文的经世致用和政治教化功能，他将文章写作提高到"至道"的高度加以强调，"夫文章，小技耳，然与至道同一关捩。惟天下有道者，乃能尽文章之妙"（《文集》卷十三《上执政书》）。这与宋代文学重视道统的传统是一致的。他将士人学识和文章归依于致君尧舜的政治实用功能，"君子之学，盖将尧、舜其君民；若乃放逐憔悴，娱悲舒忧，为风为骚，亦文之不幸也"（《文集》卷二十七《跋吴梦予诗编》）。

中兴时期，以抗金救国、中兴宋室为宏愿的新一代作家出现在文坛，以张孝祥、韩元吉、辛弃疾、陈亮和刘过等人为代表。他们发扬了前辈作家的爱国精神，壮怀激烈，英气勃发，在他们的作品中出现了慷慨沉郁、重才重气的创作思潮[①]。陆游强调士人平日应注重"养气"，即个人的人格修养，并将养气与收复失地的理想结合起来，视为实现自己政治理想的重要手段和途径。"平生养气颇自许，虽老尚可吞司并。何时拥马横戈去，聊为君王护北平。"（《诗稿》卷十八《秋怀》）"梦里明明周孔，胸中历历唐虞。欲尽致君事业，先求养气功夫。"（《诗稿》卷五十六《六言杂兴》）为此，他特意将"文以气为主"扩展为"天下万事，皆当以气为主"。《文集》卷四《上殿札子》云：

> 臣伏读御制《苏轼赞》，有曰："手抉云汉，斡造化机，气高天下，乃克为之。"呜呼！陛下之言，典谟也。轼死且九十年，学士大夫徒知尊诵其文，而未有知其文之妙在于气高天下者。今陛下独表而出之，岂惟轼死且不朽，所以遗学者顾不厚哉然！臣窃谓天下万事，皆当以气为主，轼特用之于文尔。赵普气盖诸国，故能成混一之功；寇准气吞丑虏，故能成却敌之功；范仲淹气压灵夏，故西讨而元昊款伏；狄青气慑岭海，故南征而智高殄灭；至于韩琦、富弼、

---

① 张毅：《宋代文学思想史》，中华书局 1995 年版，第 196—209 页。

文彦博之勋劳，唐玠、包拯、孔道辅之风节，大抵以气为主而已。
盖气胜事则事举，气胜敌则敌服。勇者之斗，富者之博，非有他也，
直以气胜之耳。

陆游非常敬仰苏轼①，评其词有云："昔人作七夕诗，率不免有珠栊绮疏
惜别之意。惟东坡此篇，居然是星汉上语，歌之曲终，觉天风海雨逼人。
学诗者当以是求之。"（《文集》卷二十八《跋东坡七夕词后》）着眼于
"天风海雨"般的浩然气势，并建议学诗者以此为楷模。所以，陆游认为
"气高天下"的评价是深知苏轼文个中三昧的"典谟"。文中认为有宋以
来之治世能臣，所以能建功立业，全在于以气为主。他深深地担忧"虽
得贤厚笃实之士，气不素养，临事惶遽，心动色变，则其举措岂不误陛
下事耶？""若夫日趋于拘窘怯薄之域，臣实惧国势之寖弱也。"陆游将养
气之说提升到振作士气、重用人才的高度，建议孝宗"伏望万几之余，
留神于此，作而起之，毋使委靡，养而成之，毋使沮折。及乎人才争奋，
士气日倍，则缓急惟陛下所使而已"。

陆游的创作实践与他的创作主张是一致的。寄意恢复的政治理想，
关心现实的经世之心，起衰挽颓的社会责任感，在他的创作中都有着广
泛的体现。不仅在议论时政的政论文中，而且在他的杂记、序跋、书启、
史传、日记和笔记中均有表现。这使得陆游文在立意上超过了同时代的
很多同类作品。

张淏评价陆游："自少颖悟，学问该贯，文辞超迈，酷喜为诗。其他
志铭记序之文，皆深造三昧。"② 所谓"志铭记序之文"，确实是陆游文
中文学价值较高的类别。实际上，陆游文中富有文学价值的文体远不止

---

① 《诗稿》卷九《玉局观拜东坡先生海外画像》："我生虽后公，妙句得吟讽。整衣拜遗
像，千古尊正统。"
② 《宝庆会稽续志》卷五，《宋元方志丛刊》本。

这些。本书借鉴《全宋文》的分类方式①，将《渭南文集》中最有文学价值的文体分为序跋、书启、政论、杂记、碑志和颂赞六大类。如表2—1所示：

表2—1　　　　　　　　　陆游文文体数量统计表

类别	渭南文集	放翁逸稿	陆游佚著辑存	全宋文	总数	比例	排名
序跋	304		12	1	317	38.7%	1
书启	124		24	2	150	18.3%	2
政论	82		1		83	10.1%	3
杂记	54	2	1	3	60	7.3%	4
碑志	39				39	4.8%	5
颂赞	24				24	2.9%	6

单篇文外，陆游尚有《入蜀记》《老学庵笔记》《家世旧闻》和《南唐书》等文集。《入蜀记》是日记体游记，实际上可归入杂记一类。《老学庵笔记》与《家世旧闻》属笔记体，与日记体一样，因灵活自由的体式和私人著述的性质，而富有文学意味。《南唐书》深受《史记》影响，是史传文学的佳作。政论文在前面思想一章已有所论及，不再赘述。本书第二章至第七章将详论序跋、书启、杂记、笔记、史传、碑志、颂赞等文体。

---

① 《全宋文》综合借鉴了古今文章分体的经验，将文章分为十六大类：辞赋、诏令、奏议、公牍、书启、赠序、序跋、论说、杂记、箴铭、颂赞、传状、碑志、哀祭、祈谢和杂著。曾枣庄：《论全宋文》，《宋代文学与宋代文化》，上海人民出版社2006年版，第386页。

第二章 序跋

序跋以占陆游文近 40% 的比例遥遥领先①，这不仅是宋代文化繁盛的重要表现，也是陆游一生勤奋读书与创作的结果。陆游的序跋文不仅数量多而且质量高。明人毛晋曾据《渭南文集》辑成《放翁题跋》六卷，收入他所编的《津逮秘书》丛书中。明代散文家钟惺云："题跋非文章家小道也。其胸中全副本领，全副精神，借一人、一事、一物发之。落笔极深、极厚、极广，而于所题之一人、一事、一物，其意义未尝不合，所以为妙。"② 陆游以自己的学养和功力，在题跋这种灵活多变的文体中驰骋才思，抒发性情。他在北宋欧阳修、苏轼和黄庭坚的基础上，进一步开拓了题跋的表现领域。最突出的特点就是对现实的强烈关注，陆游的题跋并没有局限于狭小的书斋中，他的目光始终关注着时局的发展。恢复中原和国家中兴，是陆游题跋文的重要组成部分，也是最有价值的部分。这些题跋，与序一道，是陆游文的杰出代表。陆游的序跋具有较高的文献价值。众多的书法、绘画题跋，为相关领域的研究者提供了重要材料，更为重要的是陆游序跋对象多为当世名家，既有洪迈、曾季狸、洪兴祖这样的学者，也有吕本中、范成大、尤袤这样的诗人。序跋较为

---

① 跋有广义和狭义之别，广义的跋，包括以研讨学问为主的学术类题跋和以抒写性情为主的文学类题跋。狭义的跋，则仅指后者。详见褚斌杰《中国古代文体概论》（增订本），北京大学出版社 1990 年版，第 382 页。本文采用广义的题跋概念，统计数据包括 12 篇以"书后"为名的学术类题跋。

② （明）钟惺：《隐秀轩集》卷三十五《摘黄山谷题跋语记》，李先耕、崔重庆标校，上海古籍出版社 1992 年版，第 566 页。

全面地反映了陆游的交游情况，今人于北山编《陆游年谱》，引用陆游序跋多达八十余处。陆游的序跋还具有较高的文化价值，体现在它全面展现了学者陆游丰富的精神世界，具有知识渊博、视野开阔、考订精审、思维谨严、识见敏锐等特点。陆游的序跋文具有较高的文学价值，它以灵活的形式、优美的文笔和生动的人物刻画见长。

一 社会时事的强烈关注

题跋文是宋代勃兴的一种新文体，欧阳修是第一个大力创作题跋的宋代文人，他以集经学家、史学家和金石学家于一身的学者身份开创了宋人学术类题跋的先河。而至苏轼和黄庭坚，文学类题跋则蔚为大观。文学类题跋的特征主要表现为题材广泛、表达丰富、体式灵活和趣味盎然四个方面①。南渡之后的文坛，题跋文基本上承袭了欧、苏、黄的创作传统，陆游题跋文中诸如品评文艺、记人怀旧、怡情遣兴之类，大抵不出以上范围。陆游题跋文题材上最有价值的地方表现在感念时事，寄慨遥深。这是受"靖康之变"后时代风云影响的结果。

陆游题跋文，题材广泛，涉及经史诗文、道书佛典、医药农兵，甚至书帖图画、奏议书草、庭训家书、手简语录等，可谓五花八门，种类繁多。陆游在撰写题跋时，往往不把注意力放在题跋对象本身，而是一笔带过，借题发挥，借助所题对象感慨时事。《跋王君仪待制易说》（《文集》卷二十六）写王君仪"妙于《易》数"，却单举出金人败北的例子来说明："建炎间，胡骑在钱塘，明越俱陷，王公端居于严，曰：'虏决不至此，且狼狈而归，自此穷天地不复渡江矣。'"《真庙赐冯侍中诗》（《文集》卷二十六）本来写真宗赐给冯侍中的诗，却从家藏画像说起，在叙述其"冠剑伟然"的风采后，转而写自己的感慨："侍中辅相两朝，

---

① 详见朱迎平《宋代题跋文的勃兴及其文化意蕴》，原载《文学遗产》2000 年第 4 期，后收入《宋文论稿》一书，上海财经大学出版社 2003 年版，第 5—11 页。

更天下大变，而社稷奠安，夷狄詟服，锄耰万里，无犬吠之警，有以也夫！"冯侍中虽然为真宗朝人，但其令"夷狄詟服"的精神是令陆游向往的，"想见一时盛事，恨不生其时"，遗憾中寄托着深深的现实感慨。《高宗赐赵延康御书》（《文集》卷二十六）不写高宗赐给赵延康御书的内容，却详写自己的感慨："延康在宣和、靖康间，声望风采，震曜一时。及守宛丘，百战御狂虏，卒全其城，视唐代张巡、许远、颜真卿皆过之。"《书渭桥事》（《文集》卷二十五）简述贾若思在渭桥夜间奇遇骑兵后，转而感慨道："河渭之间，奥区沃野，周、秦、汉、唐之遗迹隐辚故在。自唐昭宗东迁，废不都者三百年矣。山川之气，郁而不发，艺祖、高宗，皆尝慨然有意焉，而群臣莫克奉承。予得此事于若思之孙逸祖。岂关中将复为帝宅乎？虏暴中原，积六七十年，腥闻于天。王师一出，中原豪杰必将响应，决策入关，定万世之业，兹其时矣。予老病垂死，惧不获见，故私识若思事以示同志。安知士无脱挽辂以进说者乎？"《跋韩干马》（《文集》卷三十）不重点描述图画本身，却为良马不能驰骋于沙场，志士不能建功于边外而怅叹不已，"大驾南幸，将八十年，秦兵洮马，不复可见，志士所共叹也。观此画，使人作关辅河渭之梦，殆欲霣涕矣"。

陆游在题跋中经常借助所题对象生发出对南北隔绝的感慨和遗憾。《跋嵩山景迂集》（《文集》卷二十九）云："景迂《鄜畤排闷》诗云：'莫言无妙丽，土稚动金门。'盖鄜人善作土偶儿，精巧，虽都下莫能及，宫禁及贵戚家争以高价取之。丧乱隔绝，南人不复知，此句遂亦难解。可叹！"或借《兰亭集序》之难得表达对故国山河沦陷的感叹，"自承平时，中山石刻屡为好事者负去。如此本固已不易得，况太行北岳，堕边尘中已五十年乎？抚卷叹息。"[①]

陆游在题跋中反映了金人南侵带给普通百姓的灾难以及对文化的巨大破坏。《跋周侍郎寻姊妹帖》（《文集》卷三十）云："方建炎多故，群

---

① （宋）桑世昌：《兰亭考》卷六，《四库全书》本。

盗如林，士大夫家罹祸，有尽室不知在亡者。"《跋京本家语》（《文集》卷二十八）云："本朝藏书之家，独称李邯郸公、宋常山公，所蓄皆不减三万卷。而宋书校雠尤为精详，不幸两遭回禄之祸，而方策扫地矣。李氏书，属靖康之变，金人犯阙，散亡皆尽。收书之富，独称江浙。继而胡骑南骛，州县悉遭焚劫，异时藏书之家，百不存一。纵有在者，又皆零落不全。"

陆游在题跋中表达了对于士风的关注与思考。《跋张监丞云庄诗集》（《文集》卷二十八）对偏安苟且不思进取的士风表现出极大的愤慨：

> 虏覆神州七十年，东南士大夫视长淮以北，犹伧荒也。以使事往者，不复黍离麦秀之悲，殆无以慰答父老心。今读张公为奉使官属时所赋歌诗数十篇，忠义之气郁然，为之悲慨弥日。

《跋周侍郎奏稿》（《文集》卷三十）则由周侍郎奏稿激发了自己对于绍兴年间一批"忠臣烈士忧愤感激之余风"的追忆："一时贤公卿与先君游者，每言及高庙盗环之寇，乾陵斧柏之忧，未尝不相与流涕哀恸。虽设食，率不下咽引去。先君归，亦不复食也。"陆游感慨，正是这样一种士风，才使得国家在万分艰难的境遇中渡过难关，"呜呼！建炎、绍兴间，国势危蹙如此，而内平群盗，外捍强虏，卒能披草莽，立社稷者，诸贤之力为多"。正是认识到士风的巨大作用，陆游最后表达了通过激励士人恢复中原的美好愿望，"某故具载之，以励士大夫。傥人人知所勉，则北平燕赵，西复关辅，实度内事也"。

题材的选择直接影响文章的立意构思。绍熙五年（1194），古稀之年的陆游读《李徂徕集》，对其推崇备至。《文集》卷二十八《跋李徂徕集》云：

> 中野去鲁归周三诗，可以追媲退之《琴操》，而世不甚传。使予得见李公，当百拜师之，不特愿为执鞭而已。绍熙甲寅六月二日书。

据于北山考证，李徂徕为李稙①。晁无咎以"国士"相称，刘锜谓之为
"忠臣孝子"。李稙力主抗金，力排议和，曾上防江十策，是一个拥有卓
越的军事才华和政治才能的爱国志士②。这是和陆游惺惺相惜的同道中
人。因此，这篇跋没有详写其诗，而是宕开一笔，虚写见到李公时的情
景，在寥寥数语中难以掩抑对其人格和文学成就的景仰。

二 渊博学识的全面呈现

欧明俊强调："陆游是伟大的文学家，同时也是著名的学者。他一生
嗜书笃学，著述颇丰，思想深刻。长期以来，陆游作为学者的声名为其
文名所掩，不少人只知文学家或诗人陆游，而对'学者陆游'所知甚少，
实际上是对陆游的'误读'。笔者认为，完整的陆游形象应是两种身份的
并合，一是'文学家陆游'，一是'学者陆游'。"③ 从整体上把握陆游的
学者身份，这无疑是必要的。陆游的学者身份，在诗文中多有反映④，序
跋文是一个突出的方面。学者的丰厚的文化素养和深邃的目光识见，是
陆游文取得巨大成就的一个重要原因。阅读陆游文，不仅可以感受到陆
游的诗人情怀，更能感受到学者的深厚、睿智和渊博。

陆游序跋文所展现的，首先是与书相关的一些活动。陆游藏书丰富，
读书广博。他的藏书有的来自祖上，如《造化权舆》《资暇集》等为陆佃
所藏，《温庭筠诗集》《韩非子》《苏氏易传》等则为陆宰所藏。受家风
影响，陆游也是一个经常购书、搜罗文献的人。"尝宦两川，出峡不载一

---

① 于北山：《陆游年谱》，上海古籍出版社 2006 年版，第 394—395 页。
② （元）脱脱等：《宋史》卷三百七十九《李稙传》，中华书局 1985 年版，第 11701—
11703 页。
③ 欧明俊、陈堃：《学者陆游的学术思想渊源及师承》，载邓乔彬编《第五届宋代文学国
际研讨会论文集》，暨南大学出版社 2009 年版，第 88 页。
④ 莫砺锋《陆游诗歌中的学者自画像》一文结合陆游诗详尽分析了陆游作为学者的自我
形象，载《古典诗学的文化观照》，中华书局 2005 年版，第 139—155 页。

物，尽买蜀书以归，其编目益巨。"① 陆游得温庭筠诗集于蜀中，得砚录香法于巫山县，得祠部集于书肆，为了求得稀世珍本汉代严君平所著《道德经指归》而四方访求二十余年。《跋尹耕师书刘随州集》（《文集》卷二十六）云："佣书人韩文持束纸支头而睡，偶取视之，刘随州集也。乃以百钱易之，手加装褙。"足见陆游视好书如至宝。

博极群书是陆游知识渊博学力丰富的直接原因。陈绎曾云："读书多则学力富。古文者，古人之文章也……欲多读书，何法而可？曰读经以明圣人之用，读子以择百家之善，读史以博古今之变，读集以究文章之体。"② 陆游读经书，读得最多的是《周易》，而且版本众多，多为时人所论。如《跋王君仪待制易说》（《文集》卷二十六）、《跋兼山先生易说》（《文集》卷二十七）、《跋苏氏易传》（《文集》卷二十八）、《跋朱氏易传》（《文集》卷二十九）、《跋蒲郎中易老解》（《文集》卷二十九）等。其中，《跋兼山先生易说》说明了学术的传承脉络，"郭立之从程先生游最久，程先生病革，犹与立之有问答语，著于语录……立之子雍，字子和，屏居峡中，屡聘不起，亦著《易说》，得其家学。盖程氏《易》学，立之父子实传之"。据此，我们可以得出一个程氏学术传承的关系简图：程颐—郭忠孝—郭雍。《跋朱氏易传》则论述了《易》之难治及博采众说的观点，"《易》道广大，非一人所能尽，坚守一家之说，未为得也。元晦尊程氏至矣，然其为说亦已大异，读者当自知之"。

陆游读的史书主要包括《晋书》《旧五代史》《资治通鉴》《吴越备史》《国史补》等。子书主要包括《修心鉴》《坐忘论》《天隐子》《老子》《庄子》《韩非子》等。当然，陆游读得最多最为看重的还是诗文集。"插架半唐诗"（《诗稿》卷六十五《老态》），陆游藏书中唐人诗集较多，如孟浩然、王维、李白、岑参、柳宗元、许浑、杜牧、赵嘏、温庭筠、卢肇，多为大家。而对于本朝之林逋、魏野、寇准、王安石、苏

---

① 《嘉泰会稽志》卷十六《藏书》，《宋元方志丛刊》本。
② 《文章欧冶》附《古文矜式》，载王水照主编《历代文话》，复旦大学出版社 2007 年版，第 1291 页。

轼、秦观、黄庭坚、陈师道、曾几、周必大等人的作品亦未偏废，表明陆游并不是一个厚古薄今的人。陆游序跋中留下了他自少至老刻苦读书的身影，如：

> 予自少时，绝好岑嘉州诗。往在山中，每醉归，倚胡床睡，辄令儿曹诵之，至酒醒，或睡熟，乃已。
>
> ——《文集》卷二十六《跋岑嘉州诗集》
>
> 吾年十三四时，侍先少傅居城南小隐，偶见藤床上有渊明诗，因取读之，欣然会心。日且暮，家人呼食，读诗方乐，至夜，卒不就食。
>
> ——《文集》卷二十八《跋渊明集》
>
> 余年十七八时，读摩诘诗最熟；后遂置之者几六十年。今年七十七，永昼无事，再取读之，如见旧师友，恨间阔之久也。
>
> ——《文集》卷二十九《跋王右丞集》

陆游不仅热爱读书，而且出于一种学者的责任感和自觉意识进行校书。他担心错本流播四方，贻误他人："近世士大夫所至，喜刻书版，而略不校雠，错本书散满天下，更误学者，不如不刻之愈也。"（《文集》卷二十六《跋历代陵名》）正因如此，他在前人的基础上重校古籍；他对家藏旧书认真校改，甚至年逾古稀依旧不辍；他因为无抄本或版本可参无法校改而深感遗憾；他将自己无暇校订的书籍付予幼子，令其帮助自己实现夙愿。

陆游认为学者应勤奋刻苦，孜孜不倦。"吾友伯政持其先君子家问来，读之，累日不厌，使学者皆能如此，孰得而訾病之？虽有訾者，吾可以无愧矣。"（《文集》卷二十九《跋陆子强家书》）作为一个学者，求真务实，严肃认真，当是治学最起码的要求。为了求得《瘗鹤铭》，他不畏艰辛，亲自到焦山临摹。虽然所得为残章断片，但他认为"当以真为贵，岂在多耶！"（《文集》卷二十六《跋瘗鹤铭》）对于友人范季随所记

《韩子苍语录》，他认为残缺不全，"当更访之"（《文集》卷三十一《跋韩子苍语录》）。

陆游在题跋中交代了一些书籍的版本情况，具有较高的文献价值。如：

> 唐丞相司空李公深之《论事集》，有两本。其一本七卷，无序；其一本一卷，史官蒋偕作序。然以序考之，则偕所序盖七卷者也。
>
> ——《文集》卷二十七《跋李深之论事集》
>
> 此本藏之三十年矣，嘉泰甲子岁十二月，遗烬几焚之，予辑成编，比旧本差狭小，乃可爱，遂目之曰焦尾本云。
>
> ——《文集》卷三十《跋东坡集》
>
> 唐人诗文，近多刻本，亦多经校雠，惟牧之集误缪特甚。
>
> ——《文集》卷三十《跋樊川集》
>
> 此本颇精。今当涂本虽字大可喜，然极谬误，不可不知也。
>
> ——《文集》卷三十一《跋李太白诗》

明人徐师曾在论述题跋功能时指出："其词考古证今，释疑订谬，褒善贬恶，立法垂戒。"① 所谓"褒善贬恶，立法垂戒"，是指作者鲜明的价值取向和情感取向。这在陆游那些感念时事的篇章中体现得尤为明显。"考古证今，释疑订谬"，陆游对很多书籍版本及其故实严加考辨和订误，表现出大胆怀疑的精神和严谨求实的态度。如在《跋后山居士诗话》（《文集》卷二十六）中怀疑陈师道《后山诗话》为伪作，《跋中兴间气集》（《文集》卷二十七）指出《中兴间气集》的作者高仲武并非是盛唐的著名诗人高适。《跋魏先生草堂集》（《文集》卷二十八）从国史中的书面记载和自己在蜀中见闻两个角度，指出了沈括《梦溪笔谈》中的讹

---

① （明）徐师曾：《文体明辨序说·题跋》，罗根泽校点，人民文学出版社1962年版，第137页。

误。《跋唐卢肇集》(《文集》卷二十八)指出因字形相似而引发的版本之误,又从文学欣赏的角度对比论证,指出此本"坏尽一篇语意"。作者批判了"印本之害"和"妄校之罪"。《跋松陵倡和集》(《文集》卷三十)对于《新唐书》不经考辨直取流言的做法严加批判,对传主后裔已经过世无人辩诬深表遗憾。

陆游在序跋中还从多个方面展现了整个家族关于书的一些活动。序跋中关于祖辈父辈著书、藏书、读书、抄书的诸多记载,证明陆游成为一名学者是渊源有自的。关于儿辈修书、藏书的记载,则验证了陆游对后代的巨大感召力和影响力。所有这些都从侧面进一步丰富了陆游的学者风姿。除记载祖父与父亲藏书外,陆游在题跋中还记载了一位终生刻苦习字,以左手抄书达数百卷的三十八伯父(《文集》卷二十七《先左丞使辽语录》),自幼跟随黄安时学丧礼,"覆讲无小差"(《文集》卷二十九《跋四三叔父文集》)的四十三叔父。陆游称赞他们"笔力清健""天资精敏",字里行间洋溢着强烈的家族自豪感。"谨附书于遗文之后,以示后人",则表现了明确的家族意识。《韩非子》一书,为其父陆宰所藏,后陆游"重装而藏之"(《文集》卷二十七《跋韩非子》)。《跋归去来白莲社图》为陆游在蜀地所藏,后幼子子聿"手自装褫藏之"(《文集》卷二十八)。优良的家族传统在祖孙三代身上得到传承。而陆子聿性喜藏书甚至达到节衣缩食的程度,这令陆游感到陆氏家族后继有人而激动不已,"吾世其有兴者乎"(《文集》卷二十九《跋子聿所藏国史补》)。

思路融贯、视野开阔是陆游序跋文的另一重要特征。陆游对文章学术极为关注,在为《吕居仁集》作序时,将其置于时代的宏观背景中加以论述:"宋兴,诸儒相望,有出汉唐之上者。迨建炎、绍兴间,承丧乱之余,学术文辞,犹不愧前辈。"在论述某个文人作品时往往将其置于纵向的学术史中详加考察:

> 古诗唐虞赓歌,夏述禹戒作歌。商周之诗,皆以列于经,故有训释。汉以后诗,见于萧统《文选》者,及高帝、项羽、韦孟、杨

恽、梁鸿、赵壹之流，歌诗见于史者，亦皆有注。唐诗人最盛，名家者以百数，惟杜诗注者数家，然概不为识者所取。近世有蜀人任渊，尝注宋子京、黄鲁直、陈无己三家诗，颇称详赡。若东坡先生之诗，则援据闳博，指趣深远，渊独不敢为之说。

——《文集》卷十五《施司谏注东坡诗序》

汉之文章，犹有六经余味。及建武中兴，礼乐法度，粲然如西京时，惟文章顿衰。自班孟坚已不能望太史公之淳深，崔蔡晚出，遂堕卑弱，识者累欷而已。我宋更靖康祸变之后，高皇帝受命中兴，虽艰难颠沛，文章独不少衰。得志者司诏令，垂金石；流落不偶者，娱忧纾愤，发为诗骚，视中原盛时，皆略可无愧，可谓盛矣……方是时，能居今行古卓然杰立于颓波之外，如吾长翁者，岂易得哉！

——《文集》卷十五《陈长翁文集序》

前者论及施司谏所注东坡诗，思路却延伸到传说中的诗歌到商周再到汉唐，后者论及《陈长翁文集》，却追溯了汉代以来文风的数次转变，将作序对象置于宏大的文学史背景中加以考察自然会加深对其理解和认识。

见识精审是陆游序跋文渊博学识的又一体现。清人谭献云："放翁题跋家训之属，往往朴挚有远识。"[1] 宋代士人喜欢读书，喜欢思考，更喜欢将这种思考付诸文字。难能可贵的是，陆游并未将自己局限于狭小的书斋之中，而是结合实践，立足现实，这使得他以见识深刻著称。陆游在读史书时，往往结合现实对其进行理性的思考和观照。如《书通鉴后》其一（《文集》卷二十五）反驳了司马光"天地所生，财货百物，止有此数，不在民则在官"的谬说，认为"自古财货，不在民又不在官者，何可胜数。或在权臣，或在贵戚近习，或在强藩大将，或在兼并，或在老释"。联系宋代社会积贫积弱的实际状况，陆游的判断是比较公允的。《书通鉴后》其二（《文集》卷二十五）是一篇论兵的文章，陆游将后周

---

① 《复堂日记》卷五，清光绪刊本。

世宗和宋太祖关于统一天下的战略构想反复对比，在婉转曲折的结构中夹叙夹议。文章前后三次提及后周世宗，称其战略构想为"奇谋""善谋"，表现出陆游灵活通达的思考与见解，也流露出对燕云失地未复的深深遗憾。

关于后唐灭亡的原因，旧史书一般认为是唐庄宗过分宠信伶人，"外则伶人乱政"①，"及其衰也，数十伶人困之，而身死国灭，为天下笑"。欧阳修引出"忧劳可以兴国，逸豫可以亡身"②的结论以警醒世人。陆游却另辟蹊径，一反旧说，认为是重臣郭崇韬因私废公，力荐刘氏为后的结果③。《书郭崇韬传后》（《文集》卷二十五）云：

> 呜呼！革不足言矣，崇韬佐命大臣，忠劳为一时冠，其请立刘氏，非有他心也，不过为天子所宠昵而自结焉，将赖其助以少安而已。然唐之亡，实由刘氏，是亡唐者崇韬也。后唐之先，皆有勋劳于帝室，晋王克用百战以建王业，庄宗因之遂有天下。同光之初，海内震动，几可指麾而定矣。而崇韬顾区区之私，引刘氏以覆其社稷，而灭其后嗣。宗庙之灵，其肯赦之乎？崇韬卒以尽忠赤其族，革亦无罪诛死，岂不天哉！

立意新颖，视角独特，以迥异于前人的思考成为一篇见解精到的翻案文章。议论中夹杂着强烈的感情，既有对后唐由盛而衰终归灭亡的惋惜，也有对郭崇韬因私废公的批判。

《书贾充传后》（《文集》卷二十五）云：

---

① （宋）薛居正等：《旧五代史》卷三十四《庄宗纪》，中华书局 2003 年版，第 479 页。
② （宋）欧阳修：《新五代史》卷三十七《伶官传序》，中华书局 1974 年版，第 397 页。
③ 《旧五代史》卷五十七《郭崇韬传》："崇韬自以有大功，河、洛平定之后，权位熏灼，恐为人所倾夺，乃谓诸子曰：'吾佐主上，大事了矣，今为群邪排毁，吾欲避之，归镇常山，为菟裘之计。'……门人故吏又谓崇韬曰：'侍中勋业第一，虽群官侧目，必未能离间。宜于此时坚辞机务，上必不听，是有辞避之名，塞其逸悫之口。魏国夫人刘氏有宠，中宫未正，宜赞成册礼，上心必悦。内得刘氏之助，群阉其如余何！'崇韬然之。"（宋）薛居正等撰，中华书局 2003年版，第 767—768 页。

言一也，情则三也，其惟论兵乎。自古惟用兵最多异论，以其有是三者也。祸机乱萌，伏于隐微，人知兵之利，不知其害。有识者焉，逆见而力止之，王猛之于秦是也。投机之会，转晔已移，而常人暗于事机，私忧过计，冯道之于周是也。猛固贤矣，道虽暗，犹有忧国之心焉。至于贾充，当晋武时，力沮伐吴之举，至请斩张华，则何说哉？自汉之季，百数十年间，庸人习见南北分裂，谓为故常。赤壁之役，以魏武之雄，乘破竹之势，而大败涂地，终身不敢南乡。充之心，盖窃料吴未可下，因为先事之言，以徼后日之福，而不料天下之遂一也。要之，战危事也，以舜为君，禹出师，不能一举而定三苗。以唐太宗自将，李绩在行，不能遂平区区之高丽。故为充之说者，常有利焉。此人臣之阴为身计者，所以多出于此也。冯道不足言矣，王猛、贾充之论，所谓差毫厘而谬千里者，可不察哉！

文章开门见山地提出观点，虽然贾充与王猛均反对君王用兵，但由于时代环境的不同和二人军事才能的差别，使得外表看起来类似的问题有着本质的差别。时过境迁，失之毫厘，谬以千里，通过对比，表现出陆游灵活通达的历史观和深刻卓绝的政治见解。

陆游的文学观点集中见于序跋中，这些观点，有的是对传统文论的继承，也有陆游个人的补充和创新。陆游知识赅博，勤于思考，他对文学的很多见解都是结合个人创作实践的甘苦之言，故多为深中三昧的精要之论。《杨梦锡集句杜诗序》（《文集》卷十五）开篇提出"文章要法，在得古作者之意"的主张，接着从正反两方面加以论述，强调涵泳经典的重要，批判后生用力不勤孤陋寡闻的学风。《跋蔡肩吾所作蓬府君墓志铭》（《文集》卷二十八）在叙述蔡肩吾的不幸遭遇后，转而论其文"不识肩吾者，读此文，亦足知其不凡矣"，表达见文知人，文如其人的文学主张。

陆游经常在序中表达自己对诗的见解，这些见解往往就是对传统诗学的传承。如：

> 古之说诗曰言志。夫得志而形于言，如皋陶、周公、召公、吉甫，固所谓志也。若遭变遇谗，流离困悴，自道其不得志，是亦志也。然感激悲伤，忧时闵己，托情寓物，使人读之，至于太息流涕，固难矣。至于安时处顺，超然事外，不矜不挫，不诬不怼，发为文辞，冲澹简远，读之者遗声利，冥得丧，如见东郭顺子，悠然意消，岂不又难哉。如吾临川曾裘父之诗，其殆庶几于是乎？
>
> ——《文集》卷十五《曾裘父诗集序》
>
> 诗首国风，无非变者，虽周公之《豳》亦变也。盖人之情，悲愤积于中而无言，始发为诗。不然，无诗矣。苏武、李陵、陶潜、谢灵运、杜甫、李白，激于不能自已，故其诗为百代法。国朝林逋、魏野以布衣死，梅尧臣、石延年弃不用，苏舜卿、黄庭坚以废绌死。近时，江西名家者，例以党籍禁锢，乃有才名，盖诗之兴本如是。
>
> ——《文集》卷十五《淡斋居士诗序》

从陆游的论述中，可以明显看到他的观点受传统诗学观的影响，而这两篇序在观点上是有联系的。"诗言志"，是与"诗缘情"相并列的中国传统诗学领域的两大命题。"诗言志"说，较早见于《尚书·尧典》。关于其含义，历来众说纷纭，莫衷一是。直到现代学者闻一多和朱自清那里才有了重大突破①。今人陈伯海在此基础上进一步指出："正确地说，'志'是一种渗透着理性（主要是道德理性）或以理性为导向的情感心理。"② 并将文人之"志"分成两种类型，一是写"个人穷通出处"的

---

① 闻一多：《歌与诗》，《闻一多全集》第 1 集，湖北人民出版社 1993 年版；朱自清：《诗言志辨》，《朱自清古典文学论文集》，上海古籍出版社 1981 年版。
② 陈伯海：《释"诗言志"——兼论中国诗学的"开山的纲领"》，《中国诗学之现代观》，上海古籍出版社 2006 年版，第 32 页。

志，还有一种是"不同于儒家的济世怀抱，而属于道家的超世情趣"的志。① 陆游的《曾裘父诗集序》开篇即提出"诗言志"这一古老的命题。接着认为人生得意和失意都是志的表现，显然，这里陆游所说的志属于"个人穷通出处"的志。而"感激悲伤，忧时闵己，托情寓物"也属于这一范畴。至于"安时处顺，超然事外，不矜不挫，不诬不怼"则明显属于"道家的超世情趣"的志。可见陆游论述的"志"的内涵还是相当完整的。关于"志"和"言"之间的关系，陈伯海用公式表示为："志≠诗；志＋言＝诗。"并进而解释道："简括地说，'志'是内容，'言'是形式；'志'是'言'所要表达的中心目标，'言'是为表达'志'所凭借的手段，这大致上符合古代人们的一般观念。"② 陆游所说的两类"志"借助语言发而为诗后，产生的效果也是迥然不同的。第一类诗歌读者读后叹息流泪，第二类诗歌读者读后遗弃了名利，明白了得失。《淡斋居士诗序》则提出了"盖人之情，悲愤积于中而无言，始发为诗"的观点。这明显是受《毛诗序》中"在心为志，发言为诗"一说的影响。陆游所说的情志，是经历了人生坎坷和痛苦郁结之后的结晶。他将这样的一种情志提升到作诗必备的前提条件的高度，并且列举自苏武、李陵以来的众多一流诗人加以论证。这样的情志借助语言的力量最终形成一篇篇佳作。当然，陆游的观点也恰好符合"中国文艺传统里一个流行的意见：苦痛比快乐更能产生诗歌，好诗主要是不愉快、烦恼或'穷愁'的表现和发泄。这个意见在中国古代不但是诗文理论里的常谈，而且成为写作实践里的套板"③。

　　陆游的见识还体现在他对艺术的品鉴上。陆游是一位书法家④，其书法取得较高成就，被列为"南宋四家"之一。近人沈曾植云："淳熙书

---

　　① 陈伯海：《释"诗言志"——兼论中国诗学的"开山的纲领"》，《中国诗学之现代观》，上海古籍出版社2006年版，第30页。

　　② 同上书，第33页。

　　③ 钱锺书：《诗可以怨》，《七缀集》，生活·读书·新知三联书店2002年版，第116页。

　　④ 详见刘石《陆游的书法》，《文史知识——纪念陆游诞辰880周年专号》2005年第11期。

家，就所见者而论，自当以范、陆、朱子为大宗。皆有宗法、有变化，可以继往开来者。樗寮益入，可称南宋四家。"① 清人赵翼说他"草书实横绝一时"，"工力几于出神入化"。②

陆游宦游各地，故网罗各种真迹，家藏法帖不可胜数，淳熙六年（1180），陆游集吴蜀《汉隶》真刻十四卷，无一字差谬（《文集》卷二十七《跋汉隶》）。他将东坡法帖中最为奇逸者汇为一编，名《东坡书髓》，三十年间，未尝释手（《文集》卷二十九《跋东坡书髓》）。陆游所藏多为名家作品，如苏轼、黄庭坚、米芾和蔡襄等。知识渊博学养丰厚的陆游具有极高的艺术品鉴能力。他善于品鉴字帖，眼光犀利，堪称书家之行家里手，曾鉴定苏仲虎所藏字帖，认为其"鉴定精审，无一帖可疑者"（《文集》卷二十七《跋中和院东坡帖》）。他往往以比较的方式鉴别优劣，如将本乡卿师的小楷与名家陈碧虚的相比较之后，得出虽"萧散小不逮"而"法度森严""亦名笔也"的结论（《文集》卷三十《跋卿师帖》）。在欣赏竖石本东坡字帖时，与成都西楼十卷中所书郭熙山水诗相比较，得出"奇妙可贵""颇相甲乙"的结论（《文集》卷二十八《跋东坡帖》）。

序跋文展现了陆游高超的审美想象力。王羲之所作《兰亭集序》至南宋时已经失传，故坊间流传多种摹写本。陆游平生所见，多为善本。自称"余平生见佳本亦多"，并交代自己鉴定《兰亭》的经验，"观《兰亭》当如禅宗勘辨，入门便了"（《文集》卷二十九《跋兰亭序》）。观毛仲益所藏《兰亭》，产生"龙乘云气而上天，凤凰翔于千仞"的瑰丽想象（《文集》卷二十八《跋毛仲益所藏兰亭》）。观看韩立道所藏《兰亭》，"如见大勋业巨公于未央庭中，大冠若箕，长剑挂颐，风采凛凛，虽单于不觉自失，况余子有不汗洽股栗者哉？"（《文集》卷三十《跋韩立道所藏兰亭序》）见到名本《兰亭》则激动不已，"至《兰亭修禊序》《乐毅

---

① 沈曾植撰，钱仲联辑：《海日楼札丛》卷八，中华书局1982年版。

② （清）赵翼：《瓯北诗话》卷六，霍松林、胡主佑校点，人民文学出版社1962年版，第95、96页。

论》，又王所爱玩，天下名本。王之于书，名尊一代，固无足异。今周器汉札，虽不可复见，而《修禊序》《乐毅论》，如鲁灵光岿然独存，意有神物护持，非适然也。王遗墨藏家庙者，今虽仅存，某尝获观，皆奇丽超绝，动心骇目。"（《文集》卷二十八《跋兰亭乐毅论并赵岐王帖》）"奇丽超绝，动心骇目"云云，陆游不但写出了名本《兰亭》的艺术效果，而且写出了自己鉴赏《兰亭》时的心理感受。

值得注意的是，陆游并没有被坊间纷繁复杂的《兰亭》版本蒙蔽，而是以自己高超的鉴别能力和超越流俗的眼光去客观对待《兰亭》的真伪问题。他没有亦步亦趋，而是有自己独特的见解。陆游不同意观者的肤浅之论，借《兰亭》引发对于治学态度的议论，"盖周孔无过，《兰亭》笔法亦无过，学者步亦步，趋亦趋，犹或失之，岂可以轻心慢心观之哉"（《文集》卷三十一《跋陈伯予所藏兰亭帖》）。他不以世俗流行的观点作为鉴定《兰亭》的标准，"世传中山古本《兰亭》'之''流''带''右''天'五字，有残阙处，于是士大夫所藏《兰亭》悉然……未可以'海'字为定论也"（《文集》卷三十一《跋陈伯予所藏乐毅论》）。

三 追忆模式的巧妙设置

陆游大多数序跋写于淳熙十六年（1189）罢归山阴之后①。此时陆游早已远离抗金前线，所以诗中充满了"憔悴衡门一秃翁，回头无事不成空。可怜万里平戎志，尽付萧萧细雨中"（《诗稿》卷四十六《夏日杂题》）的无奈叹息。陆游只能借助读书和创作来打发无聊的时光，排遣内心的苦闷。而题跋这种特殊的文体，既是读书的重要组成部分，又是一种独立的创作活动。"老年人常思既往"②，追忆成为题跋的重要内容。宇

① 陆游序跋文可系年者共257篇，其中，作于闲居山阴期间者170篇，占66%。
② 梁启超：《少年中国说》，《饮冰室合集·文集之五》，中华书局1988年版，第7页。

文所安在《追忆：中国古典文学中的往事再现》一书中说："如果我们要为了某个具体的、而不是无名的先人挥泪感慨，那么，就必须有这么一块刻有碑文的石碑，一块起中介作用的、给这个名字和山上这处具体地点染上特殊色彩的断片。"① "自然场景同典籍书本一样，对于回忆来说是必不可少的：时间是不会倒流的，只有依靠它们，才有可能重温故事、重游旧地、重睹故人。场景和典籍是回忆得以藏身和施展身手的地方，它们是有一定疆界的空间，人的历史充仞其间，人性在其中错综交织，构成一个复杂的混合体，人的阅历由此而得到集中体现。"② 陆游整日沉浸于书斋之中，激发他追忆的中介无非就是一些藏书和字画之类的艺术品。

陆游的一部分题跋文很少重点写题跋对象本身，而往往以此为载体和中介，激发对往事的回忆。这是陆游这类题跋的一般模式。先对题跋对象作简单交代，重点写追忆内容。追忆内容以下三类较为突出：

第一类是那些有关恢复中原的人和事。《跋郭德谊书》（《文集》卷二十七）和《跋释氏通纪》（《文集》卷二十八）借助郭德谊遗墨和欧阳修《释氏通纪》抒写了对童年时避兵东阳山中的回忆。《跋陕西印章》（《文集》卷二十七）由一枚印章激发了对蜀中时期在王炎幕府中结交的朋友的追忆和怀念：

> 绍熙庚戌正月十九日，夜阅故书，得此。追思在山南时，已二十年。同幕惟周元吉、阎才元、章德茂、张季长及余五人，尚无恙尔。拊卷累欷。放翁题。
>
> 又十有五年，当嘉泰之四年，岁在甲子，因暴书再观。则元吉、才元、德茂又皆物故数年矣。季长在蜀，累岁不得书，存亡有不可知者。而予年已八十，感叹不能已。八月十六日，务观书。

① ［美］宇文所安：《追忆：中国古典文学中的往事再现》，郑学勤译，生活·读书·新知三联书店2004年版，第29页。

② 同上书，第32页。

陆游在王炎幕府中，所结交的友人有十四五人，其中范仲芑（字西叔）、张缜（字季长）、宇文叔介、刘三戒（字戒之）、周颉（字元吉）、阎苍舒（字才元）、章森（字德茂）等人，皆与陆游友善。他们都是当时主张恢复并且能够独当一面的人物。陆游的这则题跋经由两次写成，第一次陆游六十五岁，周元吉等人尚在世。第二次陆游已经八十高龄，故交零落，其他人又难通音信，字里行间交织着沉痛真挚的感情。

《跋陈鲁公所草亲征诏》（《文集》卷二十九）由一封诏书激发对于绍兴年间一代名臣陈俊卿的追忆：

> 绍兴辛巳、壬午之间，某由书局西府掾，亲见丞相鲁公经纶庶务，镇服中外，有人所不可及者，然犹不知此诏为出于公也。后四十有三年，某行年且八十，偶幸未先犬马，获见公手稿。呜呼！公之谦厚不伐，与露才扬己者，相去何啻千万哉！追怀盛德大度，如巨山乔岳，凛然犹在目前，为之霣涕。嘉泰三年五月十二日，门人前史官陆某谨书。

已届暮年的陆游无法在现实中看到宋帝亲征，于是只好借助亲征诏激发对昔年往事的回忆，寥寥数笔赞美陈俊卿"经纶庶务，镇服中外"的风采和人格，表达了对其无限的景仰和缅怀之情。这恰恰是现实中征伐之梦难以实现时的一种心理补偿。无论是印章还是诏书，都是激发陆游追忆和想象的媒介。它联结着现在与过去，山阴与蜀中（临安），闲居与出仕，落寞与辉煌。在这种跨越时空的强烈对比与反差中，写出了作者的满腹心事。

《跋傅给事帖》（《文集》卷三十一）云：

> 绍兴初，某甫成童，亲见当时士大夫，相与言及国事，或裂眦嚼齿，或痛哭流涕，人人自期以杀身翊戴王室。虽丑裔方张，视之

蔑如也。卒能使虏消沮退缩，自遣行人请盟。会秦丞相桧用事，掠以为功，变恢复为和戎，非复诸公初意矣。志士仁人，抱愤入地者，可胜数哉！今观傅给事与吕尚书遗帖，死者可作，吾谁与归？嘉定二年七月癸丑，陆某谨识。

陆游由爱国志士傅崧卿的遗帖激发了对童年生活的一段追忆。裂眦嚼齿，痛哭流涕，陆游以简洁之笔写出了傅给事等人忧国忧时的神情，真实展示了当时爱国志士的精神风貌。接着笔锋一转，"秦丞相桧用事"，是傅给事面对的社会环境，也是造成他有志难伸的直接原因；"抱愤入地"，是为傅给事的抱恨九泉而鸣不平；"可胜数哉"，极言当时与傅给事有着同样抱负与遭遇的志士之众；"吾谁与归"，表现了知音难觅的孤独与悲哀。全文悲伤、惋惜的情绪与理性批判交织在一起，遣词悲凉，落笔沉痛。

第二类是与陆游有着密切交游的友人。如《跋洪庆善帖》（《文集》卷二十九）：

某儿童时，以先少师之命，获给扫洒丹阳先生之门。退与子威讲学，则兄弟如也。每见子威言洪成季、庆善学行，然皆不及识。今获观庆善遗墨，亦足少慰。衰病废学，负师友之训，如愧何！嘉泰二年五月丁卯，陆某谨题。

嘉泰二年（1202），陆游七十八岁，看到洪兴祖的遗墨，回忆起少年时代的读书生活。文章以婉曲的笔调，写出与少年时代的同窗好友许伯虎[①]的真挚友情，对童年时期未能结识洪拟、洪兴祖叔侄二人的遗憾，以及行至暮年能有幸拜读洪兴祖的墨宝时的欣慰。章法委婉曲折，语言简洁自

---

① 《诗稿》卷四十五《绍兴辛酉予年十七矣距今六十年追感旧事作绝句》："常忆初年十七时，朝朝乌帽出从师。（自注：与许子威辈同从鲍季和先生，晨兴，必具帽带而出。）"《文集》卷四十三《入蜀记》："伯虎字子威，余儿时笔砚之旧也。"

然，情感真挚饱满。

《跋范元卿舍人书陈公实长短句后》（《文集》卷二十九）云：

> 绍兴庚申辛酉间，予年十六七，与公实游。时予从兄伯山、仲高、叶晦叔、范元卿皆同场屋，六人者盖莫逆也。公实谓予"小陆兄"。后六十余年，五人皆已隔存殁，予年七十九，而公实郎君字伯广者出此轴，恍然如与公实、元卿联杖屦、均茵凭也。为之太息弥日，因识其末。虽然，使死而有知，吾六人者安知不复相从如绍兴间乎？会当相与挈手一笑，尚何叹？嘉泰癸亥十月二十九日，笠泽钓叟陆某书。

嘉泰三年（1203），已经七十九岁高龄的陆游看到好友范端臣为陈公实词所作题跋，激发了他少年时代的美好回忆。此跋的精妙之处在于，作者睹物思人，饱蘸笔墨，由范端臣题跋追忆了六十余年前赴临安应试时与陈公实等人结下的珍贵友情。同时引发了陆游的想象：与好友相约同游于九泉之下。表现了陆游对故交零落的深悲巨痛和对友人的深情厚谊。作者的思绪在追忆、现实和想象之间穿梭，虚实结合，情韵相生。

第三类是陆游本人重要的人生经历。《跋巴东集》（《文集》卷二十八）由寇相诗集追忆入蜀途中和离蜀东归两次经过巴东时的经历，"登秋风、白云二亭，观莱公手植桧，未尝不怅然流涕"。又如：

> 予居镜湖北渚，每见村童牧牛于风林烟草之间，便觉身在图画。自奉诏绅史，逾年不复见此，寝饭皆无味。今行且奏书矣，奏后三日，不力求去，求不听辄止者，有如日。
>
> ——《文集》卷二十九《跋韩晋公牛》

嘉泰癸亥四月十六日，两朝实录将进书，予以史官兼秘书监，宿卫于道山堂之东直舍，茶罢取此轴摩挲久之，觉香透指爪。此物着霜时，予归镜湖小园久矣。

——《文集》卷二十九《跋画橙》

这两篇题跋作于嘉泰三年（1203）四月，相距仅半月。时陆游奉诏修史，清人史学谦云："《渭南集》题跋多佳，吾尤爱其在史馆时二跋……读之，可想见此翁胸次。"[①] 所谓"胸次"，指的就是陆游文中流露出的厌倦仕途、决心归隐的思想以及淡泊宁静的心态。由《韩晋公牛》图追忆闲居镜湖时闲看牧童牧牛之情景，而当时的情景如此优美，以致感觉人仿佛在图画中一般。因摩挲《画橙》卷轴过久，竟产生"香透指爪"的幻觉。丰富的想象，模糊了现实与图画之间的界限。

四　文学成就的苦心经营

序跋作为最有文学性的文体之一，既表现出一般文学特征，也包括与序跋文体本身相关的特征。从陆游序跋文中可以清晰地看到他对文学成就的自觉追求和苦心经营。

首先，强烈丰富的情感。如在《跋东坡祭陈令举文》（《文集》卷二十八）中，为祭文辞指哀伤而感叹流涕的同时，亦为"士抱奇材绝识，沉压摈废，不得少出一二"而感慨不平。《跋范文正公书》（《文集》卷二十九）在为李泰伯、余安道、石守道等不幸遭遇惋惜的同时，发出"明哲保身之难"的感慨。《书空青集后》（《文集》卷二十五）首先回顾了曾公文章名满天下以及在战乱流离中的不幸遭遇，接着以"呜呼"二字引发了一大段感慨，高度赞扬其"巨丽闳伟"之词，对于其终老布衣、壮志难酬深表遗憾与同情，连用"可胜数哉""可胜叹哉"两个句子，情感强烈，笼罩全篇。

陆游最为关心的，始终是国家中兴与收复故土。所以，一旦与此相

---

① （清）史学谦：《静学斋偶志》卷四，清嘉庆刊本。

关，他的内心就会如涌起惊涛骇浪一般难以平静。庆元年间，陆游正在故乡闲居，远离政治旋涡，可是一旦有外物的激发，已逾古稀之年的他依旧义愤填膺，块垒难平。在《跋张监丞云庄诗集》和《跋朱新仲舍人自作墓志》（《文集》卷二十八）两文中，陆游谴责当时士大夫士气低迷，对于故国沦陷坐视不理，麻木不仁；而充满"忠义之气"的张云庄诗则让他"悲慨弥日"。对于遭受秦桧打击迫害长达十四年之久的朱新仲，陆游高度赞扬他的浩然正气，"向使公诎附以苟富贵，至莫年世事一变，方忧愧内积，惟恐闻人道其平日事，其能慨然奋笔自叙如此乎？"以反诘的语气收束全篇，情感强烈，余波不息。

再如《文集》卷十四《京口唱和序》：

> 隆兴二年闰十一月壬申，许昌韩无咎以新番阳守来省太夫人于润。方是时，予为通判郡事，与无咎别盖逾年矣，相与道旧故，问朋游，览观江山，举酒相属，甚乐。

> 明年，改元乾道，正月辛亥，无咎以考功郎征，念别有日，乃益相与游。游之日，未尝不更相和答，道群居之乐，致离阔之思，念人事之无常，悼吾生之不留。又丁宁相戒以穷达死生毋相忘之意。其词多宛转深切，读之动人。呜呼！风俗日坏，朋友道缺，士之相与如吾二人者，亦鲜矣。凡与无咎相从者六十日，而歌诗合三十篇。然此特其大略也，或至于酒酣耳热，落笔如风雨，好事者从旁掣去，他日或流传乐府，或见于僧窗驿壁，恍然不复省识者，盖又不可计也。润当淮江之冲，予老，益厌事，思自放于山巅水涯，与世相忘。而无咎又方用于朝，其势未能遽合。则今日之乐，岂不甚可贵哉！予文虽不足与无咎并传，要不当以此废而不录也。二月庚辰，笠泽陆某务观序。

文章写两次别后重逢的感慨，第一次仅以"甚乐"二字一笔带过，而重点写第二次，其中"道群居之乐，致离阔之思，念人事之无常，悼吾生之不留”一句写出游览之日，互相唱和之中，对于生命的感慨，文学色彩极浓，是典型的抒情之文。随后以“呜呼”二字引起抒情，慨叹世风日下，知音难觅，并表明自己归隐山林与世相忘的志向和乐趣。

其次，生动的人物形象的刻画。宋代序在唐代写书的基础上向写人过渡①，跋文中写人部分亦有人物形象的刻画，限于体制，无法展开，往往是人物的侧影。对此，王水照先生说：“用散文写人物，不能像小说那样具有完整的情节和叙事，也不能对人物作着力的刻画，它只能选择一二个典型事件大致勾勒人物的轮廓，或者甚至只能信手点染几笔，留下一些身影，但仍能达到生动性和形象性的要求。”② 陆游的序跋文正是如此，他往往点染数笔，就刻画出生动形象从而给读者留下深刻印象。陆游刻画了形形色色的人物形象，如《书二公事》（《文集》卷二十五）刻画出一个安贫乐道、清心寡欲、乐善好施的文人郑侠。关于其弈棋的一段描写，尤其精彩：“好强客弈棋，有辞不能者，则留使旁观，而自以左右手对局。左白右黑，精思如真敌。白胜则左手斟酒，右手引满，黑胜反是。如是几二十年如一日。”留客强弈、左右对局、旁若无人、年复一年，其天真、执着、痴迷的个性令人动容。

《跋李庄简公家书》（《文集》卷二十七）中的爱国志士李光：

> 李丈参政罢政归乡里时，某年二十矣。时时来访先君，剧谈终日，每言秦氏，必曰咸阳，愤切慨慷，形于色辞。一日平旦来，共饭，谓先君曰：“闻赵相过岭，悲忧出涕。仆不然，谪命下，青鞋布袜行矣，岂能作儿女态耶！”方言此时，目如炬，声如钟，其英伟刚毅之气，使人兴起。

陆游这篇跋文从三个层次刻画了李光这个愤世嫉俗的人物。首先总写李

---

① 杨庆存：《宋代散文研究》，人民文学出版社 2002 年版，第 200 页。
② 王水照：《宋代散文的技巧和样式的发展》，《唐宋文学论集》，齐鲁书社 1984 年版，第58 页。

光虽罢归乡里，但仍心忧天下，称当时气焰熏天的秦氏为暴秦，足见其勇气与个性。之后在语言描写中，通过对比反衬李光刚毅无畏的性格特征。"目如炬，声如钟"，通过两个形象的比喻写其神情，一个目光炯炯、声音洪亮的爱国志士跃然纸上。作者通过选取典型细节，在有限的篇幅中将李光这一形象刻画得活灵活现。

《师伯浑文集序》（《文集》卷十四）中的隐士师伯浑：

> 乾道癸巳，予自成都适犍为，识隐士师伯浑于眉山。一见，知其天下伟人。予既行，伯浑饯予于青衣江上，酒酣浩歌，声摇江山，水鸟皆惊起。伯浑饮至斗许，予素不善饮，亦不觉大醉。夜且半，舟始发，去至平羌，酒解，得大轴于舟中，则伯浑醉书，纸穷墨燥，如春龙奋蛰，奇鬼搏人，何其壮也。

文章首先交代与师伯浑结识的缘起，写与其相识，颇有惺惺相惜一见如故之感。在接下来的设酒饯行场面中，作者着力选取了三个最具有代表性的典型细节：畅饮高呼、酣饮非常和醉中挥毫。在具体描写时又正面描写与侧面描写、视觉描写和听觉描写相结合，通过夸张、烘托、对比、比喻等修辞手法反复渲染，这样一个充满个性的隐士形象便被刻画得惟妙惟肖。

《书浮屠事》（《文集》卷二十五）中两位性情迥异的僧人形象：

> 浮屠师宗杲，宛陵人；法一，汴人。相与为友。资皆豪杰，负气好游，出入市里自若，已乃折节，同师蜀僧克勤。相与磨砻浸灌，至忘寝食。遇中原乱，同舟下汴，杲数视其笠。一怪之，伺杲起去，亟视笠中，果有一金钗，取投水中。杲还，亡金，色颇动，一叱之曰："吾期汝了生死，乃为一金动耶？吾已投之水矣。"杲起，整衣作礼曰："兄真宗杲师也。"交益密。

"数视""色颇动"写出了佛门弟子宗杲的世俗之心，"怪""伺""亟视""取投"等词则写出了法一的细心与干练，写出了他视金钱如粪土的修持之心。文章选取一个战乱中的生活断面，通过动作、神情、语言、心理等描写手段，形象刻画出两个佛门弟子在同一环境中的不同性格。文章有环境、有人物、有情节，故事有起因、有发展、有结局，颇似一篇描写生动的微型小说。

最后，灵活多变的语言运用。陆游在序跋文中运用了比喻、对比、排比、引用、设问、反问、夸张、反衬等多种修辞手法。陆游文的比喻多为明喻，且所用喻体一般为日常生活中常见之物，这就构成了陆游文通俗易懂平易自然的语言风格。如形容《法华经》的博大精深时说："天不足以喻其大，海不足以喻其深"（《文集》卷二十八《跋晓师显应录》）。形容持禅师的坚守气节如"金石"，弘扬佛法如"雷霆"（《文集卷》十四《持老语录序》）。在写廉宣仲为人宽容时连用"如风叶之过吾前，候虫之鸣吾旁"（《文集》卷十四《容斋燕集诗序》）两个常见的自然现象，取类设喻，浅切自然。《跋吴梦予诗编》（《文集》卷二十七）用化雨之云和供人观赏之云来分别比喻为文之"尧舜其君民"和"为风为骚"，同样十分平易恰切。

陆游题跋文的排比，往往根据文情的需要来安排句式，构成一种动荡流走的气势。如在写梅尧臣作诗时称："方落笔时，置字如大禹之铸鼎，练句如后夔之作乐，成篇如周公之致太平"（《文集》卷十五《梅圣俞别集序》）。《跋云丘诗集后》（《文集》卷二十九）开篇提出"宋兴诗僧不愧唐人，然皆因诸巨公以名天下"的基本观点后，列举了一系列事例来论证："林和靖之于天台长吉，宋文安之于凌云惟则，欧阳文忠公之于孤山惠勤，石曼卿之于东都秘演，苏翰林之于西湖道潜，徐师川之于庐山祖可，盖不可殚纪"。都是以长句构成一种跌宕起伏、纵横恣肆的气势，与表达内容十分相称。

《天童无用禅师语录序》（《文集》卷十五）在开篇即运用一大段排比：

> 伏羲一画，发天地之秘；迦叶一笑，尽先佛之传。净名一默，曾点一唯，丁一牛刀，扁一车轮，临济一喝，德山一棒，妙喜一竹篦子，皆同此关捩，但恨欠人承当。

以短句为主，文笔简洁省净，语气急促危仄，与诸人"尚欠承当"的修为相表里，这就自然引出下文天童无用禅师卓尔不群的佛法修为。

在句式上，陆游题跋文以散行单句为主，但也偶尔根据文情的需要运骈入散。如《宣城李虞部诗序》（《文集》卷十五）云："宣之为郡，自晋唐至本朝，地望常重。来为守者不知几人，而风流吟咏，谢宣城实为之冠。生其乡者几人，而歌诗复古，梅宛陵独擅其宗。"以谢朓和梅尧臣两位宣城历史上最具有代表性的文化名人相对举，开篇厚重，自然而然地引出作序对象。《跋范巨山家训》（《文集》卷二十八）云："人莫不爱其子孙，爱而不知教之，犹弗爱也。人莫不思其父祖，思而不知奉其教，犹弗思也。使为人父祖者，皆如范氏之先，为人子孙者，皆如吾友巨山，世其有不兴者乎？吾所谓兴者，天地鬼神与之，乡人慕之，学者尊之，是为兴。不然，虽门列戟，床堆笏，德弗称焉，何兴之有？"开篇以两个假设语气的否定句相对举，既典雅凝重，又为逻辑思辨增色。

总体而言，序繁富而跋简略，但跋的形式更灵活一些，有话则长，无话则短，篇幅长短完全随文情而定。其中之短章如《跋法书后》（《文集》卷三十一）、《跋张季长中庸辨择》（《文集》卷三十一）、《跋岩壑小集》（《文集》卷三十一）等仅有一二十字。这些短章往往语言精练，言简意赅，类似随笔杂感。而像《书贾充传后》（《文集》卷二十五）、《书渭桥事》（《文集》卷二十五）、《跋兰亭乐毅论并赵岐王帖》（《文集》卷二十八）等则多达三百余字，《书郭崇韬传后》（《文集》卷二十五）近六百字，堪称跋文中的鸿篇巨制。再如《跋傅正议至乐庵记》（《文集》卷二十七）：

伏波将军困于壶头，曳病足土室中，以望夷贼，左右哀之，莫不为流涕。定远侯在西域三十年，年老思土，上书自言愿生入玉门关，词指甚哀。彼封侯富贵矣，然戚戚无聊乃如此。其它盈满鞞鞑，畏祸忧诛，愿为布衣不可得者，又何可胜叹。然则富贵果不如贫贱之乐耶？曰：此自富贵者言之耳。贫贱之士，仕则无路，处则无食，自非有道君子，其忧又有甚者矣。

正议傅公在学校二十年，声震京师，同舍生去为公卿者袂相属，而公始仅得一第。既仕矣，适时艰难，妄男子往往起闾巷，取美官，公又弃不用，则亦何自乐哉？及读所作《至乐庵记》，自道其胸中恢疏磊落，所以乐而忘忧者，文辞辩丽动人，有列御寇、庄周之遗风。然后知公盖有道者。或曰："使天以富贵易公之乐，公其许之乎？"予曰："公所以处贫贱者，则其所以处富贵也。颜回之箪瓢，周公之衮绣，一也。"观斯文者盖以是求之。淳熙十一年七月十六日，山阴陆某谨书。

文章围绕傅正议《至乐庵记》之"乐"字展开，将富贵与贫贱、乐与忧相对比，列举马援、班超、颜回、周公等人的故事，对照傅正议的仕途坎壈与其弟子的飞黄腾达，从正反两个方面反复论证，指出乐与忧的关键并不在于富贵与贫贱，而在于人格修养和求道。观点鲜明，层次清晰，逻辑缜密，论证严谨，语言上既自然流畅，又充满气势。

第三章　书启

陆游在漫长的仕途和交游生涯中，共创作了 150 篇书启，其中，启为 118 篇，书仅有 32 篇。对于陆游这样一个交游广泛、热爱创作的文人来说，书的数量简直少得有些离谱。这与华镇、胡宿、刘攽等一般作家相距甚远，与苏轼、黄庭坚、欧阳修、王安石等大家更不可同日而语①。究其原因，陆游书信存在明显的散佚问题。如嘉泰二年（1202），陆游与好友杨万里曾互致书信多篇，《诚斋集》卷六十八录有《再答陆务观郎中书》。《陆游佚著辑存》录有《与杨万里书》，是孔凡礼从杨万里致陆游的书信中辑出，只有两个断句。《答王樵秀才书》和《与杜思恭书》中均有"再拜"字样，可知陆游写给王樵和杜思恭的书信不止一篇。今本《渭南文集》《陆游佚著辑存》及《全宋文》中均不见陆游写给王樵的其他书信，当已散佚②。

刘勰说："详总书体，本在尽言，言所以散郁陶，托风采，故宜条畅

---

① 关于这些作家所作书的数量，华镇 156 篇，胡宿 154 篇，刘攽 132 篇，苏轼 1668 篇，黄庭坚 1229 篇，欧阳修 650 篇，王安石 260 篇。详见金传道《北宋书信研究》"北宋书信数量统计表格"，博士学位论文，复旦大学，2008 年，第 25—30 页。

② 《渭南文集》是嘉定十三年（1220）陆游幼子陆子遹在溧阳任上刊刻的，从《文集》前的序文中可知，《文集》从命名到体例再到卷帙的次序，均经过陆游亲自撰定。陆游在致仕之后的六七年中，除了写作之外，将主要精力用于《诗稿》和《文集》的编撰上。则《文集》所收陆游的文章，不可谓不全。而纵观孔凡礼辑佚的 23 篇书，内容较为琐细繁杂，与《文集》中所录的书的内容差距较大，没有收入《文集》的书信或许是陆游有意为之。

以任气，优柔以怿怀。文明从容，亦心声之献酬也。"① 考察书这一文体，本在于把话说透彻，是用以舒散作者郁积的心情，表达美好的言行；因此，应该条理畅达而放任志气，从容不迫而悦其胸怀。能够条理畅达和从容不迫，就能有效地发挥书相互赠答、交流思想的作用。书、启同为私人信函，具有极强的交际实用功能。尤其是启，为典型的官场应酬文字，所以难免有客套称颂之语，甚至阿谀奉承之辞。陆游书启的价值在于，他超越了一般书启限于交际的基本功能和套语的基本模式，而往往针对现实，有感而发，言之有物，绝少空洞之言辞。陆游在书启中，关注的都是有关民生疾苦和社稷存亡的重大问题，如恢复中原、奖拔人才、党争、士风等，表现出经世致用的一贯作风。在艺术表现上，则以真挚深婉的情感、平实谨严的章法和焕然四溢的文采为特征。

一　书的思想内容

陆游共有 32 篇书，按内容主要分为论政、论学、文论和叙事四个方面。他的前三类作品均观点鲜明，论证透彻，符合书这一文体"简要明切"② 的基本要求。

（一）论政

陆游论政之书有 3 篇：《与尉论捕盗书》《代二府与夏国主书》和《上虞丞相书》。其内容，包括郡县捕盗、国家关系和政治设计，都是针对重大现实问题而发的具有强烈现实意义的作品。

绍兴二十八年（1158）秋，陆游为福州宁德县主簿。甫一到任，就遇到了捕盗的难题。于是他给当时的县尉写了《与尉论捕盗书》（《文

---

① （南朝梁）刘勰著，范文澜注：《文心雕龙注》卷六《书记第二十五》，人民文学出版社1958 年版，第 456 页。

② （元）陈绎曾：《文说·明体法》，载王水照主编《历代文话》，复旦大学出版社 2007 年版，第 1341 页。

集》卷十三）。陆游首先向县尉申明了破盗之难的两点原因，一是群盗藏匿山林，骤集忽散，行踪不定，难以追查；二是规模较小，未能引起官兵的重视。因此群盗更加有恃无恐，为所欲为，"相与窜伏山林中，昏夜伺便小劫"。"骤集忽散，如鬼物然。"所以陆游认为，遭受抢劫的百姓是无辜的，绝不可视破盗为可有可无的小事。接着陆游引用一位退卒的话，揭示出群盗久久难破的真正原因。原来是昏庸的官府把报案的普通百姓看作盗贼的同伙，肆意鞭打，弄得人人自危，噤若寒蝉。因此虽然与盗贼"近在十步内""交臂而过"终究难以捕获。这是一种"自塞耳目"愚蠢透顶的做法。退卒否定了陆游所说的两点原因，认为"此十许人虽出没合散不常，似难邀获，然昼必食，夜必息，得金帛必卖，劫掠往来，至近亦须行四五里，岂有都无一人见之之理"。所以陆游建议县尉要听从这位退卒的建议，好好反省一番，可怕的不是盗贼本身，而是捕盗的方法和思路出现了问题。陆游语重心长地对自己的同僚说："吾辈儒者，当有大略。愿足下旷然无疑于胸中，不当效武夫俗吏但知守故常也。""吾辈"云云，拉近了陆游与县尉之间的心理距离。这样，就在晓之以理的基础上做到了动之以情。陆游认为三代以来"战而献馘"的古法，导致有些别有用心的人"杀平人以为功"，至靖康、建炎间始改其弊，"妄杀之祸"获得了根本的改观。陆游是心仪三代的[①]，但他认为三代之法亦可废之。所以他在现实考察的基础上，在已经了解事实真相的前提下，建议县尉不要像原来的那些武夫俗吏坚守"故常"（原来的捕盗方法）。陆游是一个立足现实、灵活通达的人，他坚信"虽目前未得力，但使人人敢言见贼，贼踪迹益露，势益穷蹙，远不过数月，获矣"。文章有理有据，论证严谨，脉络清晰，在说理时不忘情感的摄入，是一篇情理交融的平实之作。

《代二府与夏国主书》（《文集》卷十三）是陆游奉宰辅之命的代笔，

---

① 《文集》卷八《贺吏部陈侍郎启》："岂惟论思献纳，陈万世之策；遂将经纶康济，致三代之隆。"《文集》卷十一《贺施中书启》："德意达于四夷，号令媲乎三代。"

写于隆兴元年（1163）正月二十一日，意在与西夏交好。书信从多个角度强调与西夏之间的友好关系，晓之以理，动之以情。文章开篇回忆"祖宗与夏世修盟好"，是为了"同休戚，恤灾患，相与为无穷之托"。中经靖康之乱，地域阻隔，难通往来，但"朝廷未尝忘祖宗之志"。又引用刚刚登基的孝宗皇帝之言"夏，二百年与国也，岂其不念旧好而忘齐盟哉？"最后传达与西夏之间"同心协虑，义均一家，永为善邻，传之万世"的美好愿望。可以说，通好西夏，是当时孝宗皇帝坚持北伐恢复中原的重要谋略。通好西夏，是从外交上孤立金国，从而牵制金人。对于这次的代笔，陆游感到莫大的荣幸，以致终生难忘①。

《上虞丞相书》（《文集》卷十三）则论述了关于王霸之术的见解：

> 某闻才而见任，功而见录，天下以为当。君子曰："是管仲相齐、卫鞅相秦之法耳。"有人于此，才不足任，功不足录，直以穷故哀之，天下且以为过。君子则曰："是三代之俗，周公孔子之政也。"何也？彼有才，吾赖其才，因以高位处之；彼有功，吾借其功，因以厚禄报之。上持禄与位以御其下，下挟才与功以望其上，非市道乎？故齐秦用之，虽足济一时之急，而俗以大坏，君子羞称焉。若夫三代之俗，周公、孔子之政则不然。无才也，无功也，是直无所用也。无所用之人，虽穷而死者百千辈，何损于人之国哉？自薄者视之尚奚恤。君子顾深哀之，视其穷，若自我推以与之之不敢安也，矜怜抚摩，衣之食之，曰："彼有才有功者，何适而不遇。吾所急者，其惟无所用而穷者乎？"此心父母也。推父母之心，以及于天下无所用之人，非圣贤孰能哉？谓之三代之俗，周公、孔子之政，则宜故王霸之分，常在于用心之薄厚，而昧者不知也。

---

① 《诗稿》卷四《醉后草书歌诗戏作》："往时草檄谕西域，飒飒声动中书堂。"（自注：余尝草丞相鲁公以下与夏国主书于政事堂。）《诗稿》卷十八《燕堂春夜》："草檄北征今二纪，山城仍是老书生。"（自注：游尝为丞相陈鲁公、史魏公、枢相张魏公草中原及西夏书檄于都堂。）

所谓"王霸之辩"指的是中国古代两种截然不同的政治主张与治国方略。"王"指王道，仁政。"霸"指霸道，强权。儒家从孔子开始就提出两种治国方略。孔子说："道之以政，齐之以刑，民免而无耻；道之以德，齐之以礼，有耻且格。"① 这里的"政""刑"与"德""礼"显然属于两种完全不同的统治策略。可视为"王霸"之说的雏形。随后的孟子在此基础上进一步加以完善。他尊王道，抑霸道，声称："仲尼之徒无道桓文之事者"②，指出："五霸者，三王之罪人也。"③ 并进一步指出王政的根源是君王的"不忍人之心"④。靖康之变，北宋亡国，风雨飘摇中的南宋政权该何去何从，该采取何种治国方略？这使得"王霸之辩"再次成为难以避免的时代话题。由此，在理学家朱熹和永康学派的代表陈亮之间展开了一场激烈的辩论。朱熹极力提倡"尊王贬霸"，提出"存天理，灭人欲"的主张，并将中国历史上的政治分为三代和汉唐两种类型，认为三代的圣贤是以天理治天下，尽善尽美，实行的是典型的王政；汉唐的君主是以人欲治天下，偶尔也有与天理暗合的地方，实行的是典型的霸政。朱熹进一步指出二者差别的根源在于后来的君主惑于"利欲"。陈亮是典型的实用功利派，他坚决主张"独好伯王大略，兵机利害，颇若有自得于心者"⑤。这就是中国思想史上著名的"王霸义利之辩"⑥。

生活在"王霸之辩"如此激烈背景下的陆游，主张行王道。值得注意的是，在写给当朝宰辅虞允文的这封书信中，作者先后三次假托君子之言，最后引出"王霸之分，常在于用心之薄厚"的观点。概而言之，王道用心"厚"而霸道用心"薄"。作者指出，管仲相齐与卫鞅相秦录用

---

① 杨伯峻译注：《论语·为政》，《论语译注》，中华书局 1980 年版，第 12 页。
② 杨伯峻译注：《孟子·梁惠王上》，《孟子译注》，中华书局 1960 年版，第 14 页。
③ 杨伯峻译注：《孟子·告子下》，《孟子译注》，中华书局 1960 年版，第 287 页。
④ 杨伯峻译注：《孟子·公孙丑上》，《孟子译注》，中华书局 1960 年版，第 79 页。
⑤ （宋）陈亮：《陈亮集》卷五《酌古论序》，中华书局 1987 年版，第 50 页。
⑥ 关于这场论辩的详情，可参看侯外庐主编《中国思想史纲》，上海书店出版社 2004 年版，第 268—271 页；冯友兰《中国哲学史新编》（下卷），人民出版社 1999 年版，第 205—208 页。

人才的标准是"才"和"功"。而周公孔子之政录用人才的标准则是"穷"。前者喻于利，后者喻于义。作者所以这样说，当然有自己当时落魄潦倒，希望虞丞相"捐一官以禄之"的私心。但不可否认的是，陆游认为王霸之道的区别在于用心厚薄的不同，这是非常公允的。陆游所说的"厚"，与孟子所说的"不忍人之心"①同一机杼，也就是二程所说的"至诚恻怛之心"②。陆游提出君王应节制个人的嗜欲，政尚简质，为政公平，轻赋救民等诸多主张，无不表现出他施政淳厚的良苦用心。这里面闪耀着儒家仁政的思想光辉。

（二）论学

陆游的论学之书表现了作者对不良学风的深恶痛绝和强烈批判。《答邢司户书》（《文集》卷十三）从自己事科举、求利禄的角度引出"科举之文，固亦尊王而贱霸，推明六艺而诵说古今"的观点。"尊王贱霸"是陆游一贯的主张，陆游强调用来选拔人才的科举考试更应该践行这一主张。接下来他从反面加以论证："若言之而弗践，区区于口耳，而不自得于心，则非独科举之文为无益也。"他更进一步指出不利场屋者"组织古语，剽裂奇字，大书深刻，以眩世俗"，陆游对这种浮华无聊的文风学风是深恶痛绝的，认为这样的人根本没有资格谈"文章"二字。接着作者又从正面列举出"以文章擅天下"的韩、柳、欧、苏等人均出身科场。这样作者就通过正反两个方面的论证，指明科举文的正确取向。

《答刘主簿书》（《文集》卷十三）则是一篇系统论学的文章：

> 某才质愚下，又儿童之岁，遭罹多故，奔走避兵，得近文字最晚。年几二十，始发愤欲为古学。然方是时，无师友渊源之益，凡古人用心处，无所质问，大率以意度，或中或否。或始疑其非，终

---

① 《孟子·公孙丑上》："先王有不忍人之心，斯有不忍人之政矣。以不忍人之心，行不忍人之政，治天下可运于掌上。"见杨伯峻译注《孟子译注》，中华书局1960年版，第79页。
② 《二程遗书》卷二上《识仁篇》，《四库全书》本。

乃大信，或初甚好之，已而徐觉不可者，多矣。然亦竟不知所谓是
且非者卒何如也。方窃愧叹，不自意如足下学术文章足以雄长一世
者，乃不鄙其愚，而欲与之交，惠然见临，赐之以言，以为可与言
古学者。文词伟丽，读之惕然。夫道遇乞人，责之千金，足下固过
矣，然遂谓足下为非则不可。往者前辈之学，积小以成大，以所有
易所无，以能问于不能。故其久也，汪洋浩博，该极百家，而不可
涯涘。如足下所称诸公，盖皆如是也。至中原丧乱，诸名胜渡江，
去前辈尚未甚远，故此风犹不坠。不幸三二十年来，士自为睢眄甚
狭，已所未知者，辄讪薄之，以为不足学，排抑沮折，惟恐不力。
诋穷经者，则曰传注已尽矣；诋博学者，则曰不知无害为君子。呜
呼陋哉！

夫世既未有仁智之足如孔孟而师焉，则亦各出所长，相与讲习，
从其可者，去其不可者。自六经百氏历代史记，与夫文词议论，礼
乐耕战，钟律星历，官名地志，姓族物类之学，今四方之士，亦不
可谓无人。虽不能兼该众长，要为各有所得，往往皆捐数十年之功，
耗心疲力，雕悴齿发而为之，岂可易哉！如足下之所已得者，某愿
就学焉。其未者，颇愿与足下从诸君子历探其所有。足下亦宜尽发
所渟蓄，以与朋友共之。某所闻诚最浅薄，亦愿再拜以进，惟足下
与诸君子之所决择。使前辈风俗，由吾辈复少振，而狭陋之病，不
遂沉痼，岂细事哉！属两日苦眩，未得面陈，而先以书布谢，惶恐
惶恐。

文章提出复振前辈优良学风的愿望，表现了陆游对振作一代学风的时代
使命感与责任感。首先追忆了自己儿时因遭战乱而无暇学习，无名师指
点而学习多有困惑的情形。接着高度赞扬刘主簿"文词伟丽""雄长一
世"，进一步引出前辈之学"汪洋浩博，该极百家"的特点，究其原因，
在于"积小以成大，以所有易所无，以能问于不能"。这样一种优良的学
风，在渡江之初，"去前辈尚未甚远，故此风犹不坠"。而到了作者生活

的时代，"士自为畦畛甚狭，已所未知者，辄讪薄之，以为不足学，排抑沮折，惟恐不力。诋穷经者，则曰传注已尽矣；诋博学者，则曰不知无害为君子"。对于这样一种不思进取无知无畏的丑态，作者是深恶痛绝的。

文章第二部分，作者提出"各出所长，相与讲习"的观点。"自六经百氏历代史记，与夫文词议论，礼乐耕战，钟律星历，官名地志，姓族物类之学，今四方之士，亦不可谓无人。"陆游列举的各类知识相当驳杂，他认为个人虽不能"兼该众长"，但总会擅长某一领域。所以人与人之间应该相互学习，以人之长，补己之短。"如足下之所已得者，某愿就学焉。其未者，颇愿与足下从诸君子历探其所有。"对于刘主簿已经积累足够的知识，陆游愿意主动谦虚地请教学习。对于刘主簿还没能积累起来的知识，陆游则愿意同其一道去探索追求。可以说，这种不耻下问孜孜以求的精神正是达到知识浩博境界的重要前提。

（三）文论

陆游的文学主张，除了集中见于他的序跋之外，还散见于他的书中。《上执政书》（《文集》卷十三）将文章提到"至道"的高度加以强调，认为个人修养达到一定境界才能道尽文章之妙。《答陆伯政上舍书》（《文集》卷十三）认为学识赅博、品行端庄是作诗的两个重要前提。《上辛给事书》（《文集》卷十三）是陆游评价文章的重要代表作，陆游提出言为心声、文如其人的观点：

> 某官阁下：君子之有文也，如日月之明，金石之声，江海之涛澜，虎豹之炳蔚，必有是实，乃有是文。夫心之所养，发而为言，言之所发，比而成文。人之邪正，至观其文，则尽矣决矣，不可复隐矣。爝火不能为日月之明，瓦釜不能为金石之声，潢污不能为江海之涛澜，犬羊不能为虎豹之炳蔚，而或谓庸人能以浮文眩世，乌有此理也哉！使诚有之，则所可眩者，亦庸人耳。某闻前辈以文知

人，非必巨篇大笔，苦心致力之词也。残章断稿，愤讥戏笑，所以娱忧而舒悲者，皆足知之。甚至于邮传之题咏，亲戚之书牍，军旅官府仓猝之间，符檄书判，类皆可以洞见其人之心术才能，与夫平生穷达寿夭。前知逆决，毫芒不失，如对棋枰而指白黑，如观人面而见其目衡鼻纵，不得思虑搜索而后得也。何其妙哉！故善观晁错者，不必待东市之诔，然后知其刻深之杀身；善观平津侯者，不必待淮南之谋，然后知其阿谀之易与。方发策决科时，其平生事业，已可望而知之矣。贤者之所养，动天地，开金石，其胸中之妙，充实洋溢，而后发见于外，气全力余，中正闳博，是岂可容一毫之伪于其间哉！

文章开篇连用"日月之明，金石之声，江海之涛澜，虎豹之炳蔚"四个比喻指出"实"是"文"的基础，提出言为心声的观点。之后从正反两方面反复论证，在运用对比、比喻、用典等手法进行论证的基础上，进一步提出"文不容伪"的观点。对于如何才能做到文心一致，作者认为"务重其身而养其气"。这样，陆游以言为心声，文不容伪为前提，让自己的这一见解形成一个相对完整的体系。可分为以下三个层次：

第一层次："养气"，注重自我修养；

第二层次：高尚的人格；

第三层次：绝妙的文章。

"养气"说是陆游一贯的文学主张，在这篇文章中主要是指道德方面的修养。作者认为高尚人格是产生绝妙文章的重要前提，而平日注重自我修养则是达到高尚人格的重要途径。

（四）叙事

在陆游的书信中，还有一部分是叙事或以叙事为主的内容，大多是一些琐碎的小事，仿佛一个个电影镜头定格了陆游人生的诸多片段和瞬间。这些书信见于孔凡礼《陆游佚著辑存》①，共有 17 篇。兹举数例如下：

游八月下旬，方能到武昌。道中劳费百端，不自意达此。惟时时展诵送行妙语，用自开释耳……不得为使君樽前客，命也！郑推官佳士，当辱知遇。向经由时，府境颇苦潦，后来不至病岁否？伯共博士想已造朝久，舟中日听小儿辈诵《左氏博议》，殊叹仰也。（《与曾逢书》）

顾以野处穷僻，距京国不三驿，邈如万里。虽闻号召登用，皆不能以时修庆，惟有愧耳。东人流殍满野，今距麦秋尚百日，奈何！如仆辈既忧饿死，又畏剽劫，日夜凛凛，而霪雨复未止，所谓麦，又已堕可忧境中矣。（《与曾逮书》）

忽奉手帖，欣重。秋雨，尊候轻安。卿禅师遗墨甚妙，恨见之晚，辄题数行，不足称发扬之意。（《与明远书》）

儿子婚事，甚荷留念，初正以吾辈气类，故敢有请。已令媒氏具道其情，尚何疑哉！今又蒙垂诲，已抵龟而决矣。余令媒氏禀白。自此遂忝瓜葛，何幸如之。（《与仲信书》）

仰怀诲益，未尝一日忘也。桐江戍期忽在目前，盛暑非道途之时，而代者督趣甚切，不免用此月下澣登舟。愈远门闱，心目俱断。然亲友赴镇，亦不过数月间，彼此如风中蓬，未知相遇复在何日，凭纸黯然。（《与亲家书》）

镜中有委敢请：子聿亦粗能勤苦，但恨不得卒业，函丈若不弃遣，尚未晚也。张七三哥苦贫可念，官期尚远，奈何！每为之心折，顾无所置力耳。三丈亦念之否？（《答友人书》）

---

① 原载《文史》第三辑，题为《陆放翁佚稿辑存考目》，后经订补收入《陆游集》附录，中华书局 1976 年版。

这些书信记录的都是陆游日常生活的点点滴滴。如果说前面三类书信表现出陆游作为学者和仁人志士的一面，那么这类书信则反映出陆游作为普通人的日常生活。《与曾逢书》写入蜀途中的生活场景，信中提到旅途艰辛和未能造访曾逢的遗憾，而舟中听小儿辈诵读《左氏博议》则缓解了旅途的寂寞无聊。《与曾逮书》写于淳熙八年（1181）秋，陆游在故乡闲居，当时绍兴府一带洪水成灾。陆游在信中反映了灾民泛滥，饿殍遍野的悲惨遭遇，同时也写出自己的狼狈景象。虽然自己生活困顿但还是心忧苍生。虽然"钱粟有限，事柄不颛"，但他还是希望朱熹能够尽快赴任"能活此人"，表现出一位忧国忧民的士大夫时刻关心民生疾苦的优良品质。其他或写与友人的交往，或写儿子的婚事，或写对亲家的挂念，或写对儿子的担忧，家长里短，均写得情感真挚饱满，感人肺腑。

二　启的思想内容

周必大云："仕途应用，莫重笺启。"[①] 宋人启的功能极其广泛，但凡仕途迁谪、吉凶吊庆，几乎达到无一事不用启，无一人不用启的程度。启是一种应酬文字，有着固定的格式。陆游一生为官多年，交游广泛，一共写了118篇启。这些启内容相当广泛，从步入仕途到致仕还乡，几乎涵盖了陆游仕途的始终。按照启的功能，可分为致谢、祝贺、答复、问候四类。其思想内容，主要包括仕宦心态和寄意恢复两大类。

（一）仕宦心态

陆游文中，但凡仕途升迁，致仕还乡，均写有对达官显贵的谢启或答启。以年创作量统计，创作数量比较集中的有乾道九年、淳熙元年、淳熙六年、淳熙十三年和嘉泰二年、三年。在这些谢启中，除了表达致谢或答复的基本功能外，陆游对于自己的心绪、情感和思想均有所涉及，

---

① 《周益国文忠公集》卷五四《仲并文集序》，（宋）周必大撰，道光二十八年刊本。

展现了他不同时期的仕宦心态。

绍兴二十九年（1159），陆游由宁德县主簿调任福州决曹，主管刑法。在福州短短一年的任期内，他政务繁忙，很少外出，"枉是人言作吏忙"（《诗稿》卷一《还县》）。仅有的一次航海经历给他留下了深刻的印象①，以致陆游八十岁的时候，回忆起当年的往事依旧兴奋不已，"行年三十忆南游，稳驾沧溟万斛舟。常记早秋雷雨霁，柂师指点说琉球"（《诗稿》卷五十九《感昔》）。难得的外出游览让陆游产生惧怕回到衙门的想法，"拂床不用勤留客，我困文书自怕归"（《诗稿》卷一《雨晴游洞宫山天庆观坐间复雨》）。所以，福州这一年的生活是相当无聊的，再加上总是生病②，陆游索性连诗也很少作了。这一年，陆游仅作了7首诗。在他离开福州北归的途中，他写了一首诗，诗歌题目很长，《自来福州，诗酒殆废。北归始稍稍复饮，至永嘉括苍，无日不醉，诗亦屡作。此事不可不记也》算是对这一段生活的总结。"诗酒殆废""不可不记"云云，表现出陆游对这段无聊生活的耿耿于怀。在此期间，陆游写有《答福州察推启》（《文集》卷六），他在这篇短启中这样自述心迹："某奔驰斗粟，流落二年，久亲柱后之惠文，高束床头之《周易》。"政务繁忙，心绪凌乱，连自己非常喜欢读的书都很少问津了。读书生活，陆游在这一时期诗中并未提及。这篇启让我们从另一个侧面了解到陆游当时的生活状态。

淳熙五年（1178）春，陆游蜀中诗流传入京，为孝宗所见，遂奉召离蜀东归③。他于年秋抵达杭州，蒙孝宗召对，除提举福建路常平茶事。对于这次召对，陆游的心态是非常复杂的。他满怀着激动与期望，而结果却令他失望。他在《福建到任谢表》（《文集》卷一）中称："侵寻半

---

① 《诗稿》卷一《航海》《海中醉题时雷雨初霁天水相接也》。
② 《诗稿》卷一《度浮桥至南台》："客中多病废登临。"
③ 《文集》卷十《谢王枢使启》："浪游山泽，不知岁月之屡迁；笃好文辞，自是书生之一癖。裴然妄作，本以自娱。流传偶至于中都，鉴赏遂尘于乙夜。"叶绍翁《四朝闻见录》卷乙："游宦剑南，作为歌诗，皆寄意恢复。书肆流传，或得之以御孝宗，上乙其处而趣之。"陆子虞《剑南诗稿跋》："戊戌岁正月，孝宗念其久外，趣召东下。"

世，转徙两川，三为别乘之行，再忝专城之寄。五十之年已过，非复壮心；八千之路来归，恍如昨梦。"在《与本路郡守启》（《文集》卷九《答南剑守林少卿启》）中则说："潦倒寒生，沉迷薄宦。"年过半百却一事无成，穷困潦倒而宦游他乡，这不能不令陆游感到伤心。况且当时的建安城还比较荒凉，陆游在《思归》（《诗稿》卷十一）中说："至今客枕梦，万里不能尺。谁知建安城，触目非夙昔。冥冥瘴雾细，潋潋蛮江碧。出门无交朋，呜呼吾何适？归哉故山路，讵必须暖席。"自然环境的恶劣，没有故交的寂寞，使得陆游经常产生思归之意。在给林少卿的答启中说："比解边城，猥叨使传，顾茕茕之寡助，宜挈挈而亟行。揣分已踰，置惭靡所。伏念某百罹薄命，九折穷途……乃者来归，颓然迟暮，进趋梗野，占奏空疏，宜居摈斥之科，敢辱光华之命。"（《文集》卷九《答南剑守林少卿启》）在写给钱运使和苏给事的启中，言辞更为凄苦，可谓牢骚满腹："伏念某禀资甚陋，赋命多艰。跌宕文辞，本是书生之常态；蹉跎名宦，独为天下之畸人。"（《文集》卷九《与钱运使启》）"奔走九年，仅补州麾之选；来归万里，遽叨使传之华。忝冒过优，惭惶莫喻。伏念某多奇薄命，孑立孤生。小智自私守，纸上区区之糟粕；大感不解，蹈人间汹汹之风波。比由陇蜀之归，获奉宣温之对。朴学不足以恭承清问，芜辞不足以罄写丹衷。"（《文集》卷九《与建宁苏给事启》）将孝宗召对自己称为"宣温之对"，意思是说像汉文帝召见贾生那样，"可怜夜半虚前席，不问苍生问鬼神"[①]。自己想将一片恢复进取之意和盘托出，而此时的孝宗对这些已经不感兴趣了。所以说"芜辞不足以罄写丹衷"，耿耿丹心，一片孤忠，可惜却没有机会向皇帝倾诉。

此外，收于《文集》卷八的《答薛参议启》，于北山和欧小牧的谱文中未提系年。但从文中"极知趣召之在迩，犹幸小留而后东"二句来看，可知是作于离蜀东归之前，陆游对于当时即将被孝宗召回是心知肚明的。

---

① 李商隐《贾生》一诗中的名句。陆游好友周必大在赠诗中同样将孝宗召对陆游比作汉文帝召见贾生："汉皇亲召贾生还，京路争看北海贤。"（《省斋文稿》卷七《送陆务观赴七闽提举常平茶事》）

《文集》中，接着《答薛参议启》又收入了《答卫司户启》《与何蜀州启》《答交代杨通判启》《与赵都大启》（均见《文集》卷八）、《与成都张阁学启》《答勾简州启》《与蜀州同官启》（均见《文集》卷九）。关于这些文章的系年，《与何蜀州启》和《答交代杨通判启》二文，于北山系于乾道九年（1173），时陆游通判蜀州①。从这些文章的题目和内容来看，都作于到达成都以后，当是无疑。这一时期，陆游频繁地在蜀中各地任职，游宦无成，政务繁忙，这使得陆游内心十分焦虑和痛苦。概而言之，陆游此时的心态，表现在以下几个方面。

一是时光易逝和流落天涯之叹，以及对宦游生活的厌倦。

> 山川信美，久嗟人物之寂寥；车骑甚都，一耸吏民之瞻视。（《答薛参议启》）
>
> 漂流万里，可知已老之头颅……自收朝迹，久困宦游。（《与何蜀州启》）
>
> 瓜戍及期，幸仁贤之为代；萍踪无定，怅候问之未遑。（《答交代杨通判启》）
>
> 薄游万里，最为天下之穷；摄守一官，猥与幕中之辩……光阴晼晚，已逾不惑之年；簿领沉迷，犹在无闻之地。（《与成都张阁学启》）
>
> 近被台移，来陪幕辩，以海内孤寒之迹，假天涯独冷之官。（《答勾简州启》）
>
> 去国十年，饱作江湖之梦；佐州万里，又宽沟壑之忧。（《与蜀州同官启》）

二是强烈的思归之心。

---

① 于北山：《陆游年谱》，上海古籍出版社 2006 年版，第 173 页。

松陵笠泽，虽赊故国之归期；锦江草堂，聊窃老师之补处。（《与赵都大启》）

虽梦寐思归，类泽国春生之雁；而巾瓶无定，如云堂旦过之僧……某自侵晚景，久歇壮心，理剡曲之归舟，方从此日；卜浣花之绝境，敢效先贤。（《答勾简州启》）

淳熙十三年（1186）春，陆游接到朝廷的任命，以朝请大夫权知严州。此前，他在故乡闲居已有五年多的时间。关于陆游被罢官一事，《宋史》本传在记载他由江西常平提举召还后，接着说道："给事中赵汝愚驳之，遂与祠。"① 指出陆游被罢官是由于赵汝愚的弹劾。至于遭受弹劾的原因，据史料记载，淳熙八年"三月二十七日，提举淮南东路平茶盐公事陆游罢新任，以臣僚论游不自检饬，所为多越于规矩，屡遭物议故也。"② 这里的臣僚当指赵汝愚。陆游向来放荡不羁，不拘世俗，而这恰恰成为那些别有用心的人打击他的口实。早在蜀中时，就有人讥其颓放，他就索性自号"放翁"③，并且写诗说："门前剥啄谁相觅？贺我今年号放翁"（《诗稿》卷七《和范待制秋兴》）。而这次赵汝愚对陆游的迫害与之前的人同出一辙④。陆游任职严州时，心态已不再像蜀中时那般"达观"，而是异常凄苦。陆游写有《上丞相参政乞宫观启》（《文集》卷十一），开篇即云："年运而往，益知涉世之艰"，世道艰辛，人心险恶，只有随着阅历的增长才能深切体会到。其中写到遭受打击之严厉是"拉朽摧枯，竞为排陷。哀穷悼屈，孰借声光"。朝中那些投降派对于民族的利益、遗民的呼声从来都是置若罔闻。而对于一个已经年过半百的主战人士，却极尽打击迫害之能事。这不能不让陆游胆寒心冷。因此，他产生

---

① （元）脱脱等：《宋史》卷三百九十五，中华书局1985年版，第12058页。
② （宋）徐松辑：《宋会要辑稿·职官七十二》，中华书局1957年版。
③ （元）脱脱等：《宋史》卷三百九十五《陆游传》："范成大帅蜀，游为参议官，以文字交，不拘礼法，人讥其颓放，因自号放翁。"中华书局1985年版，第12058页。
④ 《文集》卷九《福建谢史丞相启》亦云："知者希则我贵矣，何嫌流俗之见排；加之罪其无词乎，至以虚名而被劾。"

了江湖之思和慕道之意，"惟当自屏于江湖"，"假以毫端之润，宠其林下之归。某谨当刻骨戴恩，刿心慕道。诵丹台之蕊笈，少慰素怀；拜玉局之冰衔，用华晚景"。陆游就是在这样的一种心态下又一次开始了闲居故乡的生活。虽然距起知严州已五年有余，但陆游依然心有余悸。陆游当时对丞相王淮、梁克家，枢密使周必大，参政黄洽、施师点，给事中葛邲等，均有谢启。而在随后抵达严州任上时，又以书启致王淮、梁克家和周必大三人。这些启较为详细而集中地表达了陆游权知严州时的心态。

首先是对当年朝中佞幸小人"竞为排陷"的抨击和心有余悸，"睚眦见憎，本出一朝之忿；挤排尽力，几如九世之仇"（《文集》卷十一《知严州谢王丞相启》）。"爱憎遂作，誉毁相乘，肆为部党之诮，规动朝端之听，虽渐能忍事，听唾面之自干；犹竞起浮言，至擢发而莫数。颎洞风波之上，流离道路之旁。"（《文集》卷十一《谢梁右相启》）"羽翮摧伤，风波震荡。薄禄作无穷之祟，虚名结不解之仇。郦生自谓非狂，甚矣见知之寡；韩愈何恃敢傲，若为取怒之深。"（《文集》卷十一《谢周枢使启》）"念兹积谴，虽擢发而有余；察彼众谗，亦吹毛之已甚。"（《文集》卷十一《谢周枢使启》）

其次是对当时穷困多病的生活状态的描写，以及叹老嗟卑的感叹。"伏念某箪瓢穷巷，土木残骸。早已孤危，马一鸣而辄斥；晚尤颠沛，龟六铸而不成。"（《文集》卷十一《谢周枢使启》）"病余揣分，薪续食于丛祠；望外疏恩，俾牧民于近郡……伏念某早岁多艰，晚途益困。……未葬支离之骨，辱招羁旅之魂。八千之路虽还，五十之年已过。视荒荒而益废，发种种以堪哀。"（《文集》卷十一《谢黄参政启》）"伏念某薄才绵力，多病早衰。"（《文集》卷十一《谢施参政启》）"慨念孤生，已侵暮境。倪使抱所闻而不试，则将赍遗恨于无穷。"（《文集》卷十一《严州到任谢王丞相启》）

最后是对建功立业的渴望和失志的悲哀。据《宋史》本传，"起知严州，过阙，陛辞，上谕曰："严陵山水胜处，职事之暇，可以赋咏自适。"① 陆游在谢启中多有提及。"矧此江山之郡，介于吴越之间。"（《文集》卷十一《谢梁右相启》）"惟兹山水之邦，自昔诗书之俗。"（《文集》卷十一《谢施参政启》）"南山之石岩岩，帝资宿望。"（《文集》卷十一《谢周枢使启》）值得注意的是，陆游在谢启中，多次提到"初心"一词：

> 海三山之缥渺，钓鳌已愧于初心；楚七泽之苍茫，殪兕亦成于昨梦。（《文集》卷十一《谢葛给事启》）
>
> 旅进无阶，叹空驰于清梦；余年有几，惧终负于初心。（《文集》卷十一《谢施参政启》）
>
> 续钟釜之禄以待挂冠，尝面祈于大造；效尺寸之劳而垂汗简，怅永负于初心。（《文集》卷十一《严州到任谢王丞相启》）

"初心"者，"本意"之意。陆游步入仕途的本意，就是北伐中原恢复故土。而孝宗皇帝的圣意无非是对陆游的"误解"。因此，对于这种"初心"，陆游或因产生归隐之意而感惭愧，或因年光易逝而感到恐惧，或因辜负它而惆怅。正是这样一种"初心"，使得陆游在逆境中依然没有停止反思与追求。《谢梁右相启》（《文集》卷十一）云："摧颓虽久，省录未忘。谓人士舍之则藏，固当慕昔贤显晦之节；然朝廷养非所用，何以待异时缓急之求。"这是对朝廷所用人才的反思。《谢周枢使启》（《文集》卷十一）云："而某少颇激昂，老犹矍铄。志士弗忘在沟壑，固当坚马革裹尸之心；薄福难与成功名，第恐有猿臂不侯之相。"这是建功立业的豪情壮志。可以说，虽然现实如此残酷，世道如此险恶，但陆游并没有被击倒，而许国丹心，老当益壮，历久弥坚。以致开禧二年（1206），八十二岁的老诗人依然能写出"一闻战鼓意气生，犹能为国平燕赵"（《诗

---

① （元）脱脱等：《宋史》卷三百九十五《陆游传》，中华书局 1985 年版，第 12058 页。

稿》卷六十八《老马行》）的动人诗句。这正是陆游之所以为陆游的地方。

嘉泰二年（1202）五月，已经七十八岁高龄的陆游在故乡接到朝廷的诏书，宣他入京修孝宗、光宗两朝实录及三朝史。翌年正月，除宝谟阁待制。四月，两朝实录修毕。这个过程中陆游写有《修史谢丞相启》《除宝谟阁待制谢丞相启》《谢费枢密启》《致仕谢丞相启》（均见《文集》卷十二）以及《乞致仕札子》三篇（《文集》卷四），较为详细地反映出陆游致仕时的心态。概而言之，主要有以下几个方面：

一是对自己年老体衰的如实描写。

> 扶衰残而就列，刮瞖膜以缮书。（《谢费枢密启》）
> 桑榆已迫，俾华垂白之年；豚犬何能，遽有拾青之幸。（《致仕谢丞相启》）
> 伏念臣学缘病废，志与年衰，步蹇弗支，发存无几。（《乞致仕札子》其二）

二是对朝中小人毁谤自己的忧惧。

> 虚名作祟，聚谤成雷，幸于先狗马塞沟壑之前，遂其赐骸骨归卒伍之请。（《除宝谟阁待制谢丞相启》）
> 伏念某百罹薄命，九折穷途，迹久困于多言，年已侵于大耋。（《谢费枢密启》）

三是思归之心迫切。

> 固已负耒学耕，饰巾待尽，身还民服，口诵农书，从故里渔樵之游，拜高年羊酒之赐。（《除宝谟阁待制谢丞相启》）
> 都门屡入，壮游恍似于前身；册府再来，众吏多非其旧识。

（《谢费枢密启》）

　　十具乌犍，冀获安于故里。（《乞致仕札子》其二）

　　杜曲桑麻，傥遂扶犁之初愿；灞桥风雪，更寻策蹇之旧游。
（《乞致仕札子》其三）

四是对幼子陆子遹的关心。

　　任子以世其禄，寓直以华其行。（《除宝谟阁待制谢丞相启》）

　　故推余泽，俯及衰门。重念稚儿，虽非异禀。（《致仕谢丞相
启》）

　　陆游认为自己晚年被召修史是一种荣幸，所以心存感激之意。《修史
谢丞相启》云："生逢盛旦，蒙六圣之涵濡；身缀清班，被四朝之识拔。
常恐倏先于朝露，遂将莫报于秋毫。"《除宝谟阁待制谢丞相启》云："欲
叙丹衷之感，莫知雪涕之横。"《乞致仕札子》其三云："进登法从，晚蒙
陛下之异知。"对于自己以修史致仕，结束仕宦生涯，陆游的心态是矛盾
的，一方面，他认为自己已经为这个国家竭尽全力，所以无愧于自己的
少年壮志，"修世官而不坠，益体上恩；继家学于寖衰，或传来裔。庶几
瞑目，无愧初心"（《谢费枢密启》）。另一方面，"但悲不见九州同"的
无奈现实让陆游觉得再也不能在仕途上有所作为，恢复中原故土了。所
以，一想到自己的少年壮志，不由得又惆怅不已，"万签黄卷，怅已负于
初心"（《乞致仕札子》其二）。

（二）寄意恢复

　　贺启是陆游启中仅次于谢启的另一大宗。陆游一生，为官多年，宦
游各地，所交游者多为爱国志士，因此一旦有友人仕途升迁，陆游往往
写有贺启。陆游贺启中最有价值的地方在于超越一般的祝贺和客套，寄
予授书对象更多的期望，时时展现出自己的恢复中原之意，表现出一个

爱国志士的强烈的责任感和以天下为己任的胸怀。

绍兴二十九年（1159），辛次膺任福建路安抚使兼知福州，陆游写有《贺辛给事启》（《文集》卷六）。贺启中的"庭叱义府，面折公孙"，说的是指斥秦氏"怀奸固位，不恤国计，婤婀趋和，谬以为便"①一事。辛次膺是一个疾恶如仇直言敢谏的人物，《宋史》本传中说他论劾奸佞"每章疏一出，天下韪之。上（按，指高宗）方厉精政事，次膺每以名实为言，多所裨益"。正因如此，陆游在贺启中高度赞扬了辛次膺指斥时弊廓清风气之功。"指朋党于蔽蒙胶漆之时，发奸蠹于潜伏机牙之始……可否一语而不移，利害十年而后验。人服其识，家诵其言。""洗鄙夫患失之风，增善类敢言之气，俯仰无愧，进退两高。"

据《建炎以来系年要录》载，绍兴三十二年（1162）十月"赐枢密院编修官陆游、尹穑进士出身。以权知院史浩、同知黄祖舜之荐也"②。因为有这样的交情，所以陆游在《贺黄枢密启》（《文集》卷七）中将自己的一番恢复之意和盘托出。绍兴三十一年（1161）九月，黄祖舜为同知枢密院事。金主完颜亮已举兵南下，宋廷的一些将领刘锜等亦已渡江北上严阵以待，大战一触即发。陆游在贺启中表达了对于国家中兴的一片热望："天其相有永之图，日以冀中兴之治。"对于现实，陆游有着十分清醒的认识："东有淮江之冲，西有楚蜀之塞。降附踵至，人心虽归而强弱尚殊；踊跃请行，士气虽扬而胜负未决。坚壁保境，则曷慰后来之望；辟国复土，则又有兵连之虞。"但在文章的最后，陆游还是展示了自己杀敌报国的意愿和决心："敢誓糜捐，以待驱策。"

隆兴元年（1163），张浚赴建康都督江淮军马，积极备战北伐。陆游作《贺张都督启》（《文集》卷七）。全文对恢复中原故土寄以深切希望，但强调"必取之长算"，在于"熟讲而缓行"。后来，张浚果以用人不当、轻率出兵而兵溃符离，使得隆兴北伐化为泡影。这篇启表现出陆游卓越

---

① （元）脱脱等：《宋史》卷三百八十三《辛次膺传》，中华书局1985年版，第11803页。
② （宋）李心传：《建炎以来系年要录》卷二〇〇，《四库全书》本。

的战略眼光。

乾道四年（1168）十月，陈俊卿为右仆射，并同平章事兼枢密使。陆游与陈俊卿的相识，可以追溯到四年前陆游任镇江通判时。当时张浚以右丞相督视江淮兵马，而陈俊卿则是以幕僚的身份跟随其一同到来。陆游听到陈俊卿拜为右相的消息，兴奋不已，写了一篇《贺莆阳陈右相启》（《文集》卷八）。他认为陈俊卿被拜为右相，是"道行之有命"，是"天定之胜人"。文中强调了仁宗一朝的治绩，列举了范仲淹、韩琦、富弼等名臣之贤，用来鼓励陈俊卿以此自期，肩负时代重任，以建立巍巍政绩。而有此志同道合的贤相，自己也当鞠躬尽瘁，为国效力。"某孤远一介，违离累年。登李膺之舟，恍如昨梦；游公孙之阁，尚觊兹时。敢誓糜捐，以待驱策。"

淳熙十四年（1187）二月，周必大为右相，陆游写有贺启：

> 窃以时玩久安，辄生天下之患；国无远略，必有意外之虞。方今风俗未淳，名节弗励，仁圣焦劳于上，而士夫无宿道向方之实；法度修明于内，而郡县无赴功趋事之风。边防寖弛于通和，民力坐穷于列戍。每静观于大势，惧难待于非常。至若靖康丧乱，而遗平城之忧；绍兴权宜，而蒙渭桥之耻。高庙有盗环之逋寇，乾陵有斧柏之逆俦。江淮一隅，夫岂仗卫久留之地；梁益万里，未闻腹心不贰之臣。文恬武嬉，戈朽钺钝。谓宜博采众谋之同异，然后上资庙论之崇严，非素望之伟然，谁出身而任此。（《文集》卷十二《贺周丞相启》）

周必大是陆游的好友，因此同样是提出恢复中原之愿望，这篇启说得格外通透详尽，直言不讳。文中对士大夫的安于现状和决策者的目光短浅予以痛彻批判，指斥"文恬武嬉，戈朽钺钝"的荒唐事实，追忆靖康之乱与南渡之初朝廷流亡的耻辱历史，指出国家边防松弛、民力凋敝的现状，认为偏安江左并非长久之计，表现出作者对恢复中原故土的强烈期待和面对荒唐现实时的忧患意识。同年，丘崈为两浙转运副使，陆游有贺启。丘崈字宗卿，江阴人。隆兴元年（1163）进士。丘崈立朝论事，力主恢复，但不为迎合，富有深谋远略①。开禧兵败，临危不惧，从容应战，措置周详，表现出杰出的军事才能。《宋史》本传说他"仪状魁杰，机神英悟，尝慷慨谓人曰：'生无以报国，死愿为猛将以灭敌。'其忠义性然也"②。对于这样一位力主恢复的爱国志士，陆游自然是惺惺相惜极为崇敬的。因此在贺启的开篇即云："恭审上印帅藩，乘轺畿甸。得人若是，则吾国其庶几乎；先声隐然，非俗吏之所能也。公论为之慰惬，大用此其权舆。"认为丘崈出任此职是绰绰有余的。接着陆游对丘崈的人品和才能给予了高度评价："恭惟某官英姿迈往，敏学造微，夷途蚤践于高华，隆委遍当于繁剧。所临辄治，虽千变万化而不穷；自守弗阿，终特立独行之如此。"（《文集》卷十二《贺丘运使启》）

三　书启的艺术特色

（一）真挚婉曲的情感

书信是人与人之间交流感情与思想的重要媒介。古往今来，书信写得感人肺腑荡气回肠的代不乏人，如司马迁《报任安书》、杨恽《与孙会宗书》、曹植《与吴质书》、嵇康《与山巨源绝交书》、鲍照《登大雷岸与妹书》、陶弘景《答谢中书》、韩愈《与孟东野书》、白居易《与元九书》等，可谓名篇辈出。陆游的书信，堪称内心世界的真实独白。读他的很多书信，真实的强烈的情感往往扑面而来。如《答王樵秀才书》

① （元）脱脱等：《宋史》卷三百九十八《丘崈传》："丞相虞允文奇其才，奏除国子博士。孝宗谕允文举自代者，允文首荐崈。有旨赐对，遂言：'恢复之志不可忘，恢复之事未易举，宜甄拔实才，责以内治，遵养十年，乃可议北向。'""既入奏，韩侂胄招以见，出奏疏几二千言示崈，盖北伐议也，知崈平日主复仇，冀可与共功名。崈曰：'中原沦陷且百年，在我固不可一日而忘也，然兵凶战危，若首倡非常之举，兵交胜负未可知，则首事之祸，其谁任之？此必有夸诞贪进之人，攘臂以侥幸万一，宜亟斥绝，不然必误国矣。'"中华书局 1985 年版，第 12109、12111 页。

② （元）脱脱等：《宋史》卷三百九十八《丘崈传》，中华书局 1985 年版，第 12113 页。

（《文集》卷十三）在开篇论述完考试官与监试应该各司其职，履行自己
的职责之后，接着叙述道：

> 某乡佐洪州，适科举岁，当以七月到官，遂泊舟星子湾，几月，
> 闻已锁院，不敢进，非独畏监试事烦，实亦羞为之。今年在夔府，
> 府以四月试。试前尝白府帅，愿得移疾，已见许矣，会部使者难之。
> 某驽弱，畏以避事得罪，遂黾勉入院。某与诸试官皆不相识，惴惴
> 恐其以侵官犯律令见诉，自命题至揭榜，未尝敢一语及之。不但不
> 与也，间偶见程文一二可爱者，往往遭涂抹疵诋，令人气涌如山。
> 然归卧室中，财能向壁叹息。盖再三熟计，虽复强聒，彼护短者决
> 不可回，但取诉耳，若可回，虽诉固不避也。

从与夔府同僚伴坐时的惴惴不安，到优秀文章被肆意涂抹时的"气涌如
山"，再到私下里的"向壁叹息"，陆游将当时既担忧又愤怒的心情展现
得淋漓尽致。

王炎是陆游在南郑时的幕主，志在恢复中原，因此所招募之人多为
才能出众的抗金志士。乾道五年（1169）三月，王炎任四川宣抚使，当
时陆游正在故乡闲居。在知道自己被王炎聘请入幕的消息后，陆游喜出
望外，写有谢启。在这封书信中，陆游以饱含深情的笔触表达了对王炎
的感激和崇敬之情。陆游在书信中指出，自己闲居故乡，卧病在床，很
难再有入仕的机会，甚至对仕途已不再抱有什么幻想，所以对于自己年
过半百而身居陋野，受到聘请是感激涕零的。"侵寻末路，邂逅赏音，招
之于众人鄙远之余，挈之于半世奇穷之后"，"衔恩刻骨，流涕交颐"。
陆游认为这是难得的"殊遇"，是知遇之恩。"称于天下曰知己，谁或间
然；虽使古人而复生，未易当此。"他对于王炎的意志和人品更是给予极
高的赞扬，甚至将他比作兴汉的萧何和兴唐的裴度："此盖伏遇某官民之
先觉，国之宗臣，精义探系表之微，英辞鼓海内之动。至诚贯日，践危
机而志意愈坚；屹立如山，决大事而喜愠不见。虽裴相请行于淮右，然

萧公宜在于关中。"陆游决定竭尽全力来报答王炎的知遇之恩,"某敢不急装俟命,碎首为期"。"尚力着于微劳,庶少伸于壮志。"他甚至想象着在王炎幕府中"运笔飒飒而草军书"(以上引文均见《文集》卷八《谢王宣抚启》)的情景。

因朝廷任命陆游为夔州通判,他没能一开始就加入王炎的幕府。在夔州通判任满后,陆游主动给王炎写了一封书信,字里行间流露得更多的是一种信任和期待。《上王宣抚启》(《文集》卷八)云:

> 薄命邅回,阻并游于簪履;丹诚精确,犹结恋于门墙。敢辞蹈万死于不测之途,所冀明寸心于受知之地。伏念某禀资凡陋,承学空疏。虽肝胆轮囷,常慕昔贤之大节;乃齿牙零落,犹为天下之穷人。抚剑悲歌,临书浩叹,每感岁时之易失,不知涕泗之横流。昨属元臣,暂临西鄙,获厕油幕众贤之后,实轻玉关万里之行。奋厉欲前,驽马方思于十驾;羁穷未慭,沉舟又阅于千帆。伤弱植之易摇,悼鸿钧之难报,心危欲折,发白无余。如输劳效命之有期,顾陨首穴胸而何憾。兹从剡曲,来次夔关,虽未觇于光躔,已少纾于志愿。此盖伏遇某官应期降命,生德自天。器宇魁闳,钟太行、黄河温厚之气;文章巨丽,有庆历、嘉祐太平之风。取人不弃于小材,论事每全于大体。念兹虚薄,奚足矜怜。然遭遇异知,业已被庥前之荐;使走趋远郡,岂不为门下之羞。傥回曩昔之恩,俾叨分寸之进。穷子见父,可量悲喜之怀;白骨成人,尽出生全之赐。过此以往,未知所裁。

由于陆游当时生活十分窘迫,再加上仕途坎壈,故产生光阴虚度,流落天涯之叹。读"虽肝胆轮囷,常慕昔贤之大节;乃齿牙零落,犹为天下之穷人。抚剑悲歌,临书浩叹,每感岁时之易失,不知涕泗之横流"之句,不由得让人心酸不已。但陆游当时并未沮丧,而是充满了自信,"奋厉欲前,驽马方思于十驾;羁穷未慭,沉舟又阅于千帆"。陆游高度赞扬了王炎的人品和才华，"器宇魁闳，钟太行、黄河温厚之气；文章巨丽，有庆历、嘉祐太平之风。取人不弃于小材，论事每全于大体"。陆游认为自己与王炎相识是得遇知音，万分感谢先前的引荐。王炎仅比陆游年长十岁，陆游却以门生自居，以穷子自喻，甚至认为王炎如能召自己入幕，则对自己有再造之恩。陆游这样说，是由于当时生活确实非常困难，更重要的是，一旦入幕，就有机会实现自己北伐中原的夙愿，一展自己的才华和抱负了，这是陆游梦寐以求的。由于结合了自己当时的际遇，又与自己的理想相联系，所以这两篇书信都写得自然妥帖，真实感人。

庆元三年（1197）正月二十四日，陆游致函杜思恭。杜思恭是一位知识渊博爱民如子的"国士"。陆游曾为其虚濑轩题诗，对于其人格给予了高度评价①，他在《与杜思恭书》②中写道：

> 前岁冬初，闻从者西征，适卧病沉绵，无由追路，一道珍重语。既鹢首日远，而游僻居泽中，不与人接，例不能通四方书问，惟有念吾至交之心，朝暮不止耳。忽有远使到门，出诲帖，谆谆累纸。相与之意，加于在傍邑时。不以老病为可绝，不以疏怠为可罪，此古人事，今于左右见之，幸甚过望，幸甚过望。录示近诗，超胜妥帖，殆两得之。人之所难，敬叔何独得之易也……愿舟楫鞍马间，加意勿辍，他日绝尘迈往之作，必得之此时为多……游与益公四十年旧友，穷达虽殊，情好不替如一日，辄有一缄，告为转达。又有杨廷秀待制书，亦烦送之。不罪！千扣！谕及拙稿，见托一二友人编辑，未成次第。若可出，自当以一帙归之敬叔。今更当督之矣。手钞近诗，却如来教，写得数篇封纳，臂力弱不能多写，负见索之勤，积愧如山矣。相望天末，临书恨恨，惟几为台家倍加保辅，即

---

① 《诗稿》卷二十七《杜敬叔寓僧舍开轩松下以虚濑名之来求诗》："杜陵之孙今胜流，飘然不必事远游。结茅古寺听松吹，坐擅洛水桐江秋。放翁百念俱已矣，独有好奇心未死。约君少待秋月明，抱琴来宿写滩声。"

② 见孔凡礼《陆游佚著辑存》，载《陆游集》附录，中华书局1976年版，第2534页。

膺严召，不宣。游顿首再拜。

开篇称杜思恭为"至交"，表现出二人之间非同一般的关系。在叙及对好友的朝思暮想的挂念之情后，又提及字帖抄诗等日常琐事，表达出自己或高兴或惭愧的心情。整篇书信如叙家常，娓娓道来，仿佛是向朋友推心置腹地倾诉一般，写得真切自然，表达了陆游晚年与杜思恭、周必大和杨万里亲密的友情。

陆游的书信不仅情感真挚，而且个别作品情感婉曲。如写于蜀中时期的《与赵都大启》（《文集》卷八）：

> 游被台移，摄陪幕辩，方刌章而俟报，辄怀檄以径前。迫于奇穷，作此顽钝，冒世俗之所悯笑，赖门下以为依归。伏念某下愚无知，大惑不解。罪宜永斥，朝迹已收者十年；身困远游，车辙几环于万里。比官巴硖，旋客塞垣。岁月不知其再周，形影相顾而自悼。支离病骨，无毁而亦销；羁旅危魂，虽招而未返。念茕茕之安往，复挈挈以此来。岂忘惭羞，实恃矜恻。老马已甘于伏枥，敢望长途；穷猿方切于投林，况依茂荫。斯盖伏遇某官资函英达，学蕴渊源。早奋奇谋，盖处囊而立见；晚更剧任，真游刃以无前。宝储直中禁之严，玉节寄西陲之重，曲怜狂简，自致漂流。每假借于余谈，为经营其一饱，致兹小憩，尽出大恩。某敢不痛洗昨非，姑休疲役。松陵笠泽，虽赊故国之归期；锦江草堂，聊窃老师之补处。

陆游远离南郑前线而游宦成都，在这篇启中，他除了简单的客套应酬之外，更多的是悲愤情感的表达。离家万里，作客他乡，时光易逝，功业无成，至于"比官巴硖，旋客塞垣，岁月不知其再周，形影相顾而自悼。支离病骨，无毁而亦消；羁旅危魂，虽招而未返"，言辞可谓凄苦至极。而一向积极进取的陆游此时心情也跌入人生的低谷："老马已甘于伏枥，敢望长途；穷猿方切于投林，况依茂荫"。虽然思乡心切，但为了填饱肚皮，又不得不推迟还乡的日期。甚至还要"痛洗昨非"——一改狂傲的性情，在婉曲的文字中表现出陆游深深的无奈。

（二）谨严平实的章法

陆游的长篇书信，围绕着核心问题展开，或正面论证，或反面论证，或对比论证，议论风生，层层推进，前后映带，表现出谨严有法，平实有序的章法特点。

《上辛给事书》（《文集》卷十三）开篇提出文不容伪文如其人的观点，之后通过比喻、用典等手法从正反两面反复论证，层层推进，紧紧围绕核心观点展开，使自己的观点形成一个完整严密的体系。

《代二府与夏国主书》（《文集》卷十三）是陆游的代笔，但陆游并没有将之写成板滞的官样文章。全文紧紧围绕着与西夏通好的主旨展开，从多个角度强调与西夏之间的友好关系，动之以情，晓之以理。首先回忆宋与西夏之间有着源远流长的友好关系（"世修盟好"），其次申明中经靖康之乱，地域阻隔，难通往来，但"朝廷未尝忘祖宗之志"。接着引用新天子不忘旧盟力图同好的意愿，之后又高度赞扬西夏国主"英武聪哲，闻于天下"。最后申明与西夏之间"申固欢好""同心协虑，义均一家，永为善邻，传之万世"的意愿。文章层层递进，言情则感人肺腑，说理则鞭辟入里。行文如行云流水，自然流畅，最后引出"申固欢好"的意愿，如水到渠成，毫无滞涩生硬之感。

《上虞丞相书》（《文集》卷十三）关于王霸之略的探讨，更是反复论证，层层深入：

> 某闻才而见任，功而见录，天下以为当。君子曰："是管仲相齐、卫鞅相秦之法耳。"有人于此，才不足任，功不足录，直以穷故哀之，天下且以为过。君子则曰："是三代之俗，周公孔子之政也。"何也？彼有才，吾赖其才，因以高位处之；彼有功，吾借其功，因以厚禄报之。上持禄与位以御其下，下挟才与功以望其上，非市道

乎？故齐秦用之，虽足济一时之急，而俗以大坏，君子羞称焉。若
夫三代之俗，周公、孔子之政则不然。无才也，无功也，是直无所
用也。无所用之人，虽穷而死者百千辈，何损于人之国哉？自薄者
视之尚奚恤。君子顾深哀之，视其穷，若自我推以与之之不敢安也，
矜怜抚摩，衣之食之，曰："彼有才有功者，何适而不遇。吾所急
者，其惟无所用而穷者乎？"此心父母也。推父母之心，以及于天下
无所用之人，非圣贤孰能哉？谓之三代之俗，周公、孔子之政，则
宜故王霸之分，常在于用心之薄厚，而昧者不知也。

作者开篇假托君子之言，将管仲商鞅治国之法与周公孔子之政相对比，
指出二者的区别在于录取人才的标准不同。接着论述两种治国之术本质
上的差别，陆游认为第一种治国方略是"禄"与"才"的交易行为，虽
然可以富国强兵，但败坏风俗，不可以持久。第二种治国方略出于父母
一般的仁爱之心，是将救济穷者作为治国的第一要务。通过对比得出
"故王霸之分，常在于用心之薄厚"的观点。这段文字通过三次假托君子
之言，多次对比论证，使得自己的观点言之有物，能自圆其说。思路缜
密，章法谨严，没有任何枝蔓芜杂之词。

至于《答邢司户书》《答刘主簿书》《与尉论捕盗书》（均见《文集》
卷十三）均是章法谨严整饬的佳作，此不赘述。

（三）焕然四溢的文采

陆游堪称是写四六文的行家里手。元人刘埙称陆游的四六文"专尚
风骨，雄浑沉着，自成一家，真骈俪之标准也"[①]。清人彭元瑞将陆游视
为南渡初期四六文名家，与汪藻、洪适、周必大和杨万里相提并论："洎
乎渡江之初，鸣者浮溪为盛。盘洲之言语妙天下，平园之制作高幕中。

---

① （元）刘埙：《隐居通议》卷二十一《陆放翁诸作》，《丛书集成初编》本。

杨廷秀笺牍擅场，陆务观风骚余力。"① "风骚"，是《国风》和《离骚》的简称，本指诗而言，所谓"风骚余力"，是说陆游本以诗鸣天下而又能把写诗的技巧用于四六文，表现在对偶、用典、辞藻和声律诸多方面。陆游高超的诗才在启这种实用功能很强的文体中有出色的表现，发扬出焕然四溢的文采。

一是对偶精工。陆游擅长律诗，论者将其与杜甫和李商隐相提并论②。其精工的对句成为后世无数文人摘句和选作楹联的对象，以致有"古人好对偶，被放翁用尽"③ 之叹。这与其"日课一诗"④ 的创作习惯密不可分。这样一种长期刻苦的训练使得陆游在创作四六文时得心应手，对偶工稳而不生硬。

陆游启以四六字句为主，句式整齐，具有一种对称美。"对称本身是一种造型的概念。它强调以实在的或虚拟的点或直线为中心，在左右或上下形成对应关系。骈文对句构筑对称的材料是语言，因此，不但对称的基线是虚拟的，对句的整个对称关系，也必须透过想象的媒介，才能展示在我们的脑海中。而正是想象，使骈文对句突破了限制，可能在人们的心灵中，组合各种直观的表象和非直观的意象及思想，构筑对称的空间形象。"⑤ 在遣词方面，除字数、词性和平仄等符合对偶的基本要求外，作者苦心孤诣，创造出一个个对偶精工的句子。陆游注重不同色彩的搭配和对比，以此来抒发自己的某种情感。如："槐花黄而并游，每记帝城之旧；荔子丹而共醉，未忘闽岭之欢。"（《文集》卷七《答人贺赐

---

① （清）彭元瑞：《宋四六选序》，载《四六选》卷首，《丛书集成新编》本。
② （清）舒位：《瓶水斋诗话》："尝论七律至杜少陵而始盛且备，为一变；李义山瓣香于杜而易其面目，为一变；至宋陆放翁，专工此体，而集其成，为一变；凡三变，而他家之为是体者，不能出其范围矣。"
③ （宋）刘克庄：《后村诗话》前集卷二，王秀梅点校，中华书局1983年版，第30页。
④ （宋）刘克庄：《后村先生大全集》卷九十九《跋仲弟诗》："昔梅圣俞日课一诗。……陆之日课，尤勤于梅。二公岂贪多哉？艺之熟者必精，理势然也。"（明）安磐：《颐山诗话》："古今诗人勤程课者，无如放翁，故其诗曰：'六十年间万首诗。'以日计之，日课一诗……可谓勤矣。"
⑤ 钟涛：《六朝骈文形式及文化意蕴》，东方出版社1997年版，第140页。

第启》）以"荔子丹"对"槐花黄"，选取两种热烈喜庆的色彩来表达自己被赐进士出身时的欢快心情，十分恰当。"所宜问津于黄扉青锁之间，何至涉笔于赤甲白盐之下。"（《文集》卷八《答交代杨通判启》）"黄扉青锁"与"赤甲白盐"俱是借代，前者代指皇宫，后者代指蜀中。陆游通过冷暖色调的强烈对比，对杨通判任职于穷山恶水之间深鸣不平。再如：

> 皓首来朝，方共推于宿望；丹心自信，宁少贬于诸公。（《文集》卷六《贺辛给事启》）

> 名场蹭蹬，几白首以无成；宦海漂流，顾青衫而自笑。（《文集》卷十《谢钱参政启》）

前者以"丹心"对"皓首"，赞扬的是辛给事直言无畏的勇气，所对十分工巧。后者以"青衫"对"白首"，形象地写出自己年龄老大却仍寓居下僚的牢骚。

此外，数目对如"一引坐，一解颜，士托终身之重；三吐哺，三握发，野无片善之遗"（《文集》卷十一《谢施参政启》）。名物对如"骑马而听朝鸡，已冥心于昨梦；卖刀而买耕犊，将扫轨于穷阎"（《文集》卷十《与本路监司启》）。方位对如"念前跋胡而后尾，惟当自屏于江湖；方上昭天而下漏泉，忍使独挤于沟壑"（《文集》卷十一《上丞相参政乞宫观启》）。均是对偶工稳的显例。

二是用典贴切。陆游启中的用典十分娴熟贴切，且表现出避生就熟的倾向。陆游借助典故来表达意思，搭建起过去与现在、原典与文本之间的桥梁。典故的成功运用，增加了文本的信息容量和情志空间，使文章显得厚重典雅，从而提高了文章的层次。

吴组缃先生指出："陆诗亦多用典，但他不用僻典，且运化无迹，自出己意，借事以相发明，不见安排之迹。陆用典，不害其平易明白，即使不知其典，仍可领会其意。陆之典故，多取自晋书、《世说新语》、《庄子》、《诗经》、《楚辞》、杜诗之类。"① 陆游启的用典也基本不出以上范围。

用典是骈文的基本特征之一。但是陆游的书启并没有为此而胶柱鼓瑟，是否用典完全根据文情的需要。即便用典，用的也都是人人尽知的熟典。这是导致陆游启平易流畅的风格的重要因素之一。如：

> 早学长安，识子云之奇字；晚游吴会，得中郎之异书。(《文集》卷六《谢解启》)
>
> 登泰山而小天下，盖尝俯陋于诸儒。(《文集》卷六《贺曾秘监启》)
>
> 层台起于累土，虽深知奖拔之心。(《文集》卷七《除编修官谢丞相启》)
>
> 辱高山流水之知，觉其自此。(《文集》卷七《问候洪总领启》)
>
> 负弩前驱，即下望尘之拜。(《文集》卷七《贺叶提刑启》)
>
> 虽数奇如李广之封，犹强饭有廉颇之志。(《文集》卷八《答廖主簿发解启》)
>
> 骥老伏枥，知难效命于驰驱；狐死首丘，但拟祈哀于造化。(《文集》卷九《贺叶丞相启》)
>
> 更令破万卷之读，或可成一家之言。(《文集》卷十《谢赵丞相启》)
>
> 鲁人获麟以为不祥，虽爱憎之叵测；塞翁失马未必非福，抑倚伏之何常。(《文集》卷十二《贺蒋尚书出知婺州启》)

陆游用典往往不仅仅局限于典故本身，而是借事以相发明，生发出新的意义，从而赋予典故以新的生命。"根据互文性理论，任何文本都是由诸多前/潜文本中引出而重编的新的织品。""一个作家或一部作品的意

---

① 吴组缃、沈天佑：《宋元文学史稿》，北京大学出版社 1989 年版，第 133 页。

义不可能孤立地得到说明，只有在与其他作家或作品的关系中才能体现，不管其他作家作品在此前还是在此后。"① 如：

> 奋厉欲前，驽马方思于十驾；羁穷未憝，沉舟又阅于千帆。
> （《文集》卷八《上王宣抚启》）

这两个典故分别出自《荀子·劝学》和刘禹锡《酬乐天扬州初逢席上见赠》。这是陆游在夔州通判任满后主动写给幕主王炎的书信。在信里，陆游表达了自己年龄老大却一事无成的遗憾，同时也表达了对王炎重用之情难以报答的伤感，"伤弱植之易摇，悼鸿钧之难报，心危欲折，发白无余。如输劳效命之有期，顾陨首穴胸而何憾"。因此，陆游以驽马和沉舟自比，是自谦，同时也是反讽。上句一个"方"字，是说自己想有所作为；下句一个"又"字，则是说自己的希望落空。陆游通过用典十分精当地表达了自己矛盾的心情。

> 占名惟谨，幸逃有蟹之嘲；窃禄甚微，屡起无鱼之叹。（《文集》
> 卷八《谢夔路监司列荐启》）

上句典出欧阳修《归田录》卷二："国朝自下湖南，始置诸州通判……尝与知州争权……然至今州郡，往往与通判不和。往时有钱昆少卿者，家世余杭人也。杭人嗜蟹，昆尝求补外郡，人问其所欲何州，昆曰'但得有螃蟹无通判处则可矣'。至今士人以为口实。"② 下句典出《战国策》："（冯谖）居有顷，倚柱弹其剑，歌曰：'长铗归来乎！食无鱼。'"③ 陆游任夔州通判时，异常谨慎，他在该启中写道："可咨今事，少年误窃于虚名；力洗陈言，晚节方惭于大学。"因此，他用"有螃蟹无通判"的典

---

① 江弱水：《互文性理论鉴照下的中国诗学用典问题》，《外国文学评论》2009 年第 1 期。
② （宋）欧阳修：《归田录》卷二，李伟周点校，中华书局 1981 年版，第 31 页。
③ （汉）刘向集录：《战国策》卷十一《齐策四》，上海古籍出版社 1985 年版，第 395 页。

故，是说自己为人谨慎，有幸遇到路监司，路监司对自己没有争权之疑。陆游当时十分贫穷，他在《通判夔州谢政府启》（《文集》卷八）中云："贫不自支，食粥已逾于数月；幸非望及，弹冠忽佐于名州。""费元化密移之力，不知几何；悼孤生一饱之艰，乃至如此。"冯谖弹剑作歌的典故十分切合陆游当时的窘况。

　　方仇怨造言，投鼠不思于忌器；乃保全极力，舍牛宁废于衅钟。
（《文集》卷十《江西到任谢史丞相启》）

"投鼠不思于忌器"，语出《汉书》卷四十八《贾谊传》："里谚曰：'欲投鼠而忌器。'此善谕也。"[1] "舍牛宁废于衅钟"，语出《孟子·梁惠王上》："臣闻之胡龁曰，王坐于堂上，有牵牛而过堂下者，王见之，曰：'牛何之？'对曰：'将以衅钟。'王曰：'舍之！吾不忍其觳觫，若无罪而就死地。'对曰：'然则废衅钟与？'曰：'何可废也？以羊易之！'"[2] 陆游是在福建常平茶事任满后直接奉命上任江南西路常平茶盐公事，年过半百，辗转流离，光阴飞逝，功业未建。陆游将种种牢骚和不平统统宣泄于这篇启中："诣行在所，方承命以北驰；驾使者车，复改辕而西上。""山川间之，日月逝矣。方坐驰于梦想，忽祗奉于诏追，深惟幸会之非常，但惧奔驰之弗及。"陆游反用投鼠忌器的典故，意在说明朝中那些打击迫害自己的佞幸小人的无所畏忌与不遗余力。而运用舍牛衅钟的典故，则暗示出自己身在仕途却又身不由己的尴尬处境。为此，陆游对汤思退寄予厚望，称他"伟量包荒，深仁笃旧"，"故推余润，以及枯荄"。在文章最后，陆游直言不讳地说出自己的"忧畏"之心和想早日结束宦游生涯的愿望："而某筋力疲于往来，疾恙成于忧畏。质疑问道，自怜卒业之何时；讼过戴恩，尚冀收身于末路。"

---

　　① （汉）班固撰，（唐）颜师古注：《汉书》卷四十八《贾谊传》，中华书局1962年版，第2254页。
　　② 杨伯峻译注：《孟子译注》，中华书局1960年版，第14页。

景翳翳以将入，余日几何；芳菲菲其弥章，素心空在。(《文集》卷十一《谢台谏启》)

淳熙十三年（1186），陆游在严州任上，《谢台谏启》开篇即言："伏念某身常短褐，家本衡门。一官惟妻子之谋，万里极关河之远。"连用陶渊明《五柳先生传》和《归去来兮辞》中的语句，是说自己为妻子之衣食而出仕。文脉顺连而下，"景翳翳以将入"出自《归去来兮辞》，"芳菲菲其弥章"出自《离骚》，均是化用成句。陶渊明原文在"景翳翳以将入"后接以"抚孤松而盘桓"，表达作者孤独的心绪和高傲的人格。屈原"芳菲菲其弥章"前则冠以"佩缤纷其繁饰兮"，表达作者美好的人格。陆游化用屈原、陶渊明二人成辞，上句取其夕阳西下光阴易逝之意，抒发人生几何的感慨。下句是说自己空有坚守节操的素心。通观二典，虽然化用成辞，但后面所接语言赋予原典以新的意义。

王商以忠謇立朝，则单于不敢仰视；平津以娬婳充位，则淮南谓若发蒙。(《文集》卷六《贺汤丞相启》)

王商为汉成帝时丞相，为人忠直敢言，史书记载："商代匡衡为丞相，益封千户，天子甚尊任之。为人多质有威重，长八尺余，身体鸿大，容貌甚过绝人。河平四年，单于来朝，引见白虎殿。丞相商坐未央廷中，单于前，拜谒商。商起，离席与言，单于仰视商貌，大畏之，迁延却退。天子闻而叹曰：'此真汉相矣！'"[1] 公孙弘为汉武帝时丞相，史载："弘为人意忌，外宽内深"，"淮南、衡山谋反，治党与方急。弘病甚，自以为无功而封，位至丞相，宜佐明主填抚国家，使人由臣子之道。今诸侯

---

[1]　（汉）班固撰，（唐）颜师古注：《汉书》卷八十三《王商传》，中华书局1962年版，第3370—3371页。

有畔逆之计，此皆宰相奉职不称，恐窃病死，无以塞责。"① 陆游举出汉代的两位截然不同的丞相，是为了论证"自昔论世之盛衰，莫如置相之当否"的观点。而陆游是寄予汤丞相以厚望的，"譬犹震风凌雨之动地，夏屋愈安；鸿流巨浸之稽天，方舟独济"，"守文致理，将见隆古极治之时；应变制宜，必有仁人无敌之勇"。再联系启中"恭审显膺典册，进冠公台。廷告未终，搢绅相庆；邮传所及，夷夏归心"的话，不难理解，陆游是希望汤思退像王商震退单于一样令金使肃然起敬。

陆游融化典故，浑然无迹，如同己出，使其文多流畅简洁之利而少滞涩烦冗之弊。林纾说："须知为骈文者，不能不用渔猎；散文中一著古书成句，即方望溪所谓生入古人句法，为大病痛，文体即欠严净。散文用事，当如水中着盐，但存盐味，不见盐质。"② 骈文虽然由于文体特点和传统习惯，而比散文用典较为容易，但是也忌生硬、堆砌、矜博，而力求如盐入水，浑化无迹。

用典本质上属于语言层面的问题，陆游用典的运化无迹某种程度上得益于他对虚词的选择遣用。如：

> 因遭众口之铄金，孰信淡交之如水。(《文集》卷八《谢洪丞相启》)
>
> 将鹏抟于宦海，姑鸿渐于名场。(《文集》卷十一《答抚州发解进士启》)
>
> 桑榆已迫，俾华垂白之年；豚犬何能，遽有拾青之幸。(《文集》卷十二《致仕谢丞相启》)

虚词的连缀，构成或转换、或递进、或映衬等语意关系，使语句流畅自然，把情感表达得细腻妥帖。

---

① （汉）司马迁：《史记》卷一百一十二《平津侯主父列传》，中华书局 1982 年版，第 2591、2592 页。

② 林纾：《春觉斋论文·述旨》，范先渊校点，人民文学出版社 1959 年版，第 44 页。

再如：

> 千名记佛，虽叨学者之光荣；一日看花，宁复少年之意气。
> （《文集》卷七《答人贺赐第启》）

"千名记佛"，指雁塔题名一事。王定保《唐摭言》卷三载："进士题名，自神龙之后，过关宴后，率皆期集于慈恩塔下题名。"[①] "一日看花"，语出孟郊《登科后》："昔日龌龊不足夸，今朝放荡思无涯。春风得意马蹄疾，一日看尽长安花。"[②] 孟郊仕途坎壈，四十六岁方中进士，故按捺不住内心的狂喜，写出了这首意气风发的诗。陆游这篇启写于被孝宗赐进士出身之时，已经三十八岁，启中有云："槐花黄而并游，每记帝城之旧；荔子丹而共醉，未忘闽岭之欢。"陆游运用二典来表达自己被赐进士出身时的心情，十分恰当。而"虽叨"与"宁复"二词的前后连缀，则表达出陆游年近不惑才成为进士的复杂心情。

> 定远未归，惟望玉关之生入；轻车已老，犹护北平之盛秋。
> （《文集》卷十一《知严州谢王丞相启》）

定远指定远侯班超，事见《后汉书》卷四十七《班梁列传》："超自以久在绝域，年老思土。十二年，上疏曰：'……臣不敢望到酒泉郡，但愿生入玉门关。'"[③] 轻车指轻车将军李蔡，为卫青部将，《史记》卷一百一十一《卫将军骠骑列传》载："元朔之五年春，汉令车骑将军青将三万骑，出高阙；卫尉苏建为游击将军，左内史李沮为强弩将军，太仆公孙贺为骑将军，代相李蔡为轻车将军，皆领属车骑将军，俱出朔方；大行李息、

---

① （五代）王定保：《唐摭言》卷三"慈恩寺题名游赏赋咏杂记"条，中华书局 1959 年版，第 28 页。
② （清）彭定求等编：《全唐诗》卷三百七十四，中华书局 1960 年版，第 4205 页。
③ （南朝宋）范晔撰，（唐）李贤等注：《后汉书》卷四十七《班梁列传》，中华书局 1965 年版，第 1583 页。

岸头侯张次公为将军,出右北平:咸击匈奴。"① 据此则李蔡并未守护右北平。但右北平为汉代边庭重镇,军事地位非常重要。陆游在此不拘泥于原典而能有所增益变化。陆游知任严州时已经六十二岁,他在谢启中以班超自比,一个"惟"字,表达出强烈的思归之心。以李蔡自喻,一个"犹"字,表达出自己老当益壮为国效力之雄心。

> 居安资深,韫六艺渊源之学;任重道远,炳两朝开济之心。大节全名,松柏挺岁寒之操;同心一德,风云协圣作之期。志气已衰,无复献狗盗鸡鸣之技;文辞自力,尚能助稗官野史之传。(《文集》卷十二《贺施知院启》)

"任重道远",语出《论语·泰伯》;"两朝开济之心",语出杜甫《蜀相》;"松柏挺岁寒之操",语出《论语·子罕》;"鸡鸣狗盗"事,见《史记》卷七十五《孟尝君列传》。施知院不知为谁,但从陆游文中来看,仕于两朝当是无疑。陆游在此启中连用数典,前面四句并列讲施知院之学问、气节和功业,典重稳实,委婉精练。后两句讲自己,"志气已衰"云云,是说自己的抱负虽已衰微,不能献狗盗鸡鸣之技,"文辞自力"云云,是说自己文辞尚可能以文辞效力。以"无复""尚能"两个虚词相缩和,婉曲而明白地表达了自己的用意。

三是文笔优美。陆游在启中往往借助比喻来赞美授书对象的人品或文品。比喻,不仅仅是一种修辞手段,更是基于思维基础上的一种创造。它通过优美形象的语言让读者对所写对象有了更为直观和形象的认知。如写博学强记和创作状态:"过眼不再,真读五车之书;落笔可惊,倒流三峡之水"(《文集》卷六《答福州察推启》)。写镇定自若:"至诚贯日,历万变而志意愈坚;屹立如山,决大事而喜愠不见。"(《文集》卷六

---

① (汉)司马迁:《史记》卷一百一十一《卫将军骠骑列传》,中华书局 1982 年版,第 2925 页。

《贺汤丞相启》）写丞相对于社稷之重要："自昔论世之盛衰，莫如置相之当否。譬犹震风凌雨之动地，夏屋愈安；鸿流巨浸之稽天，方舟独济。"（《文集》卷六《贺汤丞相启》）写气节和办事公正："恭惟某官英猷经远，敏识造微，秉心如金石之坚，论事若权衡之审。"（《文集》卷十《贺谢枢密启》）

在遣词用字上，陆游炼字炼句，主要表现为对动词和形容词的精工锤炼，如"夷狄鸱张，肆猖狂不逊之语；边障狼顾，怀震扰弗宁之心"（《文集》卷七《贺黄枢密启》）。一个"肆"字，写出狂虏不可一世的嚣张气焰；一个"怀"字，写出黄祖舜恢复中原的豪情壮志。又如"崇论宏言，挺松柏贯四时之操；高文大册，擅河江流万古之名"（《文集》卷十《答漳州石通判启》）。"挺"和"擅"十分形象地写出石通判的高风亮节和文章成就。再如"指朋党于蔽蒙胶漆之时，发奸蠹于潜伏机牙之始，庭叱义府，面折公孙"（《文集》卷六《贺辛给事启》）。陆游连用"指""发""叱""折"一系列富有力度感的动词，交错运用长短句使文章极具气势和张力，将辛次膺的直言无畏写得酣畅淋漓。

此外，陆游往往运用副词和助词来更好地表达文意，如：

> 虽江海至广，固无待于细流；念燕雀兼容，亦何伤于大厦。
> （《文集》卷七《除编修官谢丞相启》）
> 和尧民击壤之歌，徒欣末路；刻唐士齐天之颂，尚俟他时。
> （《文集》卷八《谢洪丞相启》）
> 杰作纪永和之会，邈矣风流；清言继正始之音，超然名胜。
> （《文集》卷九《答交代陈太丞启》）

陆游通过助词的选择运用，沟通起对偶中上下两句之间的内部联系，令文脉顺畅并与表达的情感妙合无垠。上举诸例中"邈矣风流"和"超然名胜"为倒装，但我们并未有丝毫的生硬滞涩之感，这很大程度上得益于"矣"和"然"两个助词的运用。

四是声律和谐。陆游启符合四六平仄的基本规律，试举一例：
《文集》卷九《与李运使启》：

> 伏审
> > 抗章力请，
> > 　平　仄
> > 优诏曲从，
> > 　仄　平
> > 虽暂劳谕蜀之行，
> > 　平　仄　平
> > 然益见回天之力。
> > 　仄　平　仄
> 恭惟某官
> > 致知格物，
> > 　平　仄
> > 学道爱人，
> > 　仄　平
> > 亲承西洛之正传，
> > 　平　仄　平
> > 独殿中朝之诸老。
> > 　仄　平　仄
> 至于
> > 盘礴游戏之翰墨，
> > 　仄　仄　仄
> > 嬉笑怒骂之文章，
> > 　仄　仄　平
> > 过黄初而有余，
> > 　平　平

嗟正始之复见。

仄　　　仄

飞腾捷路，耻烦狗监之吹嘘；

平　仄　平　仄　　平

散落遐荒，宁付鸡林之鉴裁。

仄　平　　仄　平　　平

比下九天之号召，

仄　平　　仄

已倾四海之观瞻。

平　仄　　平

不俟驾行，命义虽存于大戒；

仄　平　　仄　平　　仄

可以理夺，忠孝果得而两全。

仄　仄　　仄　平　　平

方帅阃之犹虚，

仄　　平

以计司而兼莅。

平　　仄

仰惟台省清华之宿望，

平　仄　平　　仄

加以山林高逸之雅怀。

仄　平　仄　　平

一琴一龟，预想铃斋之静；

平　平　　仄　平　仄

三熏三沐，尚陪药市之游。

平　仄　　平　仄　平

过此以还，

仄　平

未知所措。

平　仄

　　这篇文章的节奏点上的平仄基本相间相对，并且前后几联亦相粘。两句之间平仄相间相对，呈现规律性的抑扬顿挫、高低起伏的变化；而相粘则使得平仄变化呈现有规律的持续。最终形成一种周期性的节奏模式。"两个结构相同的对句的重复，产生了节奏点上相同的音节的重复，自然而然地就产生了旋律感。一个单元往往由于意义不同，字数不一，但却都是两两相对的偶句构成。这种同中有异的结构的反复，又升华成更大范围内的节奏和旋律……骈文相对于律诗，篇幅是更长的，因此，产生了句式和平仄格式较长的反复，韵律正是在具有一定长度的反复中获得和加强，也正由于此，骈文声律之美臻于极致。"①

　　构成陆游启韵律和谐的另一重要原因在于重言与双声叠韵的运用。

句首重言

　　超超空凡马之群，实非能办；默默反屠羊之肆，其又奚言。（《文集》卷七《上史运使启》）

　　惓惓微志，恳恳自陈。（《文集》卷十一《上丞相参政乞宫观启》）

句中重言

　　况茕茕方起于徒中，宜凛凛过虞于意外。（《文集》卷八《通判夔州谢政府启》）

　　发种种以将童，心摇摇而欲折。（《文集》卷十一《谢台谏启》）

　　南山之石岩岩，帝资宿望；绲袍之意恋恋，士感诚言。（《文集》卷十一《谢周枢密启》）

　　造膝告猷，浩浩江河之决；倾心爱士，拳拳泾渭之分。（《文集》

---

① 钟涛：《六朝骈文形式及文化意蕴》，东方出版社1997年版，第124—125页。

卷十二《贺贾大谏启》)

句脚重言

班超之策平平，阳城之考下下。(《文集》卷六《贺谢提举启》)

双声

光阴畹晚，已逾不惑之年；簿领沉迷，犹在无闻之地。(《文集》卷九《与成都张阁学启》)

叠韵

手缩袖以逡巡，久已抱独立无朋之操；发冲冠而愤切，自兹皆尽言不讳之时。(《文集》卷十二《贺谢殿院启》)

简编插架，早推师友之渊源；绅佩在廷，旋庆君臣之际遇。(《文集》卷十二《答胡吉州启》)

双声叠韵

名场蹭蹬，几白首以无成；宦海漂流，顾青衫而自笑。(《文集》卷十《谢钱参政启》)

知怜覆护，殆尘沙旷劫之难逢；颓堕摧藏，无丝发微劳之上报。(《文集》卷十《江西到任谢史丞相启》)

恳款许国，肝胆凛其轮囷；慷慨疾邪，山岳为之震动。(《文集》卷十二《贺蒋尚书出知婺州启》)

钱大昕《音韵问答》云："声音在文字之先，而文字必假声音以成。综其要，无过叠音双声二端。"[①] 陆游启正是通过双声和叠韵等手段，营造出朗朗上口声律和谐之美。

---

① （清）钱大昕：《音韵问答》，《昭代丛书》本。

第四章　杂记

　　曾国藩云："杂记类，所以记杂事者……后世古文家修造宫室有记，游览山水有记，以及记器物，记琐事皆是。"① 陆游杂记不仅涉及面广，记事庞杂，而且文笔优美，是陆游文中文学色彩较突出的一类。陆游写有亭台楼阁记46篇，题材广泛，立意高远，它打破了唐代杂记文单纯写景记事的一般格局，表现出对世风与士风的强烈关注，以及对寄意恢复的强烈呼唤。他的三篇室记笔法各异，可谓同题异趣。陆游在创作时，往往打破文体本身的局限，破体为记，主要表现为以赋为记和以论为记。在语言运用上，陆游充分吸收了四六对偶的表现技巧，往往运骈入散，使其文呈现出骈散相间的艺术效果。

　　《入蜀记》是日记体游记的滥觞。陆游真实呈现了长江三峡优美的自然山水，但《入蜀记》的价值绝不仅仅局限于一般的模山范水，作者以学者的身份游览山水时，往往将注意力集中在对人文景观和朝章制度的关注与思考上，表现出强烈的文化认同心理。《入蜀记》体式灵活，文笔简洁，时时表现出幽默诙谐之趣。它对后代影响深远：同时期的范成大著有《吴船录》，明代徐霞客著有《徐霞客游记》，谈迁著有《北游录》，清代杨恩寿著有《坦园日记》，等等。它从一个侧面证明了陆游杂记所达到的高度。

---

① 《经史百家杂钞·序例》，《四部备要》本。

一　亭台楼阁记

（一）文心百态，立意高远

　　陆游的亭台楼阁记继承了唐宋名家如韩愈《蓝田县丞厅壁记》、曾巩《墨池记》的写法，重点不在于对亭台楼阁本身的描写刻画，而是由此生发开去，写与此相关的人和事，抒发自己的思想感情，或指斥时弊，或评论历史，或论世风，或议世俗，或评价人物，或考订掌故，可谓文心百态，立意高远。

　　陆游在寺观记中如实反映了当时寺院的规模以及佛教的盛况，他自称："予游四方，凡通都大邑，以至退陬夷裔，十家之聚，必有佛刹，往往历数百千岁，虽或盛或衰，要皆不废。"（《文集》卷十九《法云寺观音殿记》）再如淳熙五年（1178），重修建宁府尊胜院佛殿，耗资巨大，"广其故基北南西东各三尺，意气所感，助者四集，瑰材珍产，山积云委"，"凡费钱三百万有奇，而竹木砖甓黝垩之施者，工人役夫之乐助者，不在是数"（《文集》卷十九《建宁府尊胜院佛殿记》）。会稽法云寺地处要冲，积累了巨额财富，"寺居钱塘会稽之冲，凡东之士大夫仕于朝与调官者，试于礼部者，莫不由寺而西，饯往迎来，常相属也。富商大贾，捩舵挂席，夹以大橹，明珠大贝翠羽瑟瑟之宝，重载而往者无虚日也。又其地在镜湖下，灌溉潴泄，最先一邦，富比封君者，家相望也。故多施者，寺易以兴"（《文集》卷十九《法云寺观音殿记》）。对于过于强大的寺院经济，对于寺院修葺得过于奢侈，陆游直指其弊予以批判，《黄龙山崇恩禅院三门记》云："自浮屠氏之说盛于天下，其学者尤喜治宫室，穷极侈靡，儒者或病焉。"（《文集》卷十七）

　　嘉定元年（1208）秋七月，陆游为朱钦则作《心远堂记》（《文集》卷二十一）。朱钦则，字敬父，邵武人，乾道八年进士。嘉泰二年

（1202）三月除秘书丞，八月为监察御史①。陆游在记中饱含深情地回忆了与朱钦则交往的经历："始嘉泰壬戌，予蒙恩召为史官，朱公丞秘书，日相从甚乐。公去为御史，予领监事，闲剧异趣，会见甚疏。然每与同舍焚香煮茶于图书钟鼎之间，时时言及公未尝不相与兴怀绝叹也。明年，国史奏御之明日，予乞骸骨而归。俄而公亦自寺卿得请外补，不复相闻者累岁。"陆游在晚年修史时与朱钦则结下了深厚的友谊，之后同样致仕还乡。陆游为此而感慨道："朱公真可人哉！士得时遇主，施其才于国。退居闾里，闲暇之日为多，樽俎在前，琴弈迭进，欣然自得，悠然遐想。问馈宴乐，以修亲旧夙昔之好；讲解诵说，以垂后进无穷之训。进退两得，可谓贤矣。"这段文字写朱公退隐之后的生活之乐，恰恰可以作为"心远"二字的注脚。盖"心远"二字，取自陶诗"心远地自偏"②，用来表现一种内心宁静平和怡然自得的精神境界。陆游是在写朱钦则，也是在写自己。这一点，联系陆游当时的心态，不难理解。陆游在完成修史的任务后，思乡心切，写下了"人生快意事，五月出长安"（《诗稿》卷五十三《乍自京尘中得归故山作五字识喜》）的诗句。陆游在致仕还乡后，思想上最大的变化就是"隐逸"思想的抬头③。陆游在《出行湖山间杂赋》其二中说："吾心静如水，随事答年光。"（《诗稿》卷五十七）这不正是"心远"的表现么？

《东屯高斋记》（《文集》卷十七）没有对高斋本身作详细的描写，而是重点写作者在蜀中时游览高斋凭吊遗迹，由此生发对杜甫的远大志向、不幸遭遇、爱君忧国之心的深刻理解与同情。

陆游在作记时，经常表现出对世风和士风的极大关注。《彭州贡院记》（《文集》卷十八）首先交代了皇帝对贡士的重视，进而指出重视贡士的原因。之后叙述了彭州修建贡院的经过，进而感叹世俗上下推诿，风气败坏，"俗坏久矣，上下相庪，后先相倾者，天下皆是也"。高度赞

---

① （宋）佚名：《南宋馆阁续录》卷七，张富祥点校，中华书局 1998 年版，第 261 页。
② 袁行霈笺注：《饮酒》其五，《陶渊明集笺注》卷三，中华书局 2003 年版，第 247 页。
③ 参见于北山《陆游年谱》，上海古籍出版社 2006 年版，第 242—245 页。

扬王敦诗等人调动群力，泽被黎民的做法，"今彭之士大夫，与王公、邓公谋同心协，若出一人，固已异矣。后王公事不出已，而不忌其成，不掩其能，惟惧后之无传，可不谓贤哉！使士之贡于朝而仕者，揆时之宜，从人之欲，以举万事，如王公、邓公，视人之善，若已有之，如后王公，则利泽被元元，勋业垂竹帛，将孰御焉。士尚知所勉哉！"最后一句表明了陆游对士大夫的期待与拯救士风的愿望。

嘉泰二年（1202），陆游在修毕孝宗光宗两朝实录后，为婺州稽古阁作记。文章首先交代了稽古阁名称的由来，之后作者围绕"稽古"引发了一大段议论：

> 夫尧、舜、禹、皋陶，书纪其事虽不同，然未尝不同者，稽古也。稽古必以书，前乎尧舜之书，其《易》之始画与典坟乎？《易》之画幸在至今，而三坟五典，自楚倚相以后，不闻有能尽读者，世所共叹也。虽然，今读《易》不能知伏羲之心，读典谟不能知尧、舜、禹、皋陶之心，虽典坟尽在，亦何益于稽古？故予以为士能玩《易》之画，与身亲见伏羲等。反覆尽心于典谟，与身亲见尧、舜、禹、皋陶等。能亲见圣人，而不能佐其君，兴圣人之治理，岂有是哉！士之放逸惰偷，不力于学者，固所不论。学而不亲见圣人，犹未学也。亲见不疑，而不用于天下，则有命焉。进则不负所学，退则安吾命而无愠，期可仰称大观诏书，与贤守复阁之意矣。士尚勉之。（《文集》卷二十《婺州稽古阁记》）

陆游认为读古书，应该发圣贤之意，见圣贤之心，"进则不负所学，退则安吾命而无愠"，这才是真正的"稽古"。此外，陆游还批评了士大夫"放逸惰偷，不力于学"的学风。最后一句"士尚勉之"也表现出陆游对当时士大夫阶层用心读书的殷切期望。

陆游亭台楼阁记的立意更高明的地方在于着眼于恢复中原，这就使得他的这些杂记在境界上超越了同时代的很多同类作品。

《静镇堂记》（《文集》卷十七）是乾道八年（1172）七月，陆游在南郑前线王炎幕府中为其写的一篇记。在记中，陆游自称"门生"而称王炎为"清源公"，对他的人品和功绩都给予了极高的赞誉。文章首先简介了王炎为积极抗金而实施的诸多举措和作记缘起，接着围绕"静镇"展开了多个层次的论述：

第一层：指出具备和修持"静镇"品格之艰难。"以才胜物易，以静镇物难。以静镇物，惟有道者能之。泰山乔岳之出云雨，明镜止水之照毛发，则静之验也。如使万物并作，吾与之逝，众事错出，吾为之变，则虽弊精神，劳思虑，而不足以理小国寡民，况任天下之重乎？"

第二层：举例论证王炎修养"静镇"之品格。"庚寅，某自吴适楚，过庐山东林，山中道人为某言，公尝憩此院，闭户面壁，终夏不出，老宿皆愧之。"

第三层：指出世俗之人对王炎的"误解"，再次论证其"静镇"的一面。"世徒见公驰骋于事功之会，而不知公枯槁淡泊，盖与山栖谷汲者无异；徒见公以才略奋发，不数岁取公辅，而不知公道学精深，尊德义，斥功利，卓乎非世俗所能窥测也。"

第四层：对王炎提出殷切期望，指出恢复中原才是修持得真正完美的"静镇"。"传曰'知臣莫若君'，讵不信哉！虽然，某以为今犹未足见公也。虏暴中原久，腥闻于天，天且悔祸，尽以所覆畀上。而公方弼亮神武，绍开中兴，异时奉鸾驾，奠京邑，屏符瑞之奏，抑封禅之请，却渭桥之朝，谢玉关之质，然后能究公静镇之美云。"

在这篇记中，陆游反复强调王炎的"刿心受道""枯槁淡泊"和"道学精深"，一方面是因为陆游本人也有志于此，这是宾主二人意气相投的基础，另一方面王炎当时受投降派之诟病，故此文具有极强的针对性。

淳熙四年（1177）四月，范成大重建铜壶阁成，陆游为之作《铜壶阁记》（《文集》卷十八）。文章首先回顾了铜壶阁的由来和演变，之后叙述范成大在前人基础上继续修葺铜壶阁的情况。进而借题发挥议论道：

"夫岂独阁哉，天下之事，非先定素备，欲试为之，事已纷然，始狼狈四顾，经营劳弊，其不为天下笑者鲜矣。"指出未雨绸缪是防止做事忙乱的必要前提。最后陆游道出了自己作记的真正用意在于恢复中原："天子神圣英武，荡清中原。公且以廊庙之重，出抚成师，北举燕赵，西略司并，挽天河之水，以洗五六十年腥膻之污，登高大会，燕劳将士，勒铭奏凯，传示无极，则今日之事，盖未足道。"

《镇江府驻札御前诸军副都统厅壁记》（《文集》卷十九）写于庆元四年（1198），此时七十四岁的陆游正闲居故乡。陆游在记中称，他与夏侯君并没有过深的交往，"予与夏侯君南北异乡，东西异班，出处壮老异致"。但是，心系中原，志在戎旅，则是二人的共性，也是共同的思想基石，"每见其抚剑抵掌，谈中原形势，兵法奇正，未尝不太息，恨不与之周旋于军旅间也。君亦谓予非龊龊老书生，以兄事予，甚敬"。正因如此，陆游在爽快落笔的同时，与夏侯君一见如故，结为忘年之交。共同的志向拉近了二人心理上的距离。陆游提出分兵两路的军事见解，"然今天子神圣文武，承十二圣之传，方且拓定河洛，规恢燕赵，以卒高皇帝之武功，则宿师江淮，盖非久计。夏侯君亦且与诸将移屯玉关之西、天山之北矣"。文章最后，年逾古稀的陆游表达了自己希冀看到中原故土的一片热望，"予虽老，尚庶几见之"。

开禧元年（1205）正月，知盱眙军施宿翠屏堂成，请陆游为记。《盱眙军翠屏堂记》（《文集》卷二十）详细叙述了北宋定都汴京时，盱眙位置之重要，其中寄托着陆游深沉的故国山河之思。接着交代新的历史条件下盱眙功能的转变：

> 粤自高皇帝受命中兴，驻跸临安，岁受朝聘，始诏盱眙进郡，除馆治道，以为迎劳宿饩之地。而王人持尺一牍，怀柔殊邻者，亦皆取道于此。于是地望益重，城郭益缮治，选任牧守，重于曩岁。

作为使者往来迎劳宿饩之地，盱眙的地位依然重要。联系陆游的故国之思，不难理解，这其中也隐隐寄予着作者恢复故国山河的愿望。

《庐帅田侯生祠记》（《文集》卷二十一）则详细交代了田琳在金人入寇时安土保民的经过，且看其中的一段描写：

> 城甫毕，虏果大入，道执乡民，问知侯在是，相顾曰："殊不知乃铁面将军也。"盖虏自王师攻蔡州时，已习知侯名，未战，气先夺矣。乘城拒守甚力，夜遣偏将自屯所攻其营，杀伤数千人，万户死者二人。侯闻捷，曰："是且伏兵东门，夜攻吾水栅，以幸一胜。"乃提亲兵随所向御之，莫不摧破。虏知庐州不可近，遂解而趋和州。侯又亟遣亲信间道督光州戍将，断桥梁，烧贼舰，绝其饷道，夺俘虏，复取安丰军。又遣万骑由梁县援和州，会和州亦坚壁，虏穷，乃尽遁。侯又出兵濠州，以战车败虏屯兵。战车久不用，侯以意为之，果取胜。

有顺叙，有插叙，有正面描写，也有侧面烘托，派遣亲信取道光州的一句，作者以一系列富有力量感的动词构成短句，与田琳斩钉截铁的风格与气势极相匹配。陆游作这篇记时已经八十四岁高龄，年老体衰且疾病缠身，但"光明卓绝"力挫金人的田琳着实让他感动，"故采之金论，以叙其始末"，"尚继书之，以垂示后世，为忠义之劝云"。作者备述其抗金之威名战绩，旨在"颂武功以励边帅；蔑强敌以振军心；至痛其勋业不卒，则兼有为国惜才之意"[1]。

（二）笔法灵活，同题异趣

陆游写有三篇室记，这三篇室记写于不同时期，写法各不相同，表现出笔法灵活，同题异趣的特点。

《烟艇记》（《文集》卷十七）作于绍兴三十一年（1161）八月，当

---

[1] 于北山：《陆游年谱》，上海古籍出版社 2006 年版，第 538 页。

时陆游在临安任上。自绍兴二十八年（1158）陆游入仕以来，三年的时间里，他的仕途并不平坦，调转频繁，政务繁忙，距离挥师北伐的理想越来越遥远。于是陆游给自己的居室命名为"烟艇"，淋漓尽致地表达了自己的"江湖之思"：

> 陆子寓居得屋二楹，甚隘而深，若小舟然，名之曰烟艇。客曰："异哉！屋之非舟，犹舟之非屋也。以为似欤，舟固有高明奥丽逾于宫室者矣，遂谓之屋，可不可邪？"
>
> 陆子曰："不然，新丰非楚也，虎贲非中郎也，谁则不知。意所诚好而不得焉，粗得其似，则名之矣。因名以课实，子则过矣，而予何罪。予少而多病，自计不能效尺寸之用于斯世，盖尝慨然有江湖之思。而饥寒妻子之累，劫而留之，则寄其趣于烟波洲岛苍茫杳霭之间，未尝一日忘也。使加数年，男胜锄犁，女任纺绩，衣食粗足，然后得一叶之舟，伐荻钓鱼，而卖芰茨，入松陵，上严濑，历石门沃洲，而还泊于玉笥之下，醉则散发扣舷为吴歌，顾不乐哉！虽然，万钟之禄，与一叶之舟，穷达异矣，而皆外物。吾知彼之不可求，而不能不眷眷于此也。其果可求欤？意者使吾胸中浩然廓然，纳烟云日月之伟观，揽雷霆风雨之奇变，虽坐容膝之室，而常若顺流放棹，瞬息千里者，则安知此室果非烟艇也哉！"绍兴三十一年八月一日记。

文中通过"万钟之禄"和"一叶之舟"的对比，展现了陆游在仕与隐之间的抉择时的复杂心理。陆游在这篇室记中如此集中笔墨写自己的归隐情趣，似乎与此时陆游的年龄不相符合。但文章字里行间暗示了产生这种思想的原因，一是"予少而多病，自计不能效尺寸之用于斯世，盖尝慨然有江湖之思"。陆游早年即怀有壮志，他在《夜读兵书》中自述心志云："平生万里心，执戈王前驱。战死士所有，耻复守妻孥。"（《诗稿》卷一）但坎坷的仕途，与理想毫不相干的职位让他"不能效尺寸之用于斯世"，所以产生归隐之心也在情理之中。二是"饥寒妻子之累，劫而留之，则寄其趣于烟波洲岛苍茫杳霭之间"，这是指明为生活所累，与其目睹投降派的蝇营狗苟，还不如及早还家。杨海明指出："陆游之名其小屋为'烟艇'，一方面是表达了自己从中国士大夫传统思想中承传而得的隐逸情趣，另一方面却又可以看作是他怀才不遇、不满现实的愤懑情绪之表露。只有把这两方面综合起来看，始能比较全面与深刻地认识他此时此地的复杂心态。"① 这个评价是符合实际的。查看陆游此时的诗歌，没有找到任何关于归隐思想的蛛丝马迹。看来这确实只是陆游心中偶然的想法，爱国思想仍是他的主流思想。因此，绍兴三十一年（1161）十二月，听到武钜收复西京洛阳的消息，陆游难以抑制内心的狂喜，写出了堪与杜甫《闻官军收河南河北》相媲美的《闻武均州报已复西京》："白发将军亦壮哉！西京昨夜捷书来。胡儿敢作千年计，天意宁知始一回。列圣仁恩深雨露，中兴赦令疾风雷。悬知寒食朝陵使，驿路梨花处处开。"（《诗稿》卷一）绍兴三十二年（1162）闰二月，宋廷派成闵统帅扬州，仲兄陆濬入其幕府，陆游赠诗有云："诸公谁听刍荛策？吾辈空怀畎亩忧。急雪打窗心共碎，危楼远望涕俱流。"（《诗稿》卷一《送七兄赴扬州帅幕》）同年春陆游三子子修与四子子坦到临安看望父亲，陆游满心欢喜地写道："却思胡马饮江水，敢道春风无战尘。传闻敌弃两京走，列城争为朝廷守。从今父子见太平，花前饮水勿饮酒。"（《诗稿》卷一《喜小儿辈到行在》）但是，陆游文中的"江湖之思"，也并非一闪而过的牢骚而已。一年后，陆游被龙大渊等人诬陷而返回故里。他作有《村居》："富贵功名不拟论，且浮舴艋寄烟村。生憎快马随鞭影，宁作痴人记剑痕。樵牧相谙欲争席，比邻渐熟约论婚。晨春夜绩吾家旧，正要遗风付子孙。"（《诗稿》卷一）《广韵》："舴艋，小船。"驾着一叶孤舟，寄身于烟波浩渺的乡村之间，不再去思虑功名富贵，与樵夫牧人结为好友，与邻里乡亲谈婚论嫁，心里只存耕读为本的家风。这样的一种生活，

---

① 陈振鹏、章培恒：《古文鉴赏辞典》，上海辞书出版社 1997 年版，第 1463 页。

这样的一种形象，与文中"得一叶之舟""寄其趣于烟波州岛苍茫杳霭之间"是何其相似。

淳熙九年（1182）九月，陆游正在故乡闲居，名读书室曰"书巢"，并作《书巢记》（《文集》卷十八）：

> 陆子既老且病，犹不置读书，名其室曰书巢。客有问曰："鹊巢于木，巢之远人者。燕巢于梁，巢之袭人者。凤之巢，人瑞之。枭之巢，人覆之。雀不能巢，或夺燕巢，巢之暴者也。鸠不能巢，伺鹊育雏而去，则居其巢，巢之拙者也。上古有有巢氏，是为未有宫室之巢。尧民之病水者，上而为巢，是为避害之巢。前世大山穷谷中，有学道之士，栖木若巢，是为隐居之巢。近时饮家者流，或登木杪，酣醉叫呼，则又为狂士之巢。今子幸有屋以居，牖户墙垣，犹之比屋也，而谓之巢，何耶？"
>
> 陆子曰："子之辞辩矣，顾未入吾室。吾室之内，或栖于椟，或陈于前，或枕藉于床，俯仰四顾，无非书者。吾饮食起居，疾痛呻吟，悲忧愤叹，未尝不与书俱。宾客不至，妻子不觌，而风雨雷雹之变，有不知也。间有意欲起，而乱书围之，如积槁枝，或至不得行，则辄自笑曰：此非吾所谓巢者耶？"乃引客就观之。客始不能入，既入又不能出。乃亦大笑曰："信乎其似巢也。"

作者通过主客问答的方式解释了书斋名为"书巢"的原因。主要有三个方面的含义：藏书之富，读书之勤与生活上之不拘小节放荡不羁。陆游在同年正月的诗中有云："放翁白首归剡曲，寂寞衡门书满屋。"（《诗稿》卷十四《读书》）所谓"书满屋"，指的当是"书巢"。而"寂寞"二字则暗示了命名"书巢"的另一要义：远离政治中心，赋闲在家，只能用读书来排遣内心的寂寞。之后，"书巢"一语多次出现在陆游的诗文中，《白云自西来过书巢南窗》（《诗稿》卷二十）作于淳熙十五年（1188），《书巢冬夜待旦》（《诗稿》卷二十六）作于绍熙三年（1192），

《书巢五咏》(《诗稿》卷六十四)作于开禧元年（1205）。《跋吴越备史》一文落款时亦云："开禧乙丑九月四日，山阴陆某书于三山书巢。"（《文集》卷三十）看来，陆游确实是在书巢中度过了"寂寞"的晚年。但是他的内心并不平静，《书巢冬夜待旦》云："扫叶拥阶寒犬行，编苇护栅老鸡鸣。风霜渐逼岁时晚，形影相依灯火明。史策千年愧豪杰，关河万里怆功名。固应死抱无穷恨，老病何由更请缨。"诗中充满壮志难酬的叹息和无路请缨的遗恨，可见陆游是不甘寂寞的。但他又不得不面对寂寞。这不仅是陆游个人的悲哀，也是整个时代的悲哀。

文章第一段以客人的口吻列举了自然界鸟类之巢与传说中先民之巢，进而勾连出对陆游居室名为书巢的疑问，设置悬念，扣人心弦。第二段以主人口吻回答客人的疑问，陆游不厌其烦地写自己的读书生活，一个重要的用意在于：赋闲在家，只能用读书打发无聊的时光。

庆元六年（1200）八月，陆游作《居室记》（《文集》卷二十）：

> 陆子治室于所居堂之北，其南北二十有八尺，东西十有七尺。东西北皆为窗，窗皆设帘障，视晦明寒燠为舒卷启闭之节。南为大门，西南为小门。冬则析堂与室为二，而通其小门以为奥室，夏则合为一，而辟大门以受凉风。岁暮必易腐瓦，补罅隙，以避霜露之气。朝晡食饮，丰约惟其力，少饱则止，不必尽器；休息取调节气血，不必成寐；读书取畅适性灵，不必终卷。衣加损，视气候，或一日屡变。行不过数十步，意倦则止。虽有所期处，亦不复问。客至，或见或不能见。间与人论说古事，或共杯酒，倦则亟舍而起。四方书疏，略不复遣，有来者，或亟报，或守累日不能报，皆适逢其会，无贵贱疏戚之间。足迹不至城市者率累年。少不治生事，旧食奉祠之禄，以自给。秩满，因不复敢请，缩衣节食而已。又二年，遂请老。法当得分司禄，亦置不复言。舍后及旁，皆有隙地，莳花百余本。当敷荣时，或至其下，方羊坐起，亦或零落已尽，终不一往。有疾，亦不汲汲近药石，久多自平。家世无年，自曾大父以降，

三世皆不越一甲子，今独幸及七十有六，耳目手足未废，可谓过其分矣。然自计平昔于方外养生之说，初无所闻，意者日用亦或默与养生者合，故悉自书之，将质于山林有道之士云。庆元六年八月一日，山阴陆某务观记。

陆游写这篇室记时已经七十六岁，没有波澜起伏的情感，没有豪言壮语，作者以平淡的语气娓娓道来，抒发自我性情。文章所记均为日常生活琐事，从房屋的格局到气候的变换，从饮食到睡眠，从读书到穿衣，从会客到出行，从交谈到饮酒，从种花到养生，真可谓繁杂琐碎，但这就是作者晚年真实的生活状态。关键是陆游在这种生活状态中所表现出来的随缘而适顺其自然的生活态度。① 如房间的格局根据季节的变换而变化："冬则析堂与室为二，而通其小门以为奥室，夏则合为一室，而辟大门以受凉风。"饮食、休息、读书、行动和会客均量力而行适可而止："朝晡食饮，丰约惟其力，少饱则止，不必尽器；休息取调节气血，不必成寐；读书取畅适性灵，不必终卷。""行不过数十步，意倦则止。""客至，或见或不能见。间与人论说古事，或共杯酒，倦则呕舍而起。四方书疏，略不复遣，有来者，或呕报，或守累日不能报，皆适逢其会，无贵贱疏戚之间。"这篇室记反映出陆游晚年平淡自然的心态。

陆游作《烟艇记》时三十七岁，正在仕途中的他在记中表现出的归隐情趣只不过是仕途坎壈怀才不遇的瞬间流露。《书巢记》与《居室记》均作于陆游闲居故乡之时，但前者作于五十八岁，后者则作于七十六岁。年近花甲的陆游对仕途尚抱有一线希望，因此在寂寞的外表下难以掩盖他的自嘲与牢骚。而年过古稀的放翁似乎已经看破世事，因此在记中表达出随缘自适淡然处之的心态。

---

① 陆游在写给仲圮的信中亦云："老病日侵，度不能久住世间，且随缘过日耳！"（《与仲圮书》其五），见孔凡礼《陆游佚著辑存》，《陆游集》第五册，中华书局1976年版，第2536页。

（三）　不拘故常，破体为记

尊体与破体是文体发展过程中一组相反相成的趋向。宋人有着明确的文体意识和尊体意识，但也往往在该文体的基本功能之外，破体为文，而以杂记文最为突出。"杂记文当以记事为主，以描写、抒情、叙事、议论的错综并用为特征，寓情于景。但宋人好破体为文，往往以赋为记，以传奇为记，以论为记。"① 破体为记在陆游杂记文中表现为以赋为记和以论为记。赋本是《诗经》中常用的一种艺术手法，以铺陈直言为基本特征。至汉代演变为一种独立的文体，刘勰论其功能和特点为"铺采摛文，体物写志"②，是符合实际的。宋人以赋为记可追溯至欧阳修，他的《醉翁亭记》就曾被认作是一篇赋③。陆游以赋为记，主要表现为大量铺陈排比的运用，形成奔腾流走的气势和流畅自然的文风。如《云门寿圣院记》（《文集》卷十七）开篇写道："云门寺自晋唐以来名天下，父老言昔盛时，缭山并溪，楼塔重复，依岩跨壑，金碧飞踊，居之者忘老，寓之者忘归，游观者累日乃遍，往往迷不得出，虽寺中人或旬月不相觌也。""居之者"三句，非常全面地写出云门寺昔时繁盛的局面。《桥南书院记》（《文集》卷二十一）写友人徐载叔中年置桥南书院时写道："载叔高卧其中，裾不曳，刺不书，客之来者日益众。行者交迹，乘者结辙，呵殿者笼坊陌，虽公侯达官之门不能过也。""行者"三句，短句构成排比，形成一种短促紧张的气势，之后一转附以长句，以对比手法写出来访客人之众。《书巢记》（《文集》卷十八）在列举完自然界之鸟类之巢后进而写道："上古有有巢氏，是为未有宫室之巢。尧民之病水者，上而

---

① 曾枣庄：《中国古典文学的尊体与破体》，《清华大学学报》（哲学社会科学版）2009 年第 1 期。他在《论宋人破体为记》一文中有更详尽的论述，载《中国典籍与文化》2007 年第 2 期。

② （南朝梁）刘勰著，范文澜注：《文心雕龙注》卷二《诠赋第八》，人民文学出版社 1958 年版，第 134 页。

③ （宋）朱弁撰，孔凡礼点校：《曲洧旧闻》卷三 "《醉翁亭记》初成天下传诵"条："《醉翁亭记》初成，天下莫不传诵，家至户到，当时为之纸贵。宋子京得其本，读之数过，曰：'只目为《醉翁亭赋》，有何不可。'"中华书局 2002 年版，第 120 页。

为巢，是为避害之巢。前世大山穷谷中，有学道之士，栖木若巢，是为隐居之巢。近时饮家者流，或登木杪，酣醉叫呼，则又为狂士之巢。今子幸有屋以居，牖户墙垣，犹之比屋也，而谓之巢，何邪？"作者通过客人之口列举了宫室之巢、避害之巢、隐居之巢和狂士之巢，通过排比基本囊括了各类人的巢，在奔荡流走的气势中自然引出文意，可谓水到渠成，文脉贯通。

再如《阅古泉记》（《放翁逸稿》卷上）：

> 太师平原王韩公府之西，燎山而上，五步一磴，十步一壑，崖如伏鼋，径如惊蛇。大石礧礧，或如地踊以立，或如翔空而下，或翩如将奋，或森如欲搏。

作者以四个形象的比喻铺排开来，写出了山石的各种情态，奔腾流走的气势让人目不暇接，如身临其境。

"记"，原来只是客观记事的文字，宋李耆卿《文章缘起》注中称其"叙事识物"，点明记录叙事是其基本功能。陆游杂记文中的以论为记体现在他往往由作记对象引发议论，其议论往往立足点高，境界高远。

《灊亭记》（《文集》卷十七）开篇交代了作记缘起："灊山道人广勤庐于会稽之下，伐木作亭，苫之以茅，名之曰灊亭，而求记于陆子。"之后将安乐于乡邑的父兄子弟、游宦他乡老而忘返的士大夫和云游四方不较远近的浮屠师三类人与广勤相对比："呜呼！亦异矣。勤公之心独不然，言曰：'吾出游三十年，无一日不思灊。'"之后具体写广勤对灊亭的思念与深厚的情感："而适不得归，未尝以远游夸其朋侪。其在灊亭，语则灊也，食则灊也。烟云变灭，风雨晦冥，吾视之若灊之山；樵牧往来，老稚啸歌，吾视之若灊之人。疏一泉，移一石，蓺一草木，率以灊观之，恍然不知身之客也。"最后作者议论道："夫人之情无不怀其故者，浮屠师亦人也，而忘其乡邑父兄子弟，无乃非人之情乎？自尧、舜、周、孔，其圣智千万于常人矣，然犹不以异于人情为高，浮屠师独安取此哉？则吾勤公可谓笃于自信，而不移于习俗者矣。"高度赞扬广勤"无一日不思濡"的执着精神。

《万卷楼记》（《文集》卷二十一）首先论述了学贵乎博的观点："学必本于书。一卷之书，初视之若甚约也。后先相参，彼此相稽，本末精粗，相为发明，其所关涉，已不胜其众矣。一编一简，有脱遗失次者，非考之于他书，则所承误而不知。同字而异诂，同辞而异义，书有隶古，音有楚夏，非博极群书，则一卷之书，殆不可遽通。此学者所以贵夫博也。"接着对先秦以来的不良学风提出批判："自先秦两汉，讫于唐五代以来，更历大乱，书之存者既寡，学者于其仅存之中，又卤莽焉以自便其怠惰因循，曰'吾惧博之溺心也'，岂不陋哉！"之后得出结论："故善学者通一经而足，藏书者虽盈万卷，犹有憾焉。而近世浅士，乃谓藏书如斗草，徒以多寡相为胜负，何益于学。"照这种逻辑来说，读书越少反而越好了，对此陆游痛心疾首地反驳道："鸣呼！审如是说，则秦之焚书，乃有功于学者矣。"锋芒毕露，乃是以子之矛攻子之盾的驳难之术。这样，作者以严密的逻辑力量和清晰的章法结构，层层论证，借藏书之题论当时之学风，立论点高，说服力强。

《吴氏书楼记》（《文集》卷二十一）开门见山地议论："天下之事，有合于理而可为者，有虽合于理而不可得为之者。士于可为者，不可不力；力不足，则合朋友乡闾之力而为之；又不足，告于在仕者以卒成之。成矣，又虑其坏，则吾有子，子又有孙，孙又有子，虽数十百世，吾之志犹在也，岂不贤哉！"指出凡事均应尽力而为，子孙几句，颇有一种愚公移山式的执着精神。文章叙述了好友吴伸与其弟伦建社仓和创书楼的义举，"会友朋，教子弟，其意甚美"，"吴君兄弟为是，迨今已十五六年，使皆寿考康宁，则仓与楼皆当益治，乡之民生业愈给足安乐，日趋于寿富"。陆游再次议论道："盖吴君未命之士尔，为社仓以惠其乡，为书楼以善其家，皆其力之所及。自是推而上之，力可以及一邑一郡一道，以至谋谟于朝者，皆如吴君自力而不愧，则民殷俗媺，兵寝刑厝，如唐虞三代，可积而至也。"以吴氏兄弟地位之寻常，尚且能竭尽全力行善；

陆游呼吁士大夫应各司其职，各尽所能。此外，于北山联系当时南宋对金战败乞和之时代背景，认为该文是讽刺当局之作："盖以为发愤图强，抗金雪耻'虽合于理'，但以目前形势论，则已'不可得为'矣；'谋谟于朝者'既不能审谋料敌，复不能决心力战；终又陷入绍兴故辙，岁增金币，乞和苟安；如此，北方广大领土，何日始得收复！以视'一木一石与人非佳子弟'之戒，相去奚止霄壤？再参年来有关时事之作……则此文借题发挥以讽当世之意甚明。"① 亦是着眼于议论功能之上的一种理解。

（四）以骈入散，骈散相间

在语言上，陆游的杂记文以散行单句为主，但作者往往借鉴四六文体在对偶、辞采和声调等方面的长处，运骈入散，所以文章语言具有骈散相间，整散相济的特色。包世臣云："凝重多出于偶，流美多出于奇。"② 陆游杂记文在以散句为主的格局中偶尔出现偶句，使得文章在流畅之外，增添了一份典雅凝重。陆游往往根据文情的需要，长短句互相搭配，奇偶句交相运用，从而构成了一种骈散相间相得益彰的艺术效果。

如《灊亭记》（《文集》卷十七）在叙述完广勤"出游三十年，无一日不思灊"后，正面具体写他对灊亭的深厚感情："其在灊亭，语则灊也，食则灊也。"接着从侧面落墨："烟云变灭，风雨晦冥，吾视之若灊之山；樵牧往来，老稚啸歌，吾视之若灊之人。疏一泉，移一石，蓺一草木，率以灊观之，恍然不知身之客也。"作者以两个简短的四言句式准确地传达出自然界风云变幻的场景，而在两个长句构成精工的对偶之后，则接以三个短句，一气流转，自然引出后两句的结论。《宁德县重修城隍庙记》（《文集》卷十七）在交代"宁德为邑，带山负海"

---

① 于北山：《陆游年谱》，上海古籍出版社 2006 年版，第 544—545 页。
② （清）包世臣：《艺舟双楫·论文》卷一，载王水照主编《历代文话》，复旦大学出版社 2007 年版，第 5188 页。

的总体特点后，集中写宁德穷山恶水的自然环境："双岩白鹤之岭，其高摩天，其险立壁，负者股栗，乘者心掉。飞鸾关井之水，涛澜汹涌，蛟鳄出没，登舟者涕泣与父母妻子别，已济者同舟更相贺。"写山，用四个四字句，对偶工稳，整饬严密，短句的连用形成一种急促的气势；写水，则分别从正面与侧面着笔，长短句互相搭配，参差错落，极尽纵横变化之能事，形成一种动荡起伏的气势。这与山之险与涛之猛的特点是相表里的。

再如《云门寿圣院记》（《文集》卷十七）：

> 云门寺自晋唐以来名天下……一山凡四寺，寿圣最小，不得与三寺班，然山尤胜绝。游山者自淳化，历显圣、雍熙，酌炼丹泉，窥笔仓，追想葛稚川、王子敬之遗风，行听滩声，而坐荫木影，徘徊好泉亭上，山水之乐，餍饫极矣。而亭之旁，始得支径，逶迤如线，修竹老木，怪藤丑石，交覆而角立，破崖绝涧，奔泉迅流，喊呀而喷薄。方暑，凛然以寒，正昼仰视，不见日景。

作记对象是云门寺的寿圣院，作者的视角由大及小，先总写云门寺的繁盛历史，之后通过对比的方式自然引出寿圣院。"胜绝"二字交代了寿圣院的总体特点，堪称下文的关目。"游山者"以下一大句，具体地写出自己的游踪。作者以长短交错的句式，句句勾连，环环相生，以"历""窥""追想""行听""坐""徘徊"等一系列动作，逗引出"山水之乐"，第一次照应"胜绝"二字。"行听滩声"一句，未见泉水而先闻其声，作者通过听觉描写为下文写奔泉作一铺垫。移步换景之后，作者通过形象的比喻（"逶迤如线"）写出小径的蜿蜒狭窄，第二次照应"胜绝"二字。"修竹老木，怪藤丑石，交覆而角立，破崖绝涧，奔泉迅流，喊呀而喷薄"，作者巧妙利用对偶的格式，分别写山与水之"胜绝"，是对"胜绝"二字的第三次照应。总体而言，这段文字前后照应，尽得"顾注"法之妙："揭全文之旨，或在篇首，或在篇中，或在篇末。在篇首则后必顾之，在篇末则前必注之，在篇中则前注之，后顾之。"①

二 山水游记

乾道五年（1169）冬，四十五岁的陆游接到朝报，以左奉议郎差通判夔州军州事。由于陆游当时久病未堪远役，因此直到第二年闰五月，他才从故乡启程前往夔州。这次入蜀之旅开始于乾道六年（1170）闰五月十八日，终于是年十月二十七日，共历时五个多月，经过十五个州，行程五千余里。在这漫长的旅途中，陆游笔耕不辍，按日作记，写成《入蜀记》六卷。

作为一部日记体游记，陆游所记内容非常丰富，但凡旅途艰辛、自然风光、沿岸风俗、人文历史和商业贸易等，均有所涉及。其中最有价值的当属关于三峡风物的描写，这也是《入蜀记》中最有文学价值的部分。陆游兼具诗人、学者和志士的多重身份，使他在以不同身份观照自然山水和人文景观时，落墨呈现出不同的风貌。陆游以诗人的身份观照三峡风物，他笔下的文字便呈现出丰富的想象、强烈的抒情和审美等文学意味。陆游以学者的身份观照三峡风物，他笔下的文字则呈现出浓烈的考辨和文化认同心理，这使《入蜀记》成为文化型游记的典型。陆游以志士的身份观照三峡风物，他笔下的文字则呈现出对于历史与现实的理性思考与批判，表现出强烈的经世之意。

与以往的文章相比，《入蜀记》意味着陆游文的转变。对此，莫砺锋先生指出："后人非常重视陆游在巴蜀的生活经历对其诗歌成就的影响，却很少认识到巴蜀之游对陆游散文创作的巨大作用。陆游曾说：'古乐府有《东武吟》，鲍明远辈所作，皆名千载。盖其山川气俗，有以感发人意，故骚人墨客得以驰骋上下，与荆州、邯郸、巴东三峡之类，森然并传，至于今不泯也。'《入蜀记》就是在自浙东至于巴东的数千里'山川

---

① （清）刘熙载：《艺概》卷一《文概》，上海古籍出版社1978年版，第40页。

气俗'的感发下写成的一部杰作，它与作者安坐在故乡书斋里所写的散文作品有着不同的艺术风貌。"①

（一）"丹青图画"

明人何宇度评价《入蜀记》："载三峡风物，不异丹青图画，读之跃然。"② 所谓"丹青图画"正道出了《入蜀记》作为山水游记的一般特点：风景画与风俗画。陆游在《入蜀记》中，将沿途所见自然风光和人文景观悉数写入笔下，为后世读者展开了一幅历经三峡入蜀的万里长江画卷。美丽的自然风光让陆游为之流连，为之忘返，为之陶醉，这往往使得他模糊了现实与想象的界限，感觉如在图画中一般。如：

> 晚解舟中流，回望长桥层塔，烟波渺然，真若图画。③ （卷一，六月九日）
>
> 解缆挂帆，发真州。岸下舟相见后发者甚众。烟帆映山，缥缈如画。（卷二，七月四日）
>
> 十九日，便风，过大小褐山矶。奇石巉绝，渔人依石挽罾，宛如画图间所见。（卷三，七月十九日）
>
> 过大江，入丁家洲夹，复行大江。自离当涂，风日清美，波平如席，白云青嶂，相远映带，终日如行图画，殊忘道途之劳也。（卷三，七月二十二日）

陆游入蜀正值由夏入秋，天高云淡，在辽阔的江面上，视野开阔，"自到江州，至是凡十日，皆晴。秋高气清，长空无纤云，甚宜登览，亦客中可喜事也"（卷四，八月十一日）。这正是赏月的绝佳时机。陆游笔下的

---

① 莫砺锋：《读陆游〈入蜀记〉札记》，《文学遗产》2005 年第 3 期。
② 《益部谈资》卷上，《四库全书》本。
③ 《入蜀记》收入《渭南文集》卷四十三至卷四十八，为求简明，本文所引《入蜀记》卷数自行起讫，下文皆因此例，且只标明卷数，不备注。

中秋月是"江面远与天接，月影入水，荡摇不定"，正如金虹，"空江万顷，月如紫金盘，自水中涌出"（卷四，八月十五日、十六日）。作者以一望无垠的江面为背景，重点写随着波涛动荡起伏的月影，寥寥数笔，写出江上赏月与陆地赏月的不同。如此壮观的美景令陆游"动心骇目"，不由得发出"平生无此中秋"的慨叹。

由于陆游此行走的多是水路，过镇江之后至夔州一段航程又是他首次踏上的征程，所以他以极大的兴趣记载了沿途所见的一些水生动物，如浮沉水中的大鼋，重达十斤的鳊鱼，颜色苍白大如黄犊时隐时现的巨鱼，红绿相间跃起水面三尺的大鱼，长有双角远望如牛犊出没水中有声的不明物，等等。又如七月十四日过姑熟时的描写："晚晴，开南窗观溪山。溪中绝多鱼，时裂水面跃出，斜日映之，有如银刀。"（卷二）七月二十日过三山矶时的描写："江中江豚十数，出没，色或黑或黄，俄又有物长数尺，色正赤，类大蜈蚣，奋首逆水而上，激水高三二尺。"（卷三）对于这些奇异的景象，陆游屡屡用"壮观""异之""可畏"等词表达自己或惊奇或畏惧的审美心理。

当然，陆游写得最多的还是美丽的江水和两岸的群山。他以自己敏锐的观察、细腻的心灵和优美的文笔为后代读者展示了一幅美丽的长江山水画卷。《入蜀记》并未像一般游记那样移步换景作细致的描摹，而往往以极为简洁精练的语言点染出山水最突出的特点，这使得他笔下的山水极具个性，无一雷同，给读者留下深刻的印象。如写瓜步山是"蜿蜒蟠伏""颇巉峻"（卷二，七月四日），写彭泽都昌诸山是"烟雨空蒙，鸥鹭灭没"（卷三，八月一日），写富池以西之山是"起伏如涛头"（卷四，八月十五日），写谢家矶是"不甚高""皆横裂，如累层甓"（卷五，八月三十日），写荆门十二碚是"高崖绝壁，嶻岩突兀"（卷六，十月六日），写下牢关群山是"重山如阙"（卷六，十月八日）；又如写姑溪水的清澈平静是"水色正绿，而澄澈如镜，纤鳞往来可数"（卷二，七月十三日），写下牢关溪潭是"石壁十余丈，水声恐人"（卷六，十月八日），写鹿角虎头史君诸滩是"湍险可畏"（卷六，十月十日）。作者通过形象的比喻，简洁平易的语言，或正面描写，或侧面烘托，准确而形象地点染出入蜀途中山水的各自特点。

再如下面的两段文字：

> （七月）二十八日，过东流县不入。自雷江口行大江，江南群山，苍翠万迭，如列屏障，凡数十里不绝。自金陵以西，所未有也。是日，便风张帆，舟行甚速。然江面浩渺，白浪如山，所乘二千斛舟，摇兀掀舞，才如一叶。过狮子矶，一名佛指矶，藓壁百尺，青林绿筱，倒生壁间，图画有所不及。犹恨舟行北岸，不得过其下。旁有数矶，亦奇峭，然皆非狮子比也。至马当，所谓下元水府。山势尤秀拔，正面山脚，直插大江。庙依峭崖架空为阁，登降者，皆自阁西崖腹小石径，扪萝侧足而上，宛若登梯。飞甍曲槛，丹碧缥缈，江上神祠，惟此最佳。（卷三）

> 八月一日，过烽火矶。南朝自武昌至京口，列置烽燧，此山当是其一也。自舟中望山，突兀而已。及抛江过其下，嵌岩窦穴，怪奇万状，色泽莹润，亦与它石迥异。又有一石，不附山，杰然特起，高百余尺，丹藤翠蔓，罗络其上，如宝装屏风。是日风静，舟行颇迟，又秋深潦缩，故得尽见杜老所谓"幸有舟楫迟，得尽所历妙"也。过澎浪矶小孤山，二山东西相望。小孤属舒州宿松县，有戍兵，凡江中独山，如金山、焦山、落星之类，皆名天下，然峭拔秀丽，皆不可与小孤比。自数十里外望之，碧峰巉然孤起，上干云霄，已非它山可拟，愈近愈秀，冬夏晴雨，姿态万变，信造化之尤物也。（卷三）

作者沿江而下，展开视角的立足点是在舟船之上。第一段文字"舟行甚速"，故能畅快淋漓地领略两岸群山连绵起伏之貌。第二段文字"舟行颇迟"，故能慢慢品味群山高耸挺拔之妙。前者通过"如列屏障"的形象比喻写群山的绵延起伏，通过"白浪如山"和"才如一叶"的比喻以及

"摇兀掀舞"的夸饰，极言波涛之盛与风之猛烈。写狮子矶，重点写其上的苔藓与绿筱，"倒生"二字暗示出壁之险。写旁边数矶，是"奇峭"，写下元水府，是"秀拔"，一个"插"字极见用字之妙。后者写江中烽火矶、小孤山等几座孤屿。它们的共同特点是孤立峭拔，但作者在遣词用字时富于变化，写烽火矶是"突兀"，写无名孤石是"杰然特起"，写小孤山是"巉然孤起"，具体描写烽火矶时着眼于其石的怪奇万状和色泽莹润，无名孤石着眼于藤蔓罗络，小孤山则着眼于直插云霄。这样，作者就以准确形象的语言写出了三者之间的同中之异，传达出不同对象的各自神韵。

又如对巫山神女峰的描写：

> 十月二十三日，过巫山凝真观，谒妙用真人祠。真人，即世所谓巫山神女也。祠正对巫山，峰峦上入霄汉，山脚直插江中。议者谓太华衡庐，皆无此奇。然十二峰者，不可悉见。所见八九峰，惟神女峰最为纤丽奇峭，宜为仙真所托。祝史云：每八月十五夜月明时，有丝竹之音，往来峰顶，山猿皆鸣，达旦方渐止。庙后山半，有石坛平旷。传云夏禹见神女，授符书于此。坛上观十二峰，宛如屏障。是日，天宇晴霁，四顾无纤翳，惟神女峰上有白云数片，如鸾鹤翔舞徘徊，久之不散，亦可异也。祠旧有乌数百，送迎客舟，自唐夔州刺史李贻诗已云"群乌幸胙余"矣。近乾道元年，忽不至。今绝无一乌，不知其故。泊清水洞。洞极深，后门自山后出，但黯暗，水流其中，鲜能入者。岁旱祈雨颇应。（卷六）

作者先总写巫山，用"入"和"插"两个极富力度感的动词交代巫山高耸奇险的特征，为下文张目。之后通过十二峰的对比，点明巫山神女峰的特点是"纤丽奇峭"，并由此引出了与之相关的神话传说，为神女峰增添了一份神异色彩。从祝史处听闻的"丝竹之音""山猿皆鸣，达旦方渐止"，到自己亲眼所见的"如鸾鹤翔舞徘徊"的数片白云，再到"岁旱祈雨颇应"清水洞，均紧紧围绕巫山神女峰灵异之处展开。这样，作者通过层层铺叙，准确传达出神女峰的特点。

又如关于瞿塘峡的一段描写：

> 十月二十六日，发大溪口，入瞿唐峡。两壁对耸，上入霄汉，其平如削成。仰视天，如匹练然。水已落，峡中平如油盎。过圣姥泉，盖石上一罅，人大呼于旁，则泉出，屡呼则屡出，可怪也。晚至瞿唐关，唐故夔州，与白帝城相连。杜诗云"白帝夔州各异城"。盖言难辨也。关西门正对滟滪堆，堆碎石积成，出水数十丈。土人云："方夏秋水涨时，水又高于堆数十丈。"肩舆入关，谒白帝庙。气象甚古，松柏皆数百年物。有数碑，皆孟蜀时所立。庭中石笋，有黄鲁直建中靖国元年题字。又有越公堂，隋杨素所创，少陵为赋诗者，已毁。今堂近岁所筑，亦甚宏壮。自关而东，即东屯，少陵故居也。（卷六）

以瞿塘峡为主，先后写出了瞿塘峡的平旷奇险，圣姥泉的奇趣，瞿唐关的难辨，滟滪堆的奇绝，白帝庙的高古和越公堂的宏壮。语少意丰，意在言外。对于杨素、杜甫和黄庭坚等人史迹的巧妙穿插，又为这段文字增添了浓厚的人文气息。

《入蜀记》中类似这样富有文学色彩的段落至少有二三十段。这些文字，既可前后相连，如线贯珠，以时间和游踪为线索构成完整的整体，也可独立成篇。将之置于唐宋大家的山水游记中亦足可与其相匹敌。

《入蜀记》以大量篇幅记录了长江两岸的民俗风情，为后世读者展开了一幅万里长江的民俗风情画卷。《入蜀记》记载了当时长江两岸城市人口众多，经济富庶，商业繁荣的状况。如六月十一日经平江时"晓过许市，居人极多"（卷一）。六月十六日过新丰时"居民市肆颇盛"（卷一）。七月二十七日过雁翅夹，"有税场，居民二百许家，岸下泊船甚众"（卷三）。八月十五日次蕲口镇，"居民繁错，蜀舟泊岸下甚众。监税秉义郎高世栋来……言此镇岁课十五万缗，雁翅岁课二十六万缗"（卷四）。尤其对鄂州的两段描写，犹能见其繁华富庶："贾船客舫，不可胜计，衔尾不绝者数里"，"市邑雄富，列肆繁错，城外南市亦数里，虽钱塘建康不能过，隐然一大都会也"（卷四，八月二十三日）。"移舟江口，回望堤上，楼阁重复，灯火歌呼，夜分乃已。"（卷五，八月二十九日）

当时长江两岸居民利用水资源丰富的优势，大力发展养殖业，多以卖鱼为生。如六月三日途经秀州段时记载："黎明，至长河堰，亦小市也，鱼蟹甚富。"（卷一）六月八日途经浙东运河段时记载："过合路，居人繁伙，卖鲊者尤众。"（卷一）八月三十日途经鄂州时记载："出鲟鱼，居民率以卖鲊为业。"（卷五）由于养殖得法，产鱼数量巨大，导致价格低廉。八月二十一日途经双柳夹时记载："鱼贱如土，百钱可饱二十口，又皆巨鱼。欲觅小鱼饲猫，不可得。"（卷四）九月二日途经巴陵路时记载："次下郡，始有二十余家，皆业渔钓……鱼尤不论钱。"（卷五）

陆游入蜀之行除了恶劣的天气之外，最大的危险来自湍急的水流与险恶的滩石。尤其是进入三峡以后，水急滩多，给陆游带来很多艰辛和麻烦。从记中多处出现的"舟行甚难""极难过"和"可畏"等词可见一斑。陆游多次提及换船和修船，而最惊险的一次莫过于因舟人贪利导致行船超载，几乎发生沉船的灾难。由于险滩林立，狂风骤雨时常发生，因此为求旅途平安，舟人都有祭祀江神的风俗。这为我们今天研究宋代长江航运提供了珍贵的第一手资料。

九月二十六日，修船始毕。骨肉入新船。祭江滨庙，用壶酒特豕。庙在沙市之东三四里，神曰昭灵孚应威惠广源王，盖四渎之一，最为典祀之正者。然两庑淫祠尤多，盖荆楚旧俗也。（卷五）

（九月）二十七日，解舟，击鼓鸣橹舟人皆大噪，拥堤观者如堵墙。（卷五）

（十月）二日，泊桂林湾……舟人杀猪十余口祭神，谓之开头。（卷五）

《入蜀记》反映了入蜀途中佛教与道教兴盛的状况。宋代对佛道二教实行"度牒"制度，由朝廷每年限量颁发以控制僧、道的数量，总体而言，僧、道数量呈逐渐递减的趋势①。但到高宗时期，全国尚有"道士一万人，僧二十万，乃绍兴二十七年礼部注薄之数"②。其中，尤以四川地区的佛教活动为活跃，大造石窟，广建寺院③。《入蜀记》全文共记录佛教寺庙 36 处，不仅反映出陆游与僧人的交往，更反映出寺院经济的繁荣。如八月九日游江西东林寺"寺极大，连日游历，犹不能遍"（卷四）。《入蜀记》中记录的道观虽然只有仪真观、天庆观、宁渊观、宁渊观下院、太平兴国宫、凤凰山延禧观、巫山凝真观 7 处，但有些篇幅也翔实地描写出道教宫观的壮观景象。如八月七日，往庐山，小憩新桥市，"车马及徒行者憧憧不绝，云上观，盖往太平宫焚香，自八月一日至七日乃已，谓之白莲会"（卷三）。八月八日早，由山路至太平兴国宫，"门庭气象极闳壮"，"采访殿前有钟楼，高十许丈，三层，累砖所成，不用一木，而檐桷翚飞，虽木工之良者，不能加也"（卷四）。

此外，《入蜀记》还记录了入蜀途中各地迥异的风土人情。如六月十一日记载无锡县避讳"锡"字的风俗，七月五日记载江南因重视七夕而于六日先乞巧的风俗，八月六日记载江乡"放河灯"的习俗，九月十五日经过公安时关于"地旷民寡"的如实记录，九月二十八日泊方城时关于舟人中"招头"的相关记载等，均简明扼要，呈现出鲜明的地域文化色彩。

再如：

抛大江，遇一木筏，广十余丈，长五十余丈。上有三四十家，

---

① 白寿彝：《中国通史》第七卷上，上海人民出版社 1989 年版，第 577 页。

② （宋）周辉撰，刘永翔校注：《清波杂志校注》卷七"僧道数"条，中华书局 1994 年版，第 312 页。

③ 白寿彝：《中国通史》第七卷上，上海人民出版社 1989 年版，第 54 页。

妻子鸡犬臼碓皆具，中为阡陌相往来，亦有神祠，素所未睹也。舟人云，此尚其小者耳，大者于筏上铺土作蔬圃，或作酒肆，皆不复能入夹，但行大江而已。（卷四，八月十四日）

晚次黄牛庙，山复高峻，村人来卖茶菜者甚众。其中有妇人，皆以青斑布帕首，然颇白皙，语音亦颇正。茶则皆如柴枝草叶，苦不可入口。（卷六，十月九日）

游江渎北庙，庙正临龙门。其下石罅中，有温泉，浅而不涸，一村赖之。妇人汲水，皆平身背负一全木盎，长二尺，下有三足，至泉旁，以杓挹水，及八分，即倒坐旁石，束盎背上而去。大抵峡中负物率著背，又多妇人，不独水也。有妇人负酒卖，亦如负水状，呼买之，长跪以献。未嫁者，率为同心髻，高二尺，插银钗至六只，后插大象牙梳，如手大。（卷六，十月十三日）

第一段文字写路过蕲州界时的见闻。居民以宽大的竹筏为家，在有限的空间内聚集"三四十家，妻子鸡犬臼碓皆具"，"素所未睹"四字表现了作者惊奇的心理。这段描写既带有浓郁的地域风情，又交代了当地居民深受官府盘剥的悲惨遭遇。第二、第三段文字则集中写蜀中妇女装束、相貌、语音和从事商业活动的情况。作者以简洁的语言，写出了蜀中妇女劳作的艰辛。那头戴青斑布帕皮肤白皙的卖茶女，那背负木盎汲水卖酒的妇女，那头插巨大象牙梳留同心髻的未嫁女子，均以清新的面影给读者留下了深刻的印象。

（二）"多征古迹"

李慈铭评《入蜀记》云："范、陆二公所作，皆极经意。山水之外，多征古迹；朝夕之事，兼及朝章。脍炙艺林，良非无故。"[1] 所谓"山水

---

[1] （清）李慈铭撰，由云龙辑：《越缦堂读书记·集部·劄记》，上海书店出版社 2000 年版，第 1272 页。

之外，多征古迹"，正道出了《入蜀记》不同于一般游记只单纯关注自然山水的特征。陆游是一位诗人，也是一位学者，这使得他在面对诸多自然景观和人文景观时，除了将其视为审美对象之外，还呈现出一种文化上的观照。陆游入蜀途中经历的很多地方都是历来文人雅士贬谪游览之所，或是一些重要的历史遗迹，积淀了丰厚的历史底蕴。如青山的李白祠堂和谢公亭，富池的甘宁庙，武昌的黄鹤楼，秭归的宋玉故宅，巴东的寇莱公祠堂，夔州的杜甫故居和八阵图等。所有这些，无不吸引着陆游的目光，"千古兴亡在目前，郁郁关河含瞑色"（《诗稿》卷二《醉歌》）。透过荒寂的关河和落日的余晖，陆游在历史的尘埃中苦苦找寻着自己心仪已久的对象。且看十月二十一日陆游拜谒一代名相寇准祠堂时的一段文字：

> 舟中望石门关，仅通一人行，天下至险也。晚泊巴东县。江山雄丽，大胜秭归。但井邑极于萧条，邑中才百余户，自令廨而下，皆茅茨，了无片瓦……谒寇莱公祠堂，登秋风亭，下临江山。是日重阴微雪，天气凛飘。复观亭名，使人怅然，始有流落天涯之叹。遂登双柏堂、白云亭。堂下旧有莱公所植柏，今已槁死。然南山重复，秀丽可爱。白云亭则天下幽奇绝境。群山环拥，层出间，见古木森然，往往二三百年物。栏外双瀑泻石涧中，跳珠溅玉，冷入人骨。（卷六）

巴东是陆游景仰的前贤一代名相寇准当年贬谪的地方。作者首先交代了巴东萧条贫穷的现状，为后文抒情作一铺垫。次写重阴微雪的天气，为下文抒情营造凄清寒冷的氛围。寇相当年被贬时的失意与自己中年入蜀漂泊的心情形成强烈共振，遂产生"同是天涯沦落人"之感。后面具体写寇相亲手所植柏树已枯槁致死，瀑布流水之"冷入人骨"，所写景物给人的总体感受就是：冷峭。陆游同时写有《秋风亭拜寇莱公遗像》："豪杰何心后世名，材高遇事即峥嵘。巴东诗句澶州策，信手拈来尽可惊。"

（《诗稿》卷二）对寇准的人格和才能作出极高之礼赞，诗与文都充满了强烈的抒情，都是透露出浓郁真情的佳品。

王立群认为陆游的《入蜀记》是继柳宗元和苏轼之后山水游记领域的又一创新，是文化型游记的代表。"大量存在于《记》中的历史地理掌故，碑刻、佚文的记述，绘画、茶道甚或民俗的叙写，都是《记》中表现出来的文化认同意识的有机组成部分，也许是更能表现出《入蜀记》作为游记散文中的'这一个'的独特风貌的部分"①。陆游是一位史学家，他对长江两岸的朝章典故和历史沿革极为熟悉。他往往在游览某个历史古迹之前，丰富的知识储备已经涌现心头，产生了极为强烈的期待视野。如七月二十一日，过繁昌县，"远山崭然，临大江者，即铜官山，太白所谓'我爱铜官乐，千年未拟还'，是也。恨不一到"（卷三）。陆游因未能游览铜官山而遗憾不已，这种遗憾主要来自李白笔下的游山之乐与自己未能如愿以偿之间的巨大落差。

充满浓重人文气息的历史古迹与陆游的知识储存之间形成强烈共振，这往往淡化了陆游对这些景物的审美层面的观照，而凸显出极强的文化认同。《入蜀记》共引用诗句上百处，其中尤其以李白、杜甫、欧阳修、梅尧臣、王安石和苏轼为多。这与陆游对其人品的推崇和诗作的谙熟是密不可分的②。如经过黄州游赤壁时的一段文字：

（八月）十九日早，游东坡。自州门而东，冈垄高下，至东坡，则地势平旷开豁，东起一垄颇高。有屋三间，一龟头，曰居士亭。亭下面南一堂，颇雄，四壁皆画雪。堂中有苏公像，乌帽紫裘，横

---

① 王立群：《〈入蜀记〉：向文化认同意识的倾斜》，《河南大学学报》（哲学社会科学版）1987 年第 5 期。

② 《诗稿》卷九《玉局观拜东坡先生海外画像》："我生虽后公，妙句得吟讽。整衣拜遗像，千古尊正统。"卷十八《读宛陵先生诗》："欧尹追还六籍淳，先生诗律擅雄浑。"卷二十四《春雪》："倒尽酒壶终日醉，卧听儿诵半山诗。"卷三十三《读杜诗》："千载诗亡不复删，少陵谈笑即追还。常憎晚辈言诗史，清庙生民伯仲间。"卷四十五《追感往事》其四："欧曾不生二苏死，我欲痛哭天茫茫！"卷七十《读李杜诗》："濯锦沧浪客，青莲澹荡人。"

按筇杖,是为雪堂。堂东大柳,传以为公手植。正南有桥,榜曰小桥,以"莫忘小桥流水"之句得名。其下初无渠涧,遇雨则有涓流耳。旧止片石布其上,近辄增广为木桥,覆以一屋,颇败人意。东一井曰暗井,取苏公诗中"走报暗井出"之句。泉寒熨齿,但不甚甘。又有四望亭,正与雪堂相直,在高阜上,览观江山,为一郡之最。亭名见苏公及张文潜集中。坡西竹林,古氏故物,号南坡。今已残伐无几,地亦不在古氏矣。出城五里,至安国寺,亦苏公所尝寓。兵火之余,无复遗迹,惟绕寺茂林啼鸟,似犹有当时气象也。郡集于栖霞楼,本太守闾丘孝终公显所作。苏公乐府云:"小舟横截春江,卧看翠壁红楼起。"正谓此楼也。(卷三)

苏轼因"乌台诗案"被贬黄州,这是他人生的分水岭,也开启了他文学创作的一个高峰。他的自号"东坡"就是始于黄州时期。陆游对苏轼的人格极为景仰:"公不以一身祸福,易其忧国之心,千载之下,生气凛然,忠臣烈士,所当取法也。"(《文集》卷二十九《跋东坡帖》)因此,当他入蜀途中经过黄州时,先前的景仰结合古迹化作无限缅怀之情。他沿着前贤的足迹,雪堂、四望亭、安国寺、栖霞楼甚至出自苏轼诗句的"小桥"和"暗井"均一一出现在他的笔下。这样不厌其烦地详细记载,使得这则日记成为《入蜀记》中为数不多的长篇之一。陆游将记忆中的苏诗与现实中的景点一一对比,每每有契合之处,从中不难看出作者追慕前贤的复杂心情。

学者陆游从文化角度观照历史古迹时,往往以此为媒介,激发一种历史想象。此时、此地、此景与历史上到过这里的其他文人相链接,完成一种超越时空的对话。

解舟,过长风沙罗刹石。李太白《江上赠窦长史》诗云:"万里南迁夜郎国,三年归及长风沙。"梅圣俞《送方进士游庐山》云:"长风沙浪屋许大,罗刹石齿水下排。历此二险过溢浦,始见瀑布悬

苍崖。"即此地也。(卷三,七月二十六日)

　　过兰溪,东坡先生所谓"山下兰芽短浸溪"者……苏黄门谪高安,东坡先生送至巴河,即此地也。(卷四,八月十七日)

　　黎明离鄂州,便风挂帆,沿鹦鹉洲南行。洲上有茂林神祠,远望如小山。洲盖祢正平被杀处,故太白诗云:"至今芳洲上,兰蕙不敢生。"梁王僧辩击邵陵王纶军至鹦鹉洲,即此地也。(卷五,八月三十日)

　　过石首县,不入。石首自唐始为县,在龙盖山之麓,下临汉水,亦形胜之地。杜子美有《送石首薛明府》诗,即此邑也。(卷五,九月十二日)

　　陆游反复强调,某地就是某某文化名人来过的地方,很显然,作者是带着一种自觉的文化认同意识来游览这些地方的。甚至兴致所到,陆游会不厌其烦地罗列众多诗人的诗句,使得这种文化认同意识表现得更为强烈。如七月十八日解舟出姑熟溪,经过天门山时,作者对壮美的天门山并未着一字正面描写,而是先后引用了李白、王安石、梅尧臣和徐俯四人的诗句,以一句"皆得句于此也"相绾结。这样,作者就在前人的基础上,以自己的亲身参与,在文化认同中完成了对天门山的观照。

　　陆游在描摹沿岸风光时,往往信手拈来一句前人诗句相印证,在跨越时空的交接和对话中传达自己的文化认同心理。如六月十九日,过镇江,"(金山长老宝印)言自峡州以西,滩不可胜计,白傅诗所谓'白狗到黄牛,滩如竹节稠'是也"(卷一)。八月二日,晚抵江州,"岸土赤而壁立,东坡先生所谓'舟人指点岸如赪'者也"(卷三)。十月二十四日早,抵巫山,"隔江南陵山极高大,有路如线,盘屈至绝顶,谓之一百八盘,盖施州正路。黄鲁直诗云'一百八盘携手上,至今归梦绕羊肠',即谓此也"(卷六)。

　　陆游在描摹风物时对前人诗句的征引,有时并不限于文化认同,而是在此基础上,获得更深感受,起到强化审美的作用。大诗人李白在金陵城一个月色如水的夜晚，独自欣赏平静宛如白练一般的江水，他思接千载，最后在知音难觅的怅惘中终于找到心仪的对象，一句"解道澄江净如练，令人长忆谢玄晖"① 表达出对谢朓笔下之景的强烈认同。如今，陆游沿着前贤的足迹一路西行，相似的情境激发他想与前人对话的强烈冲动，已有的知识储备与现实场景在对话中完美契合。如"（八月）二日早，行未二十里，忽风云腾涌，急系缆。俄复开霁，遂行。泛彭蠡口，四望无际，乃知太白'开帆入天镜'之句为妙"（卷三）。七月十六日，"郡集于道院，历游城上亭榭，有坐啸亭，颇宜登览。城濠皆植荷花。是夜，月白如昼，影入溪中，摇荡如玉塔，始知东坡'玉塔卧微澜'之句为妙也"（卷二）。"乃知""始知"等词正道出了陆游对景物的观照是建立在前人审美基础上的文化认同。

此外，陆游每游览一地，总是以学者特有的严谨求实的态度去审视那些游览对象。只要粗略翻阅一下《入蜀记》，我们就会发现作者似乎有着强烈的考辨癖。这些考辨涉及的范围十分广泛，如六月二日根据《东坡乐府》辨正临平塔并非太师蔡京为葬父所建，六月二十三日根据实地考察辨正北固山之峭崖非石崖而为土崖，七月八日辨正钟山道林真觉大师塔西小轩名称由来，十月十六日考辨楚王城的所在，等等。详细精当的考辨，是《入蜀记》较为突出的特色和价值所在。《四库全书总目提要》在列举陆游十余处考辨之例的基础上，对该书评价极高，"考订古迹，尤所留意"，"其他搜寻金石尤不可殚数，非他家行记徒流连风景，记载琐屑者比也"②。

《入蜀记》中引用的诗句，不少是与考辨相关的。论其功能，可以分为两种情况，一是作为考辨的例证。如六月十六日晨，"过新丰，小憩。李太白诗云：'南国新丰酒，东山小妓歌。'又唐人诗云：'再入新丰市，

---

① （唐）李白著，（清）王琦注：《李太白全集》卷七《金陵城西楼月下吟》，中华书局1977年版，第403—404页。

② （清）纪昀等撰，四库全书研究所整理：《钦定四库全书总目》（整理本）卷五十八《入蜀记提要》，中华书局1997年版，第819页。

犹闻旧酒香。'皆谓此，非长安之新丰也。然长安之新丰，亦有名酒，见王摩诘诗，至今居民市肆颇盛"（卷一）。作者引用李白等人的诗句，指出镇江丹阳的新丰并非是长安附近的新丰，二地皆产名酒，不可混同。二是引出诗句直接辨误。如七月四日，发真州，"过瓜步山……绝顶有元魏太武庙，庙前大木可三百年。一井已智，传以为太武所凿，不可知也。太武以宋文帝元嘉二十七年南侵至瓜步，建康戒严。太武凿瓜步山为蟠道，于其上设毡庐，大会群臣，疑即此地。王文公所谓'丛祠瓜步认前朝'是也。梅圣俞题庙云：'魏武败忘归，孤军驻山顶。'按太武初未尝败，圣俞误以佛狸为曹瞒耳"（卷二）。由瓜步山的元魏太武庙引出太武帝当年率师南侵一事。之后通过王安石和梅尧臣诗句的对比，指明梅之讹误。

值得注意的是，《入蜀记》中的考辨以严谨精审著称，但却并不枯燥。很多片段以飞动的思绪，灵活的文笔而文学味十足。如七月十三日关于李白伪作的辨正："李太白集有《姑熟十咏》，予族伯父彦远尝言东坡自黄州还，过当涂，读之抚手大笑曰：'赝物败矣，岂有李太白作此语者！'郭功父争以为不然，东坡又笑曰：'但恐是太白后身所作耳。'功父甚愠。盖功父少时，诗句俊逸，前辈或许之，以为太白后身，功父亦遂以自负，故东坡因是戏之。或曰《十咏》及《归来乎》《笑矣乎》《僧伽歌》《怀素草书歌》，太白旧集本无之，宋次道再编时，贪多务得之过也。"以陆彦远、郭功父和苏东坡三人的对话引出李白《姑熟十咏》为伪作问题，"抚手大笑""又笑""甚愠"，作者抓住不同人物的表情特征，寥寥数笔将人物写得活灵活现，极富文学色彩。后面的考辨文字反而被这段描写所掩盖，使人不觉得是一段考辨文字。

再如八月五日关于庾亮楼位置的考辨：

　　　　五日，郡集于庾楼。楼正对庐山之双剑峰，北临大江，气象雄丽，自京口以西，登览之地多矣，无出庾楼右者。楼不甚高，而觉江山烟云，皆在几席间，真绝景也。庾亮尝为江荆豫州刺史，其实则治武昌。若武昌南楼名庾楼，犹有理，今江州治所，在晋特柴桑县之湓口关耳，此楼附会甚明。然白乐天诗固已云："浔阳欲到思无穷，庾亮楼南湓口东。"则承误亦久矣。张芸叟《南迁录》云："庾亮镇浔阳，经始此楼。"其误尤甚。（卷三）

陆游在登览庾楼欣赏风景之余，指出晋人庾亮曾任江荆豫州刺史，其治所在武昌，而自己登临之楼治所在江州，故眼前之楼不该以庾氏命名。之后引用白居易和张舜民的诗句，指明其讹误。陆游在此并未作逻辑严谨的辨析，而是通过简单的指明点到即止，言简意赅的语言，灵动清丽的文笔，留待读者自己去回味与思索。

（三）"兼及朝章"

陆游一路上对三峡风物的观照，除了将其视为审美对象和文化认同对象之外，有时也往往根据实地情况表达自己深沉的理性思考，传达出强烈的经世之意。这也是《入蜀记》超越一般山水游记的地方。如七月二十四日，陆游抵达池州，首先叙述当年宋军顺江而下直取池州的事实："初，王师平南唐，命曹彬分兵自荆州顺流东下，以樊若水为乡导，首克池州，然后能取芜湖、当涂，驻军采石，而浮桥成。"在申明池州战略位置的重要之后，则点出一句警戒当世："则池州今实要地，不可不备也。"（卷三）

定都建康，是陆游早年的重要军事观点。这次入蜀途中陆游路过建康，经过对石头城的实地考察和慎重考虑，重申了这一观点。石头城是建康的门户，对固守建康具有至关重要的作用。陆游在亲自登临之后写道：

> 食已，同登石头，西望宣化渡及历阳山，真形胜之地。若异时定都建康，则石头仍为关要。或以为今都城徙而南，石头虽守无益，盖未之思也。惟城既南徙，秦淮乃横贯城中，六朝立栅断航之类，

缓急不可复施。然大江天险，都城临之，金汤之势，比六朝为胜，岂必依淮为固邪？（卷二，七月七日）

这段文字首先交代了石头城的险要和重要性，对此作者在前两天的日记中也曾提及："凡舟皆由此下至建康，故江左有变，必先固守石头，真控扼要地也。"（卷二，七月五日）之后从反面论证，对比六朝，批判了"石头虽守无益"的错误观点。整段文字逻辑严密，感情充沛，语言简练，是一篇针对现实而发的言之有物之作。作者批判那些反对坚守石头城的人"未之思也"，其实正反映出他的深沉思考。

陆游著有《南唐书》，对南唐一朝的历史十分谙熟。这使得他经过相关历史遗迹时往往借题发挥表达对于历史的思考和批判。且看下面两段文字：

（七月）十一日早，出夹，行大江……采石一名牛渚，与和州对岸，江面比瓜洲为狭，故隋韩擒虎平陈及本朝曹彬下南唐，皆自此渡。然微风辄浪作不可行，刘宾客云"芦苇晚风起，秋江鳞甲生"，王文公云"一风微吹万舟阻"皆谓此矶也。矶即南唐樊若冰（按：应为樊若水）献策，作浮梁渡王师处。初若冰不得志于李氏，诈祝发为僧，庐于采石山，凿石为窍，及建石浮图，又月夜系绳于浮图，棹小舟急渡，引绳至江北，以渡江面，既习知不谬，即亡走京师上书。其后王师南渡，浮梁果不差尺寸。予按隋炀帝征辽，盖尝用此策渡辽水，造三浮桥于西岸。既成，引趋东岸，桥短丈余不合。隋兵赴水接战，高丽乘岸上击之，麦铁杖战死，始敛兵。引桥复就西岸，而更命何稠接桥，二日而成，遂乘以济。然隋终不能平高丽，国朝遂下南唐者，实天意也，若冰何力之有？方若冰之北走也，江南皆知献南征之策，或请诛其母妻。李煜不敢，但羁置池州而已。其后若冰自陈母妻在江南，朝廷命煜护送，煜虽愤切，终不敢违，厚遗而遣之。然若冰所凿石窍及石浮图，皆不毁，王师卒用以系浮

梁，则李氏君臣之暗且怠，亦可知矣。（卷二）

（八月）二十六日，与统、纾同游头陀寺……藏殿后有南齐王简栖碑……韩熙载撰碑阴，徐锴题额……碑字前后一手，又作温字不全，盖南唐尊徐温为义祖，而避其名，则此碑盖夔重书也。碑阴又云："皇上鼎新文物，教被华夷，如来妙旨，悉已遍穷，百代文章，罔不备举，故是寺之碑，不言而兴。"按此碑立于己巳岁，当皇朝之开宝二年，南唐危蹙日甚，距其亡六年尔。熙载大臣，不以覆亡为惧，方且言其主鼎新文物，教被华夷，固已可怪。又以穷佛旨，举遗文，及兴是碑为盛，夸诞妄谬，真可为后世发笑。然熙载死，李主犹恨不及相之。君臣之惑如此，虽欲久存，得乎？（卷四）

第一段文字写陆游经过采石矶，见到当年樊若冰所作浮梁的遗迹而引发的感慨和思考。陆游将北宋平南唐与隋炀帝征辽相对比，认为南唐败亡并非是由于樊若冰的投降行为："虽微若冰，有不亡者乎！"在文章后面陆游引用张文潜《平江南议》中的一段话："当缚若冰送李煜，使甘心焉，不然，正其叛主之罪而诛之，以示天下，岂不伟哉。"陆游称其为"天下正论"，显然对樊若冰的投降卖主是嗤之以鼻的。但是作者的批判绝没有仅仅局限于此，"暗且怠"三字对南唐君臣昏庸萎靡之批判隐然可见，联系作者生活时代文恬武嬉不思进取的现状，其微言大义可知。

第二段文字写陆游经过鄂州头陀寺，看见韩熙载所撰碑文而引发的感慨。陆游指出，韩熙载撰写碑文之时，南唐已经国祚危蹙，而他却不顾事实，对后主极尽吹捧阿谀之能事。陆游以"可怪""发笑"等词逐层批判，最后笔锋一转："然熙载死，李主犹恨不及相之。君臣之惑如此，虽欲久存，得乎？"感慨深沉，是非鲜明，语言犀利，锋芒毕露，好似一篇言之有物的政论。陆游以反诘的语气收束，既表明作者对历史与现实的深沉思考，又能引发读者展开丰富的联想与思索。

（四）《入蜀记》的文学特色

《入蜀记》是一部日记体游记，在写法上它既发挥了日记体本身的特点，同时又不局限于日记体本身。《入蜀记》的文学特色表现为以下三方面：

首先，以日排列，灵活自由。

作为一部日记体游记，从乾道六年（1170）闰五月十八日离开山阴故乡开始，到十月二十七日到达夔州结束，在长达一百六十余天的时间里，"凡途中山川易险，风俗淳漓，及古今名胜战争之地，无不排日记录"①。其间不管旅途生活如何艰辛，陆游始终笔耕不辍，没有出现一天漏记的情况。即便个别日子里无事可记，也仍记其日，如五月二十七日、五月三十日、六月二十一日、六月二十四日等。如此完整地记录了自己入蜀的全过程，当是作者有意为之。作者充分发挥日记体的文体优势，在记叙具体事件时，有话则长，无话则短，少则几个字，多则数百言。简短者如："五月二十一日，省三兄。""五月二十四日，皆留兄家。"（卷一）只是简单记录了一件事。篇幅较长者如：

> 六月九日，晴而风，舟人惩昨夕狼狈，不敢解舟，日高方行。自至崇德，行大泽中，至此，始望见震泽远山。午间，至吴江县。渡松江，风极静。瘫庵竹树益茂，而主人死矣。知县右承议郎管铳，尉右迪功郎周郯来。县治有石刻曾文清公渔具图诗，前知县事柳楹所刻也。渔具比《松陵倡和集》所载又增十事云，托周尉招医郑端诚，为统、绚诊脉，皆病暑也。市中卖鱼鲊颇珍。晚解舟中流，回望长桥层塔，烟波渺然，真若图画。宿尹桥，登桥观月。（卷一）

从天气状况到出行时间，从舟行踪迹到知县来访，从所见石刻到寻找医生，从商业交易到登桥赏月，有文人士大夫生活文雅的一面，也有普通人生活琐碎的一面，陆游就是这样真实而完整地记录了自己入蜀过程中一天的生活。

---

① （清）钱曾：《读书敏求记》卷二，《续修四库全书》本。

与那些单篇杂记不同，由于没有具体的作记对象，所以《入蜀记》
的内容相当丰富，但凡旅途艰辛、自然风光、人文景观、诗句考辨、沿
岸风俗、商业活动等，都有翔实的记载。在表现手法上，往往叙述、描
写、抒情和议论多种手法相结合。作者在游山玩水之间，往往由游览对
象引发某种人生感慨。如：

> 五月二十八日，同升之出暗门，买小舟泛西湖，至长桥寺。予
> 不至临安八年矣，湖上园苑竹树，皆老苍。高柳造天，僧寺益葺，
> 而旧交多已散去，或贵不复相通，为之绝叹。（卷一）

这是陆游与其兄陆升之游览西湖时的一段记录。"予不至临安八年矣"，
说的不仅仅是现在，也有对诸多美好往事的回忆。而下面的竹树老苍与
故交散去，则蕴含着强烈的迁逝之悲。

再如：

> 舟中望石门关，仅通一人行，天下至险也。晚泊巴东县。江山
> 雄丽，大胜秭归，但井邑极于萧条，邑中才百余户，自令廨而下，
> 皆茅茨，了无片瓦……谒寇莱公祠堂，登秋风亭，下临江山。是日
> 重阴微雪，天气飂飘，复观亭名，使人怅然，始有流落天涯之叹。
> （卷六，十月二十一日）

陆游拜谒本朝名相寇准的祠堂，由于秋风萧瑟，天气惨淡，引发了作者
"流落天涯"的感慨。这里，作者与寇准已经紧紧地融合在一起，难以
分离。

其次，萧散自然，简洁有法。

萧士玮《南归日录》评《入蜀记》"随笔所到，如空中之雨，大小
萧散，出于自然"，指明《入蜀记》萧散自然的笔法特点。作为一部日记
体游记，《入蜀记》中很多篇章往往先交代时间，接着点明天气，之后叙

述事件，已经具备了后来日记的一般格式。如"（八月）二十二日，平旦微雨。过青山矶，多碎石及浅滩。晚泊白杨夹口，距鄂州三十里，陆行止十余里，居民及泊舟甚多，然大抵皆军人也"（卷四）。

《入蜀记》文笔雅洁，往往以短句为主，毫无枝蔓拖沓之感。如：

> 舟至石壁下，忽昼晦，风势横甚，舟人大恐失色，急下帆，趋小港，竭力牵挽，仅能入港。系缆同泊者四五舟，皆来助牵。早间同行一舟，亦蜀舟也，忽有大鱼正绿，腹下赤如丹，跃起舵旁，高三尺许，人皆异之。是晚，果折樯破帆，几不能全，亦可怪也。入夜，风愈厉，增十余缆。迨晓，方少定。（卷三，七月二十八日）

作者以时间为线索，写白昼，用"昼晦"二字准确写出风大天暗的恶劣天气，以下连用"下""趋""牵挽"和"入"等动词构成短句，语气急促，与舟人惊恐的心情相合。写夜晚，以"折樯破帆"言风之大，写深夜和拂晓，以"风愈厉"和"方少定"作正面交代。这段文字以短句为主，十分简洁地写出入蜀途中一天之内的天气变化。

《入蜀记》中还有很多关于人物描写的片段，作者以简洁的语言将人物写得栩栩如生。如：

> （毛）德昭名文，衢州江山县人，居于秀，予儿时从之甚久。德昭极苦学，中年不幸病盲而卒，无子。纲言其盲后，犹终日危坐，默诵《六经》。至数千言不已。（卷一，六月六日）
>
> 庙中遇武人王秀，自言博州人，年五十一，元颜亮寇边时，自河朔从义军，攻下大名，以待王师，既归朝，不见录。且自言孤远无路自通，歔欷不已。（卷一，六月二十五日）

前者是终生苦学不辍的文士，后者是抗金有功却流落不偶的爱国志士，均寥寥数笔而跃然纸上。

再如途中所见的一些人物：

> 雨霁，极凉如深秋。遇顺风，舟人始张帆。过合路，居人繁夥，
> 卖鲊者尤众。道旁多军中牧马。运河水泛溢，高于近村地至数尺。
> 两岸皆车出积水，妇人儿童竭作，亦或用牛。妇人足踏水车，手犹
> 绩麻不置。（卷一，六月八日）

> 过纲步，有二十余家，在夕阳高柳中，短篱晒罾，小艇往来，
> 正如画画所见，沌中之最佳处也。泊毕家池，地势爽垲，居民颇众。
> 有一二家，虽茅荻结庐，而窗户整洁，藩篱坚壮，舍傍有果园甚盛，
> 盖亦一聚之雄也。（卷五，九月四日）

> 过瓜洲坝仓头百里洲……皆聚落，竹树郁然，民居相望。亦有
> 村夫子聚徒教授，群童见船过，皆挟书出观，亦有诵书不辍者。（卷
> 五，十月一日）

如画的景物，天真的人物，淳朴的民风，无忧无虑的生活，好似一幅
清新的水墨山水。文风清新自然，笔法简洁有法，充满丰富的文学
意味。

最后，幽默诙谐，逸趣横生。

在《入蜀记》中，作者记录了一些奇闻逸事，有些事件幽默有趣，
不仅为陆游漫长单调的旅途生活增添了乐趣，还使得全书充满了幽默诙
谐的气息。如：

> 至甘露寺，饭僧。甘露盖北固山也，有狠石，世传以为汉昭烈
> 吴大帝尝据此石共谋曹氏。石亡已久，寺僧辄取一石充数，游客摩
> 娑太息，僧及童子辈往往窃笑也。（卷一，六月二十三日）

> 游光孝寺，寺有西峰圣者所留铁笛。圣者生当吴武王杨行密时，
> 阳狂不羁，好吹笛，能役鬼神蛟龙。尝寓池州乾明寺，乾明即光孝

也，及去，留笛付主事僧。笛似铜铁而非，色绿，而莹润如绿玉，不知何物。僧惧为好事者所夺，郡官求观之，辄出一凡铁笛充数。予偶与监寺僧有旧，独得一见。（卷三，七月二十五日）

刘备和孙权是乱世英雄，他们于甘露寺共谋曹操的"狠石"极具传奇色彩。擅长吹笛的西峰圣者能役使鬼神蛟龙，富有神秘气息。"狠石"与"铁笛"自然成为游客向往心仪的对象。寺院僧人竟然不顾佛门清规戒律，公然"造假"欺骗他人。游客的摩挲叹息与僧人童子的窃笑不已相对照，好像一个特写镜头，令人印象深刻。第二则文字中，"惧"字写出光孝寺僧人对宝物担忧不已的心理，而作者只因与监寺僧相识的"特殊关系"就能有缘见到真品，让人读后不觉哑然失笑。两段文字均充满世俗生活气息，犹如幽默小品。

下面的文字则如实记录了镇江寺院僧人间的争斗：

> 早，以一壶酒谒英灵助顺王祠，所谓下元水府也。祠属金山寺，寺常以二僧守之，无他祝史。然榜云"赛祭猪头，例归本庙"，观者无不笑。（卷一，六月二十五日）
>
> 游金山，登玉鉴堂、妙高台，皆穷极壮丽，非昔比……山绝顶有吞海亭，取毛吞巨海之意，登望尤胜。每北使来聘，延至此亭烹茶。金山与焦山相望，皆名蓝，每争雄长。焦山旧有吸江亭，最为佳处，故此名吞海以胜之，可笑也。（卷一，六月二十六日）

金山寺与焦山寺都是天下名刹，金山寺垄断了祭祀水神庙的权力，还张榜告示。佛门本为清净之地，却出现了许多祭神用的猪头。为了夸耀自己寺院的雄伟壮观，竟然把一个不起眼的小亭子命名为"吞海亭"，以压倒对方的"吸江亭"。佛门弟子的逞强好胜，比之凡夫俗子，有过之而无不及。读到这样轻松的文字，读者自然会会心一笑。

又如七月十一日离开金陵时的一段描写：

是日便风，击鼓挂帆而行。有两大舟东下者，阻风泊浦溆，见
之大怒，顿足诟骂不已。舟人不答，但抚掌大笑，鸣鼓愈厉，作得
意之状。江行淹速常也，得风者矜，而阻风者怒，可谓两失之矣。
世事盖多类此者，记之以寓一笑。（卷二）

阻风者"大怒""顿足诟骂"，得风者"不答""抚掌大笑"，寥寥数
笔，写出了舟人之间的嘲讽斗嘴，神韵毕现。"世事盖多类此者，记之以
寓一笑"，这场景不仅令陆游感到有趣，也引发他对人生的感慨。整段文
字生活味十足，真实、风趣。作者以简洁的文笔写出了自己入蜀途中的
生活插曲。

（五）入蜀诗文之比较与互证

陆游在入蜀途中，除了创作《入蜀记》之外，还创作诗歌 63 首①。
历来论述陆诗者，对于陆游诗歌创作转变的问题，往往将视野聚焦于其
在蜀中时期。实际上，陆游诗歌的转变是从入蜀途中就开始的。今本
《剑南诗稿》所收陆游诗歌，入蜀前的十八岁到四十四岁，27 年内共创作
167 首，年均只有 6 首。而在入蜀途中不到半年时间内，创作了 63 首。
是此前年均创作的 20 多倍！在质量上，入蜀前多为记游、赠别、自咏、
消闲之作，总体成就平平。而入蜀途中的江山人物开阔了陆游的视野，
也提高了他诗歌创作的境界。如同《入蜀记》一样，这 60 多首诗歌也多
是言之有物掷地有声的佳作。将这些诗与《入蜀记》置之一处，能够更
完整更真实地展现出陆游入蜀生活的原貌。

其一，诗中所写内容大多数可与《入蜀记》互相参证。钱仲联《剑
南诗稿校注》在注解入蜀诗时，引用《入蜀记》多达 57 处。十月中下旬
经过巴东乱石滩时，诗文均写到船小滩多，《入蜀记》的记载是："初得

---

① 始于《将赴官夔府书怀》，终于《登江楼》，均见于《诗稿》卷二。

舻船，羌小，然底阔而轻，于上滩为便。"（卷六，十月十八日）"观下即吒滩，乱石无数……遂登舟过业滩，亦名滩也。水落舟轻，俄顷遂过。"（卷六，十月二十日）《泛溪船至巴东》诗云："溪船莫嫌迮，船迮始相宜。两桨行何驶，重滩过不知。"十月二十六日入瞿塘峡，诗文均写到峡中的平坦，《入蜀记》云："水已落，峡中平如油盎。"《瞿唐行》则云："君不见陆子暮岁来夔州，瞿唐峡水平如油。"

一般而言，《入蜀记》在写景时往往三言两语抓住对象的本质特征，语言较简练。而入蜀诗则根据抒情的需要和诗体本身的特点，反复渲染。如六月二十八日路过金陵时，陆游曾观看日出，《入蜀记》只用"天水皆赤"四字写江上日出的壮观，《金山观日出》诗云："系船浮玉山，清晨得奇观。日轮擘水出，始觉江面宽。遥波蹙红鳞，翠霭开金盘。光彩射楼塔，丹碧浮云端。诗人窘笔力，但咏秋月寒。何当罗浮望，涌海夜未阑。"开篇以"奇观"二字交代其总体特点，之后以"擘""蹙""开""射"等狠重的动词言其气势，以"日轮""红鳞""金盘"等喻其壮美。步步为营，反复渲染，让读者对长江日出产生深刻的印象。

其二，陆游入蜀途中的诗文并非是简单意义上的重复，作者往往借助两种文体本身的特点，各有侧重。文往往语言比较简单质朴，而诗则文笔优美，想象丰富，甚至带有虚构和夸张的成分，这更接近文学本身的特点。如八月十九日游览黄州赤壁，《入蜀记》云：

> 循小径缭州宅之后，至竹楼，规模甚陋，不知当王元之时，亦止此邪？楼下稍东，即赤壁矶，亦茅冈尔，略无草木。故韩子苍待制诗云："岂有危巢与栖鹘，亦无陈迹但飞鸥。"此矶，图经及传者皆以为周公瑾败曹操之地，然江上多此名，不可考质。李太白《赤壁歌》云："烈火张天照云海，周瑜于此败曹公。"不指言在黄州。苏公尤疑之，赋云："此非曹孟德之困于周郎者乎？"乐府云："故垒西边，人道是当日周郎赤壁。"盖一字不轻下如此。至韩子苍云：

"此地能令阿瞒走。"则真指为公瑾之赤壁矣。又黄人实谓赤壁曰赤鼻，尤可疑也。（卷四）

陆游认为长江岸边赤壁矶名称众多，因此"不可考质"。但他又引用了众多前人的诗句，详加考辨，之后得出"黄人实谓赤壁曰赤鼻，尤可疑也"的结论。可见，作者对于传言中的黄州赤壁就是历史上周瑜大败曹操的赤壁，是持否定态度的。但是，他在同时所作的《黄州》诗中又说：

> 局促常悲类楚囚，迁流还叹学齐优。江声不尽英雄恨，天意无私草木秋。万里羁愁添白发，一帆寒日过黄州。君看赤壁终陈迹，生子何须似仲谋。

从诗意来看，陆游分明又将此处看作赤壁古战场了。这是因为诗文的分工不同。诗歌是允许虚构的，这里作者就是借助"赤壁"这一名字，激发了自己的历史想象。借古人之酒杯，浇自己之块垒。这与苏东坡游赤鼻矶时所作的名作《念奴娇·赤壁怀古》是同一机杼的。

在63首入蜀诗中，近体诗占了绝大部分，其中，五律12首，七律32首，七绝7首。这些作品中绝大多数均写得感情真挚饱满，尤其是《李翰林墓》《黄州》《哀郢》《武昌感事》等怀古诗，置于整个古代咏史怀古诗之林亦堪称佳作。

相对而言，文更多的是记录功能，诗歌更多的则是抒情功能。诗文分工，判若泾渭，二者的侧重点明显不同。如九月十四日经过公安时买米一事，《入蜀记》的记载是："井邑亦颇繁富，米斗六七十钱。"（卷五）只是如实记录，没有任何感情色彩。而《公安》诗云："地旷江天接，沙隤市井移。避风留半日，买米待多时。蝶冷停菇叶，鸥驯傍橹枝。昔人勋业地，搔首叹吾衰。"点出买米一事也是为抒情服务，抒发了自己旅途艰辛年老体衰而功业无成的感慨。又如八月二十三日经过武昌,《入蜀记》侧重交代其战略位置的重要:"吴所都武昌,乃今武昌县。此州在吴名夏口,亦要害。"(卷四)《武昌感事》则云:"百万呼卢事已空,新寒拥褐一衰翁。但悲鬓色成枯草,不恨生涯似断蓬。烟雨凄迷云梦泽,山川萧瑟武昌宫。西游处处堪流涕,抚枕悲歌兴未穷。"以枯草、断蓬自比,以烟雨凄迷、山川萧瑟之景烘托,叹老嗟卑,流涕悲歌,感情极为浓烈。再如六月十日投宿枫桥寺时,《入蜀记》云:"宿枫桥寺前,唐人所谓'夜半钟声到客船'者。"(卷一)《宿枫桥》则云:"七年不到枫桥寺,客枕依然半夜钟。风月未须轻感慨,巴山此去尚千重。"文只是如实引用唐人诗句而已,而诗则巧妙地化用唐人诗句,并赋予新的内涵,一方面写出自己他乡作客的孤独;另一方面则是对漫漫长路的忧虑。

但也不能一概而论,《入蜀记》中的很多片段,文笔优美,同样充满了诗情画意。如十月八日经过下牢关时,看到山峰千姿百态,《入蜀记》中记载:

> (十月)八日,五鼓尽,解船,过下牢关。夹江千峰万嶂,有竞起者,有独拔者,有崩欲压者,有危欲坠者,有横裂者,有直坼者,有凸者,有洼者,有罅者,奇怪不可尽状。(卷六)

而《系舟下牢溪游三游洞二十八韵》则云:

> 旧观三峡图,常谓非人情。意疑天壤间,岂有此峥嵘。画师定戏耳,聊欲穷丹青。西游过沔鄂,莽莽千里平。昨日到峡州,所见始可惊。乃知画非妄,却恨笔未精。及兹下牢戍,峰嶂毕自呈。下入裂坤轴,高骞插青冥。角胜多列峙,擅美有孤撑。或如釜上甑,或如坐后屏。或如倨而立,或如喜而迎。或深如螺房,或疏如窗棂。峨巍冠冕古,婀娜髻鬟倾。其间绝出者,虎搏蛟龙狞。崩崖凛欲堕,修梁架空横。悬瀑泻无底,终古何时盈。幽泉莫知处,但闻珩佩鸣。

怪怪与奇奇，万状不可名。

在描写山峰千姿百态时，诗与文都用排比的形式铺张扬厉，充满气势，可谓相得益彰各尽其妙。

第五章　笔记

　　"笔记"二字，本指执笔记叙。如《南齐书·丘巨源传》所说"笔记贱伎，非杀活所待"的"笔记"，即此意。南北朝时，一般人称注重辞藻、讲究声韵、对偶的文章为"文"，称信笔记录的散行文字为"笔"。刘勰云："今之常言，有文有笔，以为无韵者笔也，有韵者文也。"[①] 所以后人就总称魏晋南北朝以来"残丛小语"式的故事集为"笔记小说"，而把一切用散文所写零星琐碎的随笔、杂录统名为"笔记"。

　　笔记发展到宋代出现了一个高峰。宋人笔记，不仅数量多[②]，而且质量高。陆游的《老学庵笔记》和《家世旧闻》堪称宋人笔记的杰出代表[③]。《笔记》的点校者李剑雄、刘德权称："内容丰富，态度严肃，数据性强，是这本笔记的特点。在宋人的笔记之中，它可列入佼佼者的行列。"[④] 近代藏书家邓邦述称《家世旧闻》为"惊人秘笈"，洵非虚誉。

---

　　① （南朝梁）刘勰著，范文澜注：《文心雕龙注》卷九《总述第四十四》，人民文学出版社1958年版，第655页。
　　② 例如台湾新兴书局所编的《笔记小说大观》中收录宋人笔记400多种。大象出版社出版的《全宋笔记》收书近500种。
　　③ 如非行文特殊需要，《老学庵笔记》简称为《笔记》，《家世旧闻》简称为《旧闻》，所据版本为中华书局《唐宋史料笔记丛刊》本，以下亦同，且只标明卷数，不备注。
　　④ 李剑雄、刘德权点校：《老学庵笔记》，点校本前言，中华书局1979年版。

一 《老学庵笔记》的价值

《老学庵笔记》是陆游淳熙、绍熙年间所著的一部笔记。"老学庵"是陆游晚年书室的名字，其命名，大致在淳熙之末（1190）陆游退居故乡山阴镜湖以后。《诗稿》卷三十三《题庵壁》诗云："竹间仅有屋三楹，虽号吾庐实客亭。"又卷四十三《题庵壁》诗云："万迭青山绕镜湖，数椽自爱野人居。"虽然茅屋两间有些简陋，但青山绿水，环境清幽安静，倒也十分适合读书和创作。

中华书局点校本《老学庵笔记》是目前通用的本子。该书《老学庵笔记》部分共列十卷，以中华人民共和国成立前商务印书馆新校本为底本。后附《老学庵续笔记》一卷，是从《说郛》中节编而来，附佚文三条，则是从《永乐大典》中辑出的。经统计，该书收录条目共 598 条。这么庞杂的材料，当不是一时一地之作。从笔记所记载的内容来看，很多条目当是作者平时的积累，而最终的加工整理和完成工作，是晚年在镜湖边上闭门读书之时，这大抵是没有问题的。

《笔记》中所载内容，除极少数涉及怪异外，大多数都是对当时社会生活的实录。《四库全书总目提要》评之为："轶闻旧典，往往足备考证。"[1] 李慈铭评之曰："放翁此书，在南宋时足与《猗觉寮杂记》《曲洧旧闻》《梁溪漫志》《宾退录》诸书并称。其杂述掌故，间考旧文，俱为谨严；所论时事人物，亦多平允……《四库提要》所称颇寥寂，故类而录之，以见放翁学识过人，即以此书而论，亦说部之杰出也。"[2] 李氏的评价，较为全面地指出了《笔记》的多重价值。所谓"杂述掌故"，"所论时事人物，亦多平允"，是指《笔记》在记录与评价当时时事、世风、

---

[1] （清）纪昀等撰，四库全书研究所整理：《钦定四库全书总目》（整理本）卷一百二十一《老学庵笔记提要》，中华书局 1997 年版，第 1621 页。

[2] （清）李慈铭，由云龙辑：《越缦堂读书记·子部杂家类》，上海书店出版社 2000 年版，第 684、688 页。

掌故与人物时态度严谨客观，具有较高的史料价值。所谓"间考旧文"，"学识过人"，是指《笔记》以考辨精审和见识精微见长，具有较高的学术价值。所谓"说部之杰出也"，是指《笔记》具有笔记体特有的取材广泛、手法灵活、饶有趣味等笔法特征，具有较高的文学价值。

（一）《老学庵笔记》的史料价值

刘叶秋在《历代笔记概述》一书中将历代笔记分为小说故事类、历史琐闻类和考据辨证类三类，并将《老学庵笔记》列为历史琐闻类的代表，主要也是着眼于它的史料价值①。《笔记》的史料价值，首先在于其真实性，它如实记录了陆游生活时代的时事、世风、掌故和人物。吴河清指出："到了宋代，笔记的作者范围更为扩大，形式也更加自由活泼，不拘一格。尤其值得重视的，是作者以'亲见'、'亲历'和'亲闻'来记叙本朝轶事和掌故的笔记。这类笔记有较为切实的内容，有的甚至是第一手资料。"②《笔记》就是以"亲见""亲历"和"亲闻"的方式对当下生活的强烈关注，具有突出的纪实色彩。《笔记》如实记录了靖康之变前后的社会变乱及社会风气。如宣和间风俗尚诡诨（卷三第三十三条），政和、宣和间，妖言流布（卷九第三十八），靖康二年，浙西路各地勤王兵没能赶上解救社稷之危（卷一第九条），靖康国破之时，小崔才人与广平郡王藏匿民间五十日后被金人所获（卷一第三十二条），靖康之变时有司为虎作伥不遗余力导致宗室多为金人俘获（卷一第三十三条），建炎"苗刘之变"时武将苗傅和刘正彦率兵乱杀内侍（卷一第四条），等等。再如：

> 建炎维扬南渡时，虽甚仓猝，二府犹张盖搭犾坐而出，军民有怀砖狙击黄相者。（《笔记》卷一第三十八条）

---

①　刘叶秋：《历代笔记概述》，北京出版社 2003 年版，第 111—112 页。
②　王水照主编：《宋代文学通论》，河南大学出版社 1997 年版，第 561 页。

黄相，指黄潜善，他操持权柄，嫉害忠良，李纲、宗泽、许景衡等皆遭其陷害，"宪谏一言，随陷其祸，中外为之切齿"，《宋史》列入《奸臣传》。建炎三年（1129）二月，金将完颜宗翰率兵奔袭扬州，前锋直抵天长军。黄潜善认为不足虑，仍率同僚听僧人浮屠说法，丝毫不作防备。三日，粘没喝攻破天长军，距扬州只数十里。黄潜善仓皇鞭马南窜，"都人争门而出，死者相枕藉，人无不怨愤"①。陆游真实记载了建炎南渡时黄潜善因作威作福而引发民怨沸腾的场景。

《笔记》如实记录了很多朝章国典。祖父陆佃和父亲陆宰都十分熟悉朝廷典章制度，陆游平时也很注重收集这方面的材料。典章制度涉及的领域十分广泛，包括职官、朝章、政事、科举、礼仪等诸多方面，如建炎初年以丞相任御营使（卷一第四十一条），参拜天子，政和以后，拜舞之外增以唱喏（卷二第二十六条），北方人市医皆称衙推（卷二第五十二条），本朝废后入道称为"教主"（卷二第六十一条），郊庙所制钟鼎彝器非用黄铜而以药熏染为苍黑（卷四第四十五条），考进士用糊名法始于真宗朝（卷五第五十七条），举人对策先写策题之制，废于庆历初年（卷六第十八条），太宗、真宗和哲宗诸帝优待文士（卷六第一条、卷六第四十一条、卷七第十五条），关于禁中"待旦"制度的记录（卷七第八条），高庙驻跸临安，艰难中每出犹铺沙籍路，谓之"黄道"（卷七第十条），关于京官称呼的沿革兴废（卷八第四十八条），修国史圣谕与史官之笔以朱墨笔相别，始自太宗朝（卷十第二十四条），等等。

再如《笔记》卷一第四十条载：

> 靖康末，括金赂虏，诏群臣服金带者权以通犀带易之，独存金鱼。又执政则正透，从官则倒透。至建炎中兴，朝廷草创，犹用此制。吕好问为右丞，特赐金带。高宗面谕曰："此带朕自视上方工为

之。"盖特恩也。绍兴三年，兵革初定，始诏依故事服金带。

为了求得一时的安逸竟连朝廷礼制也不顾了，"赂虏"的结果是纵容对手的嚣张气焰而最终导致亡国的下场。在记载制度遭受破坏的同时，陆游的批判之心隐然可见。

《笔记》如实记录了陆游生活时代的人物逸事，较为广泛地反映了各色人物的精神风貌，有奸臣、文人、学者、名僧、名医、将领、虏人、画家等。如老师曾几夙兴诵《论语》一篇，终身不废（卷一第三十条），闻人滋性喜藏书精于小学（卷一第三十五条），张晋彦才气过人而急于进取（卷一第四十二条），伯父陆宰自幼习字以左手握笔，而字法劲健过人（卷二第十三条），徐俯之子徐璧擅长文辞，直言敢谏，却英年早逝（卷二第二十四条），明州高僧行持性喜滑稽（卷三第二十条），名医石用之治病多不用古方（卷三第三十六条），尹少稷强记，日能诵麻沙版本书厚一寸（卷五第十三条），姚福进以挽强名于秦陇间（卷五第四十五条），王伯照长于礼乐，历代及国朝议礼之书悉能成诵（卷六第二十五条），辽人刘六符深有谋略，精于治国（卷七第二十一条），王荆公素不乐滕元发、郑毅夫，称之为"滕屠""郑酤"（卷七第二十三条），舅氏唐居正，建炎初避乱而病殁，文章多散落无存（卷七第四十五条），康保裔一家三世皆死国事（卷九第十六条）等。

再如《笔记》卷二第十四条载：

> 赵广，合淝人，本李伯时家小史。伯时作画，每使侍左右，久之遂善画，尤工作马，几能乱真。建炎中陷贼。贼闻其善画，使图所掳妇人，广毅然辞以实不能画，胁以白刃，不从，遂断右手拇指遣去。而广平生实用左手，乱定惟画观音大士而已，又数年乃死。今士大夫所藏伯时观音，多广笔也。

陆游如实记录了战乱中一个普通人的性格和命运。赵广，本是著名画家李公麟家里的一个书童。因受主人影响亦擅长绘画，他不仅画技高超，更为难能可贵的是他高尚的人格，在金兵入侵时因拒绝为其绘画而被断掉一指，表现了崇高的民族气节。

《笔记》以更多的笔墨广泛记录了蔡京和秦桧祸国殃民的方方面面。蔡京生活奢侈，徽宗"七幸其第，赉予无算"①。"蔡京赐第，有六鹤堂，高四丈九尺，人行其下，望之如蚁。"（卷五第二十九条）"望之如蚁"四字，传神写出蔡京豪宅的壮观雄伟。陆游还通过对蔡京诸多劣迹的真实记载，传达出他多方面的性格特征。蔡京残忍恶毒，元祐党禁时，苏轼等人的贬谪地点，居然与其名字相联系（卷四第五十五条），他奸诈无比，连哲宗皇帝都忌惮他三分，堪称"奸人之雄"（卷五第五十六条），他虚伪矫饰，面对聂山、胡直孺二人言道流之横，以"淫侈之风日炽"轻轻掩过（卷八第三十三条）。

《笔记》中有关秦桧的记录多达十九条。值得注意的是，陆游对于秦桧，并没有受私怨影响而加以肆意歪曲，他的记录都是客观真实的反映。如《笔记》卷一第十七条载：

> 张德远诛范琼于建康狱中，都人皆鼓舞；秦桧之杀岳飞于临安狱中，都人皆涕泣：是非之公如此！

通过百姓"鼓舞""涕泣"的强烈对比，点明普通百姓心中都有一个天平，公道自在人心，褒贬之意已明。

秦桧秦伏父子钳制舆论以致无人敢言，他们利用权力禁止野史私史的创作，自己却肆意篡改历史。从这个意义上来看，《笔记》中诸多对于秦桧劣迹的如实记录，既表现出陆游大无畏的勇气，又彰显出《笔记》的史料价值。如借助金人之力从山东逃归（卷一第十四条），寡言少语，居心叵测，数度探测于参政宋朴（卷二第三十五条），因遭施全暗杀而受

---

① （元）脱脱等：《宋史》卷四百七十二《蔡京传》，中华书局 1985 年版，第 13726 页。

到惊吓以后每次外出均带亲兵五十人持梃卫之（卷二第三十三条），身边始终活跃着热衷权势阿谀奉承的所谓"十客"（卷三第七条），安排儿子秦熺担任谏官御史和经筵侍讲，想要打击谁就在侍对时放出风来，经筵结束后弹文也随即呈奏（卷六第十九条），等等。

再如以下的两段文字：

> 秦丞相晚岁权尤重，常有数卒，皂衣持梃立府门外，行路过者稍顾视謦欬，皆呵止之。尝病告一二日，执政独对，既不敢他语，惟盛推秦公勋业而已。明日入堂，忽问曰："闻昨日奏事甚久。"执政惶恐，曰："某惟诵太师先生勋德，旷世所无。语终即退，实无他言。"秦公嘻笑曰："甚荷。"盖已嗾言事官上章。执政甫归，合子弹章副本已至矣。其忮刻如此。（卷八第三条）

> 秦会之初赐居第时，两浙转运司置一局曰箔场，官吏甚众，专应副赐第事。自是讫其死，十九年不罢，所费不可胜计。其孙女封崇国夫人者，谓之童夫人，盖小名也。爱一狮猫，忽亡之，立限令临安府访求。及期，猫不获，府为捕系邻居民家，且欲劾兵官。兵官惶恐，步行求猫。凡狮猫悉捕致，而皆非也。乃赂入宅老卒，询其状，图百本，于茶肆张之。府尹因嬖人祈恳乃已。（卷三第十条）

第一段文字交代了秦桧晚年权倾朝野而淫威可畏：府门外有众多门卫把守，行路人连稍微顾视一下都会受到严厉的训斥，活活刻画出一个阴险毒辣的专制独裁者形象。权力越大的人到了晚年内心深处越害怕失去权力。仅仅生病一两天而未上早朝，有执政者单独面见皇帝，说的全是称颂他的阿谀之词。即便这样，秦桧还是不放心，早已吩咐自己的走狗拟好了弹劾执政的奏章。"呵止""不敢""盛推""忽""惶恐""嘻笑""嗾"等词的运用，将独裁者秦桧的狭隘阴狠的面目暴露无遗。

第二段文字记载了秦桧因孙女童夫人丢猫而扰民的事件：下令临安府限期查找，惊动四邻反复翻找，贿赂秦宅老卒画图百本张贴于人群密集的茶肆。临安府之"欲劾兵官",兵官之"惶恐",归根结底还是慑于秦桧的淫威。

　　作为一部野史,《笔记》的史料价值还体现在纠史之谬、证之以史和补史之不足。陆游读正史时往往以怀疑的精神指出其不足或谬误,如指明《唐书》沿袭《该闻录》中皮日休陷黄巢而失节的记载为"谬妄"之说,引用尹师鲁《大理寺丞皮子良墓志》加以反驳,"为袭美雪谤于泉下"(卷十第五十一条);在叙及《隋书·元胄传》中"文帝尝于正月十五日与近臣登高"一事时指出"正月十五日登高,不见他书,当考之"(《续笔记》第三条);指出《汉书》中酂侯之"酂"有两个读音,颜师古的注释存在失误(《续笔记》第十五条),等等。《笔记》所记大多数可以和正史相互印证,而有些内容可以补充正史之不足,如太原城的沿革变化,颇为复杂,陆游在详细记录后,指出"国史所载颇略","史亦不备书"(卷九第二条)。王荆公熙宁初召还翰苑,初侍经筵之日,讲《礼记》"曾参易箦"一节,"此说不见于文字,予得之于从伯父彦远"(卷九第四十四条)。《笔记》卷十第四条记载了李廌终身不第的悲剧命运。其乳母痛哭自缢事不载于《宋史》。又如关于俞充之死,《宋史》的记载较为简略:"诏令掾属入议,未及行,充暴卒,年四十九。"[1]《笔记》的记载则较为详尽:"元丰间,有俞充者,谄事中官王中正,中正每极口称之。一日,充死,中正辄侍神庙言:'充非独吏事过人远甚,参禅亦超然悟解。今谈笑而终,略无疾恙。'上亦称叹,以语中官李舜举。舜举素敢言,对曰:'以臣观之,止是猝死耳。'人重其直。"(卷十第三十九条)再如关于贺铸的一段记载:

　　　　贺方回状貌奇丑,色青黑而有英气,俗谓之贺鬼头。喜校书,朱黄未尝去手。诗文皆高,不独攻长短句也。潘邠老《赠方回》诗云:"诗束牛腰藏旧稿,书讹马尾辨新雠。"有二子,曰房、曰廪。

---

①　(元)脱脱等:《宋史》卷三百三十三《俞充传》,中华书局1985年版,第10702页。

于文，"房"从方，"廪"从回，盖寓父字于二子名也。（卷八第二十九条）

贺铸，字方回，自号庆湖遗老，卫州人。《宋史》卷四百四十三有传。陆游的这段记载，既可以和正史互相印证，也是对正史不可或缺的补充。关于其喜欢校书，《宋史》的记载是："家藏书万余卷，手自校雠，无一字误，以是杜门将遂其老。"关于其外貌，《宋史》的记载是："长七尺，面铁色，眉目耸拔。"并未提及绰号之事。关于其文学才华，《宋史》云："博学强记，工语言，深婉丽密，如次组绣。尤长于度曲，掇拾人所弃遗，少加隐括，皆为新奇。"并未言及其擅长诗文。至于其二子名字及其由来，更为《宋史》所不载。

（二）《老学庵笔记》的学术价值

《四库全书总目提要》云："《宋史·艺文志》又载游《山阴诗话》一卷，今其书不传，此编论诗诸条，颇足见游之宗旨，亦可以补诗话之阙矣。"[①]《提要》所言，大抵不差。《山阴诗话》久已失传，所以《笔记》中论述诗文的条目履行了诗话的功能。实际上，诗话自产生之日起，就与笔记有着密不可分的联系，体现出文体之间的相互渗透。有的笔记目录中列有"诗话"，如吴曾《能改斋漫录》卷十一列有"诗话"一目。后人甚至从笔记中辑出论诗材料，命名为"诗话"。如《容斋诗话》之于《容斋随笔》，《侯鲭诗话》之于《侯鲭录》，等等。

《笔记》中关于诗文评价的条目表现出陆游非同一般的审美判断力和识见。在用典问题上，陆游主张用典贴切自然，不假雕琢，如同己出。如评价宋祁《秋夜诗》"西风已飘上林叶，北斗直挂建章城。人间底事最堪恨，络纬啼时无妇惊"是"妙于用事"（卷七第二十五条）。评价王安

---

① （清）纪昀等撰，四库全书研究所整理：《钦定四库全书总目》（整理本）卷一百二十一《老学庵笔记提要》，中华书局 1997 年版，第 1621 页。

石《别孙少述诗》"子今去此来何时，后有不可谁予规"是"青出于蓝者"（卷八第三十七条）。评价王珪《送文太师诗》"精神如破贝州时"是"用白语而加工，信乎善用事也"（卷十第五十五条）。

再如下面这段文字：

> 今人解杜诗，但寻出处，不知少陵之意，初不如是。且如《岳阳楼》诗："昔闻洞庭水，今上岳阳楼。吴楚东南坼，乾坤日夜浮。亲朋无一字，老病有孤舟。戎马关山北，凭轩涕泗流。"此岂可以出处求哉？纵使字字寻得出处，去少陵之意益远矣。盖后人元不知杜诗所以妙绝古今者在何处，但以一字亦有出处为工。如《西昆酬倡集》中诗，何曾有一字无出处者，便以为追配少陵，可乎？且今人作诗，亦未尝无出处，渠不自知，若为之笺注，亦字字有出处，但不妨其为恶诗耳。（卷七第三十六条）

"纵使字字寻得出处，去少陵之意益远矣。"很显然，这是针对江西诗派"无一字无来处"的观点而发的。以自然为宗是陆游一生的追求，他极力反对江西诗派的堆砌典故与人工雕琢。陆游早年学诗从江西诗派入，中年入蜀后则从江西诗派出，对于江西诗派作诗之法的利弊得失，他是有着切身的感受的。因此，他的这段文字，极具针对性和现实性，与江西诗派末流食古不化的迂腐做法有云泥之别，表现出陆游灵活通达的识见。

陆游擅长考辨，他在笔记这种容纳性较强的文体中驰骋才思，他的学术心得与学术智慧也往往在不经意间显现出来。《笔记》的学术价值体现在它给后世读者的知识涵养和学术启迪。

陆游关于诗文的考辨，往往以亲身经历和实地考察为基础，故而得出的结论极具说服力。如《笔记》卷八第十三条：

> 东坡《牡丹诗》云："一朵妖红翠欲流。"初不晓"翠欲流"为何语。及游成都，过木行街，有大署市肆曰："郭家鲜翠红紫铺。"

问土人，乃知蜀语鲜翠犹言鲜明也。东坡盖用乡语云。蜀人又谓糊窗曰"泥窗"，花蕊夫人《宫词》云："红锦泥窗绕四廊。"非曾游蜀，亦所不解。

对苏轼《牡丹诗》句意由"不晓"到"乃知"，关键在于苏诗运用蜀中方言。待问及土人后问题自然迎刃而解。陆游在蜀中驻留了九年，对其地的风土人情相当熟悉。因此他读黄庭坚词"老子平生，江南江北，爱听临风笛。孙郎微笑，坐来声喷霜竹"时，指出"今俗本改'笛'为'曲'以协韵，非也"。但同时怀疑"'笛'字太不入韵"，最终入蜀后方才解决困惑，"习其语音，乃知泸戎间谓笛为'读'"（卷二第二条）。言及张籍诗中所写荔枝一事时指出："此未尝至成都者也。成都无山，亦无荔枝。"（卷五第三十七）他推测杜甫《梅雨诗》作于成都时期，理由是"今成都乃未尝有梅雨，惟秋半积阴气令蒸溽，与吴中梅雨时相类耳"（卷六第六十条）。均言之有据，不容辩驳。

又如下面的两段文字：

世言荆公《四家诗》，后李白，以其十首九首说酒及妇人，恐非荆公之言。白诗乐府外，及妇人者实少，言酒固多，比之陶渊明辈，亦未为过。此乃读白诗不熟者，妄立此论耳。《四家诗》未必有次序，使诚不喜白，当自有故。盖白识度甚浅，观其诗中如："中宵出饮三百杯，明朝归揖二千石"、"揄扬九重万乘主，谑浪赤墀金锁贤"、"王公大人借颜色，金章紫绶来相趋"、"一别蹉跎朝市间，青云之交不可攀"、"归来入咸阳，谈笑皆王公"、"高冠佩雄剑，长揖韩荆州"之类，浅陋有索客之风。集中此等语至多，世但以其词豪俊动人，故不深考耳。（卷六第三十六条）

张继《枫桥夜泊》诗云："姑苏城外寒山寺，夜半钟声到客船。"欧阳公嘲之云："句则佳矣，其如夜半不是打钟时。"后人又谓惟苏州有半夜钟，皆非也。按于邺《褒中即事》诗云："远钟来半夜，明

月入千家。"皇甫冉《秋夜宿会稽严维宅》诗云:"秋深临水月,夜
半隔山钟。"此岂亦苏州诗耶?恐唐时僧寺,自有夜半钟也。京都街
鼓今尚废,后生读唐诗文及街鼓者,往往茫然不能知,况僧寺夜半
钟乎?(卷十第三十条)

第一段文字指明王安石《四家诗》将李白殿后,问题不在于其诗中屡次
言及酒,而在于李白识度甚浅,之后列举大量诗句来加以论证,并指明
世人误解太白诗的原因在于诗风的豪俊动人遮蔽了其思想之浅陋。第二
段文字首先引出欧阳修和后人关于《枫桥夜泊》"夜半钟声"的错解公
案,之后分别引用唐人诗句和京都街鼓尚废的事实从两个角度加以反驳,
两次反诘,情感强烈,充满锋芒。这两段文字层次鲜明,思路灵动,立
论点高,反映出陆游卓绝的思想识见,远非一般琐屑枯燥的考证文字
可比。

(三)《老学庵笔记》的文学价值

刘叶秋在论述笔记特点时指出:"以内容论,主要在于'杂':不拘
类别,有闻即录;以形式论,主要在于'散':长长短短,记叙随宜。"①
结合笔记文体本身的特点,《笔记》的文学价值主要表现在以下四个
方面:

一是取材广泛,不拘类别。笔记的体例较为宽松,它一般没有专门
的书写对象,作者也往往随手摭拾,兼容并包。除前文提及的典章制度、
时事人物、诗文考辨之外,《笔记》中尚有多方面有价值的材料。有的涉
及养生思想,如记载张廷老每日必拜数十保证气血通畅,以致年逾古稀
亦步履矫健(卷二第一条);有的反映陆游的环保理念,如反对填湖造陆
以增加耕地的短视之举(卷二第三十九条);有的涉及宗教内容,如记载
当时在东南沿海颇为盛行的明教教义及其活动(卷十第六条);有涉及民

---

① 刘叶秋:《历代笔记概述》,北京出版社 2003 年版,第 6 页。

间谚语者，如"金腰带，银腰带，赵家世界朱家坏"反映宣和年间宫廷滥赏金带关子一事（卷一第二十二条），"不养健儿，却养乞儿。不管活人，只管死尸"反映制度执行过程中出现的不合理现象（卷二第六十条），"苏文熟，吃羊肉。苏文生，吃菜羹"反映建炎年间，元祐党禁结束后，文人学者纷纷效仿雄劲晓畅的苏文的情景；有涉及成语者，如"得饶人处且饶人"（卷一第四十四条），"巧妇难为无米之炊"（卷三第二十四条），"只许州官放火，不许百姓点灯"（卷五第十八条）；有涉及口语者，如西邮俚俗谓父曰"老子"（卷一第五十三条），"晋语儿、人二字通用"（卷六第十五条），蜀人见人物之可夸者则曰"呜呼"，可鄙者则曰"噫嘻"（卷八第二条），今人谓后三日为"外后日"（卷十第十一条），今人谓娶妇为"索妇"（卷十第三十八条），"头钱"犹言"一钱"（卷十第五十三）；有的涉及名物见闻，如明州江瑶与沙瑶的区别（卷一第二十条），蜀中所产竹炭，"烧巨竹为之，易然无烟耐久"（卷一第五十七条），英州石山产一种奇石，"质温润苍翠，叩之声如金玉"（卷二第四条），亳州太清宫所产的桧花蜜（卷二第五十六条），延安所产石烛"坚如石，照席极明"（卷五第三十二条），茂州雪山所产治内热的雪蛆（卷六第六十五条），兴元褒城县所产礜石，"性酷烈，有大毒"，"非他金石之比"（卷八第四条），吴中卑薄，凿地二三尺辄见水，火山之南，地尤枯瘠，锄镢所及，烈焰应手涌出（卷十第三十四条）；有的反映了宋代发达的手工业，如政和年间桂府盛产面具，"以八百枚为一副，老少妍陋无一相似者"（卷一第十八条），郿州田氏作泥孩儿，名动天下，"态度无穷，虽京师工效之，莫能及。一对至直十缣，一床至三十千，一床者或五或七也。小者二、三寸，大者尺余，无绝大者"（卷五第四条）；有的反映宋代光辉灿烂的科技成就，如建炎中，平江所造战船，八橹战船长八丈，四橹海鹘船长四丈五尺（卷一第二十五条），鄂州蒲圻县纸，厚薄紧慢皆得中，又性与面黏相宜，能久不脱（卷二第二十条），滑州冰堂酒为天下第一（卷二第五十五条），吴人用虎杖根渍鸭卵（卷五第二十二条），亳州所产轻纱，"举之若无，裁以为衣，如若烟雾"（卷六第四十一条）。

《笔记》中对蜀地风俗较为关注，如蜀地柴薪形状以及"破柴都"命名的由来（卷一第五十九条），成都贵妇人出入皆乘犊车（卷二第四十六条），"师塔"一词的含义（卷九第二十五条），称北人仕蜀者为"虏官"（卷九第三十四条），等等。再如《笔记》卷四第二十条：

> 辰、沅、靖州蛮有犵狑，有犵獠，有犵榄，有犵㸲，有山猺，俗亦土著，外愚内黠，皆焚山而耕，所种粟豆而已。食不足则猎野兽，至烧龟蛇啖之。其负物则少者轻，老者重，率皆束于背，妇人负者尤多。男未娶者，以金鸡羽插髻，女未嫁者，以海螺为数珠挂颈上。嫁娶先密约，乃伺女于路，劫缚以归。亦忿争叫号求救，其实皆伪也。生子乃持牛酒拜女父母。初亦阳怒却之，邻里共劝，乃受。饮酒以鼻，一饮至数升，名钩藤酒，不知何物。醉则男女聚而踏歌。农隙时至一二百人为曹，手相握而歌，数人吹笙在前导之。贮缸酒于树阴，饥不复食，惟就缸取酒沾饮，已而复歌。夜疲则野宿。至三日未厌，则五日，或七日方散归。上元则入城市观灯。呼郡县官曰大官，欲人谓己为足下，否则怒。其歌有曰："小娘子，叶底花，无事出来吃盏茶。"盖竹枝之类也。诸蛮惟犵狑颇强习战斗，他时或能为边患。

犵狑为当时生活在西南地区的少数民族，《宋史》列入《蛮夷传》。这一条详细记载了犵狑的生活习性和相关风俗。焚山而耕，耕作方式原始简陋。只种粟豆，所种农作物品种单一。杂以狩猎，与中原饮食习惯不同。啖龟蛇之类，尚是茹毛饮血之野蛮部落。从劳作到装饰，从饮酒到唱歌，亦体现出鲜明的民族特色。而关于婚姻嫁娶，还停留在比较原始的"抢婚"阶段。作者最后指出"犵狑颇强习战斗，他时或能为边患"，警戒当局，用心良苦。事实证明陆游的担忧不无道理。靖康之乱，宋廷无暇顾及西南防务，犵狑趁火打劫，"卢溪诸蛮以靖康多故，县无守御，犵狑乘隙焚劫"①。

二是长短不拘，笔法灵活。《笔记》中记录日常生活点滴的文字，篇幅长短完全根据文情的需要，少则十余言，多则上百字。在叙述事件时，往往以短句为主，语言简洁省净，灵活飞动。如"饶德操诗为近时僧中之冠。早有大志，既不遇，纵酒自晦，或数日不醒。醉时往往登屋危坐，浩歌恸哭，达旦乃下。又尝醉赴汴水，适遇客舟，救之获免"（卷二第二十三条）。寥寥数笔，精练准确地塑造出一位怀才不遇精神苦闷的文人形象。再如"徐师川长子璧，字待价，豪迈能文辞。尝作书万言，欲投匦，极言时政，无所讳避。师川偶见之，大惊，夺而焚之。早死"（卷二第二十四条）。二三十字的有限篇幅内，作者写出了徐璧擅长文辞，直言敢谏，却英年早逝的悲剧结局。言简意赅，无丝毫琐屑烦冗之辞。陆游在叙述时，不必板着面孔说话，不必顾虑别人的感受，他经常毫不掩饰地流露自己的感慨。如傅子骏博极群书，讲经极为精彩，可惜却"不能详叩"，作者慨叹"恨予方童子"（卷三第八条），一个"恨"字写出作者因当时年幼而错过的无限遗憾。在记载时人不称小名时慨叹"风俗日薄，如此奈何"（卷五第三十一条），表现出对世风日下无可奈何的心情。再如：

> 予去国二十七年复来，自周丞相子充一人外，皆无复旧人，虽吏胥亦无矣。惟卖卜洞微山人亡恙，亦不甚老，话旧怆然。西湖小昭庆僧了文，相别时，未三十，意其尚存，因被命与奉常诸公同检视郊庙坛墠，过而访之，亦已下世。弟子出遗像，乃一老僧。使今见其人，亦不复省识矣。可以一叹。（卷一第四十六条）
>
> 欧阳公谪夷陵时，诗云："江上孤峰蔽绿萝，县楼终日对嵯峨。"盖夷陵县治下临峡，江名绿萝溪。自此上泝，即上牢关，皆山水清绝处。孤峰者即甘泉寺山，有孝女泉及祠在万竹间，亦幽邃可喜，

---

① （元）脱脱等：《宋史》卷四百九十四《蛮夷传》，中华书局 1985 年版，第 14192 页。

峡人岁时游观颇盛。予入蜀，往来皆过之。韩子苍舍人《泰兴县道
中诗》云："县郭连青竹，人家蔽绿萝。"似因欧公之句而失之。此
诗盖子苍少作，故不审云。（卷七第五条）

剑门关皆石无寸土，潼关皆土无拳石，虽皆号天下险固，要之
潼关不若剑门。然自秦以来，剑门亦屡破矣，险之不可恃如此。（卷
七第四十六条）

第一段文字写于嘉泰三年（1203）陆游奉诏修史之时，距离淳熙五年
（1178）离蜀东归时经过国都，已经过去了二十余年。故地重游，感慨万
千。故交多已零落，与生者言及旧事不由悲戚不已。而预想中尚在人世
的僧人亦已圆寂，览其遗像亦不复省识。作者在平实的叙述中，透露出
无限的感慨与沧桑之感。第二段文字由欧阳修诗句追忆上牢关与甘泉寺
山诸景，在考辨之中寓以审美，有理性思考的灵光，也有清新自然的写
景，笔法灵活多变。第三段文字通过对比指出剑门关险于潼关，之后以
历史上剑门屡失的事实，得出"险之不可恃"的结论，评述历史时寓以
深沉的现实感慨。联系南宋偏安一隅的局面，不难理解作者的弦外之音。
　　三是刻画人物，惟妙惟肖。《笔记》中的人物刻画，不在于环境场面
的反复渲染，不在于情节的曲折离奇，往往抓住最能反映人物性格的特
征，通过细节描写点染出人物性格，形象生动，印象鲜明。如写陈长卿
盛怒时是"精神赫然，目光射人"（卷一第四十九条），写慎东美的狂傲
是"沙上露坐""对月独饮，意象傲逸，吟啸自若"（卷四第四十三条），
写李光痛恨秦桧是"愤切兴叹，谓秦相曰咸阳"（卷一第五十条）。或写
神情，或写动作，或写语言，均以少总多，神韵毕现。
　　再如：

东坡先生与黄门公南迁，相遇于梧、藤间。道旁有鬻汤饼者，
共买食之，粗恶不可食。黄门置箸而叹，东坡已尽之矣。徐谓黄门
曰："九三郎，尔尚欲咀嚼耶？"大笑而起。（卷一第六十二条）

毛德昭名文，江山人。苦学，至忘寝食，经史多成诵。喜大骂剧谈，绍兴初，招徕，直谏无所忌讳。德昭对客议时事，率不逊语，人莫敢与酬对，而德昭愈自若。晚来临安赴省试，时秦会之当国，数以言罪人，势焰可畏。有唐锡永夫者，遇德昭于朝天门茶肆中，素恶其狂，乃与坐，附耳语曰："君素号敢言，不知秦太师如何？"德昭大骇，亟起掩耳，曰："放气！放气！"遂疾走而去，追之不及。（卷一第五十六条）

故都李和炒栗，名闻四方。他人百计效之，终不可及。绍兴中，陈福公及钱上阁恺出使虏庭，至燕山，忽有两人持炒栗各十裹来献，三节人亦人得一裹，自赞曰："李和儿也。"挥涕而去。（卷二第四十二条）

第一段文字写苏轼苏辙兄弟南迁过程中的一个插曲，面对同样难以下咽的汤饼，苏辙的表现是"置箸而叹"，苏轼则食之已尽，大笑而起，通过对比写出了兄弟二人的不同性格。

第二段文字写一个直言不讳喜好"骂人"的文人毛德昭。作者如实记录了在秦桧当权时毛德昭与唐锡之间的一场对话。写唐锡，是"附耳语"，写毛德昭是"大骇""亟起掩耳""疾走"和"追之不及"，夸张的神情、连贯的动作，尤其是口语化极强的语言描写，正面写出毛德昭直言不讳的性格之外，也从侧面写出了秦桧当权时的气焰熏天和淫威可畏。

第三段文字写一个擅长炒栗子的普通人李和。承平时因擅长炒栗子而名闻天下，北宋亡国后，他遣人赠送宋廷使者栗子。"挥涕而去"，这平常的举动里饱含着对国家统一的热望。

《笔记》往往以短小的篇幅，简单的情节将人物刻画得活灵活现，如：

秦太师娶王禹玉孙女，故诸王皆用事。有王子溶者，为浙东仓司官属，郡宴必与提举者同席，陵忽玩戏，无不至。提举者事之反若官属。已而又知吴县，尤放肆。郡守宴客，初就席，子溶遣县吏呼伎乐伶人，即皆持往，无敢留者。上元吴县放灯，召太守为客，郡治乃寂无一人。又尝夜半遣厅吏叩府门，言知县传语，必面见。守醉中狼狈，揽衣秉烛出问之。乃曰："知县酒渴，闻有咸齑，欲见一瓯。"其陵侮如此。守狼狈，遣人遗之，不敢较也。（卷五第二十七条）

中贵杨戬，于堂后作一大池，环以廊庑，扃鐍周密。每浴时，设浴具及澡豆之属于池上，乃尽屏人，跃入池中游泳，率移时而出，人莫得窥，然但谓其性喜浴于池耳。一日，戬独寝堂中，有盗入其室，忽见床上乃一虾蟆，大可一床，两目如金，光彩射人。盗为之惊仆，而虾蟆已复变为人，乃戬也。起坐握剑，问曰："汝为何人？"盗以实对，戬掷一银香球与之曰："念汝迫贫，以此赐汝，切勿为人言所见也。"盗不敢受，拜而出。（卷十第二条）

第一段文字通过三个事件写出王子溶仗势欺人的无赖行径。吴县郡守请他吃饭，他反客为主，派遣县吏招来伎乐伶人。上元节吴县放灯，招呼太守做客，郡治没有一个人敢不来。他派遣厅吏半夜敲响知府的大门，只不过是为了寻找一瓶咸齑。"其陵侮如此"，一个盛气凌人趾高气扬的流氓无赖形象跃然纸上。而在这背后，则是独裁者秦桧阴鸷可畏的形象。县令郡守肯捧这个王子溶的臭脚，归根结底是慑于秦桧的淫威。

第二段文字写中贵杨戬变成虾蟆的传闻，语涉怪异，类似六朝志怪小说。开篇以较多笔墨写杨戬布置洗浴池，可谓煞费苦心，就是为了"人莫得窥"。不料一日独寝时竟有不速之客突然闯入，按照读者正常的期待视野，应该是主人受到惊吓，结果却是大盗见到大虾蟆而"惊仆"。虾蟆复变为人，读者紧张的心情刚刚有所缓解，主人又起坐握剑，再起波澜。在得知大盗的真实身份后，杨戬赠予银香球并反复叮咛，气氛再次转为缓和。大盗本该接受赠予，结果却不受而出。读者的期待心理一次次受到挫折，使得这段不长的文字情节叙述曲折生动，波澜起伏，将之置于优秀的志怪小说中亦毫不逊色。

四是活泼生动，富有趣味。《笔记》在记录日常点滴生活时，常常关注那些风趣幽默的人物逸事，使文章呈现出活泼生动，亦庄亦谐的特征，读来饶有趣味。如写叶相作诗断案的记载颇有民间故事的色彩（卷二第五条），写宗室赵宗汉恶人犯其名，谓"汉子"曰"兵士"，举宫皆然，结果导致宫中人称其妻所供罗汉为"供十八大阿罗兵士"，称其子授《汉书》为"太保请官教点《兵士书》"（卷三第三条）。又如：

> 蛮人言语不通，郡中有蛮判官者为之贸易。蛮判官盖郡吏，然蛮人慑服，惟其言是听。太不直则亦能群讼于郡庭而易之。予过叙，访山谷故迹于无等佛殿。西庑有一堂，群蛮聚博其上。骰子亦以骨为之，长寸余而匾，状若牌子，折竹为筹，以记胜负。剧呼大笑，声如野兽，宛转毡上，其意甚乐。椎髻獠面，几不类人。见人亦不顾省。时方五月中，皆被毡毳，臭不可迩。（卷三第三十一条）
>
> 僧可遵者，诗本凡恶，偶以"直待众生总无垢"之句为东坡所赏，书一绝于壁间。继之山中道俗随东坡者甚众，即日传至圆通，遵适在焉，大自矜诩，追东坡至前涂。而涂中又传东坡《三峡桥诗》，遵即对东坡自言："有一绝，却欲题《三峡》之后，旅次不及书。"遂朗吟曰："君能识我汤泉句，我却爱君《三峡诗》。道得可咽不可漱，几多诗将竖降旗。"东坡既悔赏拔之误，且恶其无礼，因促驾去。观者称快。遵方大言曰："子瞻护短，见我诗好甚，故妒而去。"径至栖贤，欲题所举绝句。寺僧方磨石刻东坡诗，大诟而逐之。山中传以为笑。（卷四第七十九条）

第一段文字记录了陆游在蜀中做官时蛮人"聚众赌博"的情况。写其外貌是"椎髻獠面，几不类人"，"皆被毡毳，臭不可迩"，言其动作与神情是"剧呼大笑，声如野兽，宛转毡上，其意甚乐"，寥寥数笔，将蛮人的外貌和性格刻画得活灵活现，令读者如见其人，如闻其声。

第二段文字写僧人可遵因偶然机会被苏东坡称赏，便忘乎所以自以为是，追赶苏东坡并当面朗吟自己所作恶诗，令东坡怏怏不快而离去后，却对众人解释说是因为苏东坡妒忌自己的才能，其没有自知之明的面目让人忍俊不禁。所记事件生活气息浓厚，诙谐幽默。

二 《家世旧闻》关于陆氏家族传统的记闻

《家世旧闻》是一部有着家族史性质的笔记，该书有六个条目，正文之后注有"入笔记讫"字样，可知写成于《老学庵笔记》之后。它主要记载了陆游高祖陆轸、曾祖陆珪、祖父陆佃、父亲陆宰、叔父陆傅以及外家唐氏的一些逸事，尤详于陆轸、陆佃和陆宰三人。《旧闻》较为明显地表现出陆游的家族意识。如陆佃"谦逊"的品格被陆游尊奉为"家法"，"楚公于应对间，逡巡退让，不肯以所长盖众，此吾家法也"（卷上第十五条）。陆游担心后世子孙不知先辈小字而有意记载，"楚公生于鲁墟故居，太傅曰：'是儿必荣吾家。'遂以荣为小字……游因读《柳氏训序》，载先世小字，故谨记之，亦惧子孙浸远有不知者也"（卷上第六十一条）。

从《旧闻》的诸多记载中，我们可以知道陆游的思想和人格有着丰厚的渊源和土壤。对《旧闻》中所载关于陆氏家族传统记闻的爬梳与考察，有利于加深对陆游其人其文的认识。

陆氏家族传统，首先表现为十分重视人格修养。祖父陆佃曾以"刚而有方，柔而又圆"为做人的准则（卷上第五十五条），他是非恩怨分明，修史时数次为恩师争辩，"方在史院时，与诸公不合者实多"（卷上第二十三条）。再如《旧闻》卷上第四十五条：

> 先公言：楚公尝戒门人子弟，曰："《蔡文忠谥议》，谓文忠一言之出，终身无复。后生立身，当以此为根本。若于此未能无愧，何以为士耶！"

陆佃高度赞扬蔡文忠一诺千金的品行，并以此为样本来教育子弟。陆宰的如实转述和陆游的如实记录则说明陆氏家族对于坚守信义的自觉性。

据《旧闻》所载，陆氏家族从陆轸到陆宰四代人出入朝廷，先后经历了真宗、仁宗、英宗、神宗、哲宗、徽宗、钦宗、高宗八朝，为官者均以忧国忧民为先。陆轸为人耿直坦荡，直言敢谏，曾在奏事时举笏指御榻，曰："天下奸雄睥睨此座者多矣，陛下须好作，乃可长保。"仁宗不但没有怪罪责罚，反而以其语告诫大臣，盛赞其"淳直"之心（卷上第七条）。元符元年（1098），陆佃知海州，诗中有云："天地得施调国手，惟天知有爱民心"，以"志在生民"为己任（卷上第二十二条）。建中靖国元年（1101）陆佃任尚书左丞，慨叹当时"天下大势，政如久病羸瘵、气息仅属之人，但当以糜粥养之于茵席间耳，若遽使驰骋骑射，岂复有全人哉！"（卷上第五十九条）可见陆宰是一个爱国忧民的人。《旧闻》卷下第十八条云：

> 五代所谓全节三人者，相去数千里，而皆尝谒其像，一为筑庙乞额，两为书榜，似非偶然云。

"全节三人"之说，出自欧阳修《新五代史》卷三十二《死节传》。欧阳修在传记开篇称："语曰：'世乱识忠臣。'诚哉！五代之际，不可以为无人，吾得全节之士三人焉，作《死节传》。"五代战乱频仍，干戈四起，文武官员，朝秦暮楚者比比皆是。而刘仁赡、王彦章和裴约三人，却能终生身仕一朝，忠贞不贰。这样讲究名节的忠义之士，自然成为陆宰敬仰的对象。陆宰一直努力弘扬忠义之气。

一是为刘仁赡立庙。《旧闻》卷下第十七条载："寿春县，古寿州也。有汉淮南王安庙，载在祀典。邑人思刘仁赡，欲为立庙而不得，乃作刘侍中像于南庙……先君为淮西提举常平时，始为仁赡筑庙，且具奏得额曰'忠显'，先君亲受榜焉。"刘仁赡，字守惠，彭城人。五代南唐大将，轻财重士，法令严肃。保大十三年（955）为清淮军节度使，镇寿州，以抵御周师南侵。周师于同年十一月南下，攻寿州。次年正月，周世宗柴荣亲征，指挥大军日夜攻城，围之数重，攻之百端，前后四月竟不能下。后来在李璟已向周奉表称臣沿江守将或走或降的不利情况下，刘仁赡仍坚守寿州，独拒周师。其子刘崇谏幸其父病，谋与诸将出降，刘仁赡立命斩之，监军使周廷构哭于中门救之，不得。于是士卒皆感泣，愿以死守。这样一直至保大十五年（957）三月，周世宗再次亲征，刘仁赡病重，不省人事，其副使孙羽诈为仁赡书，以城降。仁赡旋即病卒，年五十八。周世宗占领寿春后，为旌表其节，复共清淮军为忠正军，并追封其为彭城郡王。并称："刘仁赡尽忠所事，抗节无亏，前代名臣，几人可比！予之南伐，得尔为多。""吾以旌仁赡之节也。"①

二是任京西路转运副使时，拜谒王彦章画像于滑州铁枪寺。王彦章，字子明，郓州寿张人。五代时后梁名将。为人骁勇有力，能跣足履棘行百步。持一铁枪，骑而驰突，奋疾如飞，军中号"王铁枪"②。随梁太祖朱全忠南征北讨，屡立战功，由开封府押衙等职累进为行军先锋马军使、检校司空、汝州防御使、匡国军节度使、北面行营招讨使，封开国侯。性刚直，痛恨权臣赵岩、张汉杰等扰乱朝政，遭到排挤和非难，谋不见用。与后唐李存勖血战十余年，兵败被擒，宁死不屈，被杀，年六十一。

三是在潞州时拜谒裴约庙。裴约是后唐昭义军节度使李嗣昭的裨将，守泽州。嗣昭卒，其子继韬以泽、潞叛降于梁，约召其州人泣而谕曰："吾事故使二十余年，见其分财飨士，欲报梁仇，不幸早世。今郎君父丧未葬，违背君亲，吾能死于此，不能从以归梁也！"众皆感泣。裴约誓不从降，而组织州人共守泽州，坚持抵抗后梁大军的围攻，直至城破被杀。后唐庄宗曰："吾不惜泽州与梁，一州易得，约难得也。"③"约死，帝深

---

① （宋）欧阳修：《新五代史》卷三十二《死节传》，中华书局1974年版，第352页。
② 同上书，第347页。
③ 同上书，第350页。

惜之。"①

陆宰为他们立庙书榜，就是为了表彰气节，弘扬忠义，激励时人与邪恶势力誓不两立。

陆氏家族传统，其次表现为重视文学创作。山阴陆氏家族是一个文采赫赫的诗书世家。其家族成员大多热爱读书，喜好吟诗，《旧闻》所引诸人诗句，绝大部分不见于他书，具有较高的文献价值②。值得注意的是，陆游所引诗句，大抵是随手摭拾，并不是精心选择的代表作。但这些诗歌也往往文采斐然堪称佳篇，反映出陆氏家族较高的文学才华。《旧闻》收录了陆轸《赠真行大师》诗和两篇文，陆佃"少时文章多亡逸"（卷上第六十三条），由此可窥见陆佃早年创作之一斑。陆游的六叔祖陆傅，《旧闻》中录有两句残句，他"平生喜作诗，日课一首"（卷上第三十四条）。陆游三十九伯父陆宇是一位文学早成的天才，《旧闻》录有陆宇年未满二十时写的《别友人》诗，颇能显示出其艺术才华：

> 园花今烂漫，一一手亲栽。
> 惟有新离恨，东风吹不开。（卷上第三十八条）

陆宰爱好诗文，亦能作诗，然其诗无传。《旧闻》录陆宰诗两首。其一是徽宗宣和初年，陆宰为淮西提举常平，行部至舒州，访三祖山惟照长老不值，留诗于壁间：

> 芙蓉已入双林寂，山谷今传佛祖衣。
> 千里客来何所遇，夜堂人静雨霏霏。（卷下第二十四条）

---

① （宋）司马光编著，（元）胡三省音注：《资治通鉴》卷第二百七十二《后唐纪一》，资治通鉴小组校点，中华书局1984年版，第8890页。

② 见北京大学古文献研究所编《全宋诗》卷一五三、卷一二七〇、卷一二七四、卷一六八三，北京大学出版社1991年版，第1745、14340、14396、18889、18890页。

其二是高宗绍兴初避乱东阳山中，临归时留别诗云：

> 前身疑是此山僧，猿鹤相逢亦有情。
> 珍重岭头风与月，百年常记老夫名。（卷下第三十七条）

陆氏家族传统，还表现为重视学术训练和丰厚的学术功力。祖父陆佃是一位学者，《旧闻》中如实记载了他治学谨严，一丝不苟，如对于黄安时指摘董仲舒论《春秋》不合圣人处，陆佃的回答是："仲舒读此书，三年不窥园，乘马不知牝牡，吾子曾如此下工夫乎？"使得黄安时"自闻此语，终身不敢轻立议论"（卷上第四十九条）。听闻蔡元度胡乱解《易》及《论语》，痛批其为"书生舞经"的荒唐之举（卷上第三十一条）。对于女婿李作乂喜欢戏谑不拘细行以"与人交当有礼"（卷上第三十七条）相劝试诫。

陆佃博学强记，"尤爱《毛诗》，注字皆能暗诵"（卷上第五十四条），王珪文章中典故出处难明，众人面面相觑时陆佃徐然指出，令"闻者骇服"（卷上第十四条）。陆佃学术成就中最突出的是经学，他尤其精于礼家名数之说，"精于礼学，每据经以破后世之妄"（卷上第十六条）。神宗好礼，对陆佃极为称赞和信任，曾言"王、郑以来，言礼未有如佃者"[1]。陆佃言卒哭之礼，神宗"悉如公言行之"（卷上第二十八条），论官制流品，"神祖以为然"（卷上第二十九条）。

从以上《旧闻》中记载的家族传统可知，陆氏家族光明磊落的人格，忧国忧民的情怀，英勇无畏的精神，严谨求实的态度，刻苦读书的事迹，杰出的政治与军事才能，卓越的文学才华，在陆游身上都能或多或少地找到痕迹。这种影响最终促成了陆游以经学为主的知识结构，博赡宏大的学术涵养，扎实稳健的学术功力，勤奋严谨的创作态度，一句话，他志士、文人、学者等多重身份是有着深厚的家学渊源的。这进一步影响

---

[1] （元）脱脱等：《宋史》卷三百四十三《陆佃传》，中华书局1985年版，第10918页。

到陆游文的情感方式、思想表达、立意构思、题材选择和语言风格等多个方面。如他对现实问题尤其是恢复中原的关注与思考，他的充满锋芒的批判的文风，他的富有文采的文学语言，都是家族传统孕育的必然结果。因此，清人毛奇龄将陆氏祖孙并称，视之为越中文化的杰出代表："吾越自陆佃、陆游而后，无文人焉。"①

---

① （清）毛奇龄：《西河文集》卷四三《苍源文集序》，《四库全书》本。

第六章　史传

陆游出生于一个有着优良史学传统的家族，祖父陆佃曾修神宗、哲宗两朝实录。陆游本人也因为谙熟朝章典故而先后三次奉命修史①。第一次是在孝宗隆兴元年（1163），以枢密除编修官兼编类圣政所检讨官，参与《高宗圣政草》的编修。第二次是在光宗绍熙元年（1190），任礼部郎中兼实录院检讨官，为时约十个月。第三次是在宁宗嘉泰二年（1202），任同修国史、实录院同修撰，参与孝宗、光宗《两朝实录》及《三朝史》的修撰，在傅伯寿等检讨官数年积稿的基础上进行综合修删，所以仅仅一年就书成而致仕。

陆游在《除修史上殿札子》（《渭南文集》卷四）一文中较为全面地阐释了自己的史学思想：

> 凡史官绅绎之所须者，上则中书密院，下则百司庶府，以至四方万里郡国之远，重编累牍，如水赴海，源源而集。然后以耳目所接，察隧碑行述之诔辞，以众论所存，刊野史小说之谬妄，取天下之公，去一家之私，而史成矣。

从材料的搜集、整理和辨析等多个角度出发，指出材料丰富和去伪存真

---

　　① 《诗稿》卷五十一《开局》自注："予三作史官，皆初开局。"《文集》卷二十一《湖州常照院记》："某实绍兴朝士，历事四朝，三备史官，名列策府诸儒之右。"

是修史的重要前提，表现出陆游明确的史家意识。

陆游本人对修史是十分在意和自豪的，在晚年所作的题跋中多次称自己为"故史官"。官修史书主要限于对史料的记录与整理，难以展现作者多方面的史学才华，故陆游参与修撰的《两朝实录》和《三朝史》，人们评价不高："比他书尤疏驳"①，"观者为之太息"②。集中展现陆游史德、史学、史识和史才的是他晚年私修史书《南唐书》。陆游秉承了中国史学的奉笔直书的优良传统，堪称良史。"欲知放翁之史学者，求之《南唐书》已得。"③ 事实证明，陆游在多次修史的经历中，有机会饱读宫中所藏大量史料④。此外，陆游十分重视调查访问，搜集无文字记载的口头传说等史料，如《廖居素传》云："后几百年，将乐父老犹叩头称之"⑤，这是陆游在福建做官时考察获得的情况。又如关于刘仁赡之死，寿春父老喜言仁赡死时事，言其夫人不食五日而卒，为传记所不载。后来陆游在成都做官时，特意访求到梓潼令金君所藏《周世宗除仁赡天平军节度使制书》，经过比对发现其词与王溥所修《周世宗实录》皆合，指明世俗传言是"摘取制中语载之，本不相联属，又颇有润色也"（卷十三《刘仁赡传》），是不可信的。这为他私人修史提供了必要的知识积累和学力准备。陆游拥有史学家的敏锐观察力，对于一些历史人物和事件敢于提出不同于前人的看法。陆游在《南唐书》中展现了自己对于历史的深入思考。"陆放翁之史识，具于《南唐书》"⑥，陆游具有杰出的史学才华，从修史体例和选材剪裁上可以看出他对史料的驾轻就熟的处理，文笔简洁和文采飞动则使《南唐书》"最号有法"⑦。

---

① （宋）王应麟：《玉海》卷四八，《四库全书》本。
② （宋）陈振孙：《直斋书录解题》卷四，徐小蛮、顾美华点校，上海古籍出版社 1987 年版，第 132 页。
③ 柳诒徵：《陆放翁之修史》，载《国史馆馆刊》一卷二期，国史馆 1948 年版。
④ 《文集》卷二十《诸暨县主簿厅记》："尝备太史牛马走，获窥金匮石室之藏。"
⑤ 《南唐书》卷九，下文只标明卷数，不备注。
⑥ 柳诒徵：《陆放翁之修史》，载《国史馆馆刊》一卷二期，国史馆 1948 年版。
⑦ （元）赵世延：《陆氏南唐书序》，载《南唐书》卷首，见《陆放翁全集》，中国书店 1986 年版。

一 实录精神

明人毛晋在为《南唐书》所作题跋中称其"得史迁家法"，这主要是指《南唐书》的实录精神。班固评价司马迁："有良史之材"，"善序事理，辨而不华，质而不俚，其文质，其事核，不虚美，不隐恶，故谓之实录。"① 实录不仅是历史著作的方法，也是史家对待历史的态度，是史德的最主要的体现。金人王若虚强调："凡人作文字，其他皆得自由，惟史书实录，制诰王言，绝不可失体。"②

《南唐书》中没有夸大、附会或者武断的言辞，它的记事写人都采取了实录的原则。如对后主李煜，陆游一方面写出了他一味妥协、酷信浮屠、错杀忠臣而导致亡国，另一方面也记载了他多才多艺，侍亲至孝，施行仁政，以致"俎问至江南，父老有巷哭者"（卷三《后主本纪》）。可见，虽然后主是亡国之君，但陆游并未以成王败寇的庸俗史观视之。而对于其以仁孝治天下而获民心予以实录。宋齐丘是南唐建国的头号功臣，是一个功过是非集于一身的人物。陆游既如实记录了他的睿智谋略辅佐烈祖以成帝业，同时也如实记录了他的性格缺陷——"资躁褊"。与烈祖论事，"或议不合，则拂衣径起。烈祖谢之，乃已"。关于宋齐丘之死，颇多争议。有人认为是因为他"窥伺谋篡窃"，也有人认为他被周世宗施以反间计所杀。对于前者，陆游认为："方齐丘败时，年七十三，且无子，若谓窥伺谋篡窃，则过也。"对于后者，陆游辩驳："且世宗岂畏齐丘之机变而间之者哉，盖钟谟自周归，力排齐丘，杀之，故其当附会为此说，非其实也。"对于宋齐丘的是非功过，陆游主张去除感情，而秉笔直录："论序齐丘事，尽黜当时爱憎之论，而录其实，览者得详焉。"

---

① （汉）班固撰，（唐）颜师古注：《汉书》卷六十二《司马迁传赞》，中华书局 1962 年版，第 2738 页。

② （金）王若虚：《文辨》卷四，载王水照主编《历代文话》，复旦大学出版社 2007 年版，第 1150 页。

（卷四《宋齐丘传》）

《南唐书》如实记录了南唐"隐然大邦"的风采。"唐有江淮，比同时割据诸国，地大力强，人材众多，且据长江之险，隐然大邦也。"（卷二《元宗本纪》）南唐开国之君烈祖李昪为唐宪宗第八子建王李恪的后裔，他以此自居而延揽人才、广纳人心。特殊的地理位置使得南唐有长江天险可依。可以说，在当时动乱的时势中，南唐曾一度占据着"天时、地利、人和"各方面的优势。

南唐极盛之时，据有三十五州之地，版图辽阔，人口众多，经济富庶。外交上，结好契丹以牵制中原政权，尤其是烈祖一朝与契丹往来密切，直至元宗时契丹使节被杀两国才断交。

在五代十国的动乱时世中，南唐偏安于江南一隅，社会环境较为安定，为经济文化的繁荣发展提供了良好的土壤。安定富饶的南唐，成为乱世中的文人士大夫安身立命的理想的栖身之所。在呈现南唐"隐然大邦"的风采时，《南唐书》的笔墨详于人才之盛的记录。

《南唐书》如实记录了李氏家族的文学之盛。南唐的君主热爱文艺，拥有良好的文化素养。"元宗多才艺，好读书"（卷二《元宗本纪》），因喜欢伍乔程文，"命勒石以为永式"（卷十五《伍乔传》）。南唐二主俱精通书法，"元宗学羊欣，后主学柳公权，皆得十九"（卷十六《后妃诸王列传》）。后主多才多艺，除擅长书法外，亦精通音律，喜好填词。《南唐书》还记录了烈祖二子李景迁、三子李景遂，元宗二子李弘茂、九子李从谦，后主幼子李仲宣等人的文学才华和文学活动（卷十六《后妃诸王列传》）。如李弘茂"幼颖异，善歌诗，格调清古。不喜戎事，每与宾客朝士燕游，惟以赋诗为乐"。李氏家族的文学素养于此可见一斑。

《南唐书》如实记录了大量的文人活动，他们或刻苦攻读，或才华横溢，或知识渊博，或笔耕不辍。南唐文人围绕着君主形成了一个乱世中的创作集团，这个创作集团可分为两个部分，一部分是本土文人，如查文徽、常梦锡、冯延巳、郭昭庆，徐延休徐铉徐锴父子，刁彦能刁衎刁约祖孙三人等。徐氏父子是南方文学家族兴盛的代表，陆游重点记录了徐锴读书勤奋、博闻强记、精于小学、长于校书和著述宏富（卷五《徐锴传》）。另一部分是逃避战乱的北方文人，如江文蔚、史虚白、高越、韩熙载等，他们大都多才多艺擅写文章，尤其是韩熙载，文章与徐铉齐名，号一时之翘楚，"尤长于碑碣之作，他国人不远数千里，辇金币求之"（卷十二《韩熙载传》）。

此外，《南唐书》还记载了一些富有才艺的人物。如精通医术的太医吴廷绍，精于剑术的侠客潘辰，善吹洞箫的李冠，善做各种宫廷美食的某御厨，善于表演的优人申渐高（卷十七《杂艺方士节义列传》）等。尤其是大周后，更是一个多才多艺的人物，她精通书史，能歌善舞，尤工琵琶，"至于采戏奕棋，靡不妙绝"。唐代名曲《霓裳羽衣》久已失传，大周后得残谱以琵琶奏之，使之复传于世（《南唐书》卷十六《后妃诸王列传》）。

《南唐书》如实记录了许多武将，他们武艺高强，勇冠三军，冲锋陷阵，气势如虹。如曾格杀猛虎、以烧铁烙其创伤食饮言笑自如的周本（卷六《周本传》），嗜酒使气、每得赏赐悉分赉其下的朱匡业（卷八《朱匡业传》），矢不虚发号称"刘一箭"的刘彦贞（卷九《刘彦贞传》），沉毅果敢文身为虎人称"林虎子"的林仁肇（卷十四《林仁肇传》），历经大小百余战、身被五十余创的郑彦华（卷十五《郑彦华传》），富有杰出的军事才能和远见卓识的韩熙载（卷十二《韩熙载传》）等。在对外反击的战争中，很多武将视死如归血洒疆场，陆游重点记录了刘仁赡、郭廷谓、张彦卿等人可歌可泣的感人事迹。如刘仁赡，在寿州保卫战中，后周大军压境，上下失色，只有刘仁赡临危不惧，发号施令一如平时。在外无援兵的被动局面下，刘仁赡孤军奋战，数次拒绝了周人的诱降。其子刘崇谏私自逃脱，他以军法处置。直至病逝于军中，未作丝毫妥协。陆游高度赞扬了刘仁赡的忠义之举："尽忠所事，抗节无亏，前代名臣，几人可比。""以仁赡之忠，天报之宜如何，而其后于今遂绝，天理之难知如此，可悲也夫。"（卷十三《刘仁赡论》）再如张彦卿，在保大末年的楚州保卫战中，周世宗御驾亲征，自淮入江，势如震霆烈焰，张彦卿独不为动。后城破，张彦卿犹列阵城内，誓死奋击，谓之"巷斗"。长短兵皆尽，张彦卿犹取绳床搏战，部从无一人生降。陆游高度赞扬了张彦卿视死如归的战斗精神："彦卿守楚州，孤垒无援，当百倍之师，身可碎，志不可夺，虽刘仁赡殆不能竭。"（卷十四《张彦卿传》）

"文死谏，武死战"，除了这些忠肝义胆血洒疆场的武将之外，南唐在国势日削的过程中涌现出一批直言敢谏的文人，他们时刻心忧社稷苍生，甚至为了社稷安危而献出自己的生命。如慷慨骤谏被徐锴誉为屈原伍员的廖居素，怒不可遏投后主棋局于地的萧俨。尤其是潘佑，对南唐日益衰削而权者尸位素餐的现状，他愤切上疏，极论时政，将后主比作桀纣孙皓式的亡国之主，指斥他"力蔽奸邪，曲容谄伪，遂使家国惝惝，如日将暮"，因言辞过于激烈耿直而惹怒皇帝惨遭杀戮（卷十三《潘佑传》）。

《南唐书》如实记录了南唐由中兴到衰落再到灭亡的全过程。烈祖李昪是雄才大略的乱世枭雄。烈祖六岁而孤，时逢战乱，伯父李球携其避乱于淮泗。后被淮南节度使杨行密收为养子。因不为行密他子所容，遂托与大将军徐温，改名知诰。杨行密评价他："知诰俊杰，诸将子皆不逮也。"天祐六年（909）任宣州刺史，任职期间，一方面褒廉吏，劝农桑，大力发展生产，另一方面轻财好施延揽人才。昪元元年（937）冬十月，代吴自立。即位之后，实行与民休息的基本国策，多次下诏减免赋税，鼓励生产。外交上，结好契丹以牵制中原政权，甚至朝鲜半岛的高丽和新罗也特派使者前来朝贡。昪元七年（943）二月，烈祖崩于昪元殿，年五十六。是时，仅德昌宫就储戎器金帛七百万。烈祖嘱托元宗李璟宜守成业。陆游高度评价了开国之君李昪："帝生长兵间，知民厌乱。在位七年，兵不妄动，境内赖以休息。""仁厚恭俭，务在养民，有古贤主之风焉。"（卷一《烈祖本纪》）

元宗即位之初，开疆扩土，实行积极的对外政策。保大三年（945），乘闽国内乱之机出兵占据建、汀、漳三州，灭亡闽国，俘闽王延政。保大七年（949），淮北处于后晋、后汉朝代交替的混乱状态，李璟见有机可乘，派皇甫晖出海、泗诸州招纳相互混战的各路豪强武装和因战乱四散的流民。保大九年（951），马希粤与马希崇兵戎相见，南唐遂借机出师，一举灭楚，马希崇降。但元宗又谨遵烈祖临终教导，以守业为主。因此，保大五年（947）春正月，晋少帝北迁，中原混乱之际，他未听谏言而贻误战机。至于后来数败于后周之后，始议弭兵务农。有人对元宗说："愿陛下十数年勿复用兵。"元宗回答："兵可终身不用，何十数年之有？"交泰元年（958）春正月，周师连陷海州、楚州等地，耀兵江岸，继而南渡，元宗慌忙遣枢密使陈觉奉表贡方物，请传位太子弘冀，以国为附庸。遣阁门承旨刘承遇上表，称唐国主，尽献江北郡县未陷之地，岁输土贡数十万。五月，下令去帝号，称国主，去交泰年号，改用后周显德年号。"凡帝者仪制，皆从贬损。"自此南唐不再有大国之盛。（卷二《元宗本纪》）

割地赔款让南唐的经济雪上加霜，自淮南战败后，南唐每年要向后周缴纳高额贡奉。建隆元年（961）秋七月，后主遣礼部郎中龚慎仪朝于京师，贡乘舆服御，"自是贡献尤数，岁费以万计"。南唐原先地跨江南江北，南北之间的经济有互补性，如江南乏盐，而江北产盐。而失去淮南后，南唐不仅失去了重要的盐产地，还要花巨资向中原政权买盐。财政上的窘迫，使南唐政权不得不加重赋税，导致百姓怨声载道。严重的通货膨胀使得南唐的经济濒临崩溃的边缘："显德六年，秋七月，铸大钱，文曰永通泉货。一当十，与旧钱并行，又铸唐国通宝钱，二当开通钱之二。"对于元宗，陆游一方面高度赞扬其躬行仁政爱民如子："在位二十年，慈仁恭俭，礼贤睦族，爱民字孤，裕然有人之度。"另一方面也为其统治期间国势日削深表惋惜："蹙国降号，忧悔而殂。悲夫！"（卷二《元宗本纪》）

后主从元宗手里接过的是一个千疮百孔的烂摊子。国家经济依然令人担忧："乾德二年春三月，行铁钱，每十钱以铁钱六，权铜钱四而行，其后铜钱遂废，民间止用铁钱。末年，铜钱一直铁钱十。比国亡，诸郡所积铜钱六十七万缗。"后周世宗柴荣去世后，赵匡胤发动"陈桥兵变"，北宋建立。南唐面临的国际形势不容乐观。在与宋的战争中，南唐一败涂地。在中国历史上，后主是出名的多才多艺的文人，但却不是一个雄才大略的政治家。面对强敌他无可奈何，只能沿袭元宗以来割地赔款的屈辱做法。"开宝五年春正月，国主下令贬损仪制"，"以避中朝"（卷三《后主本纪》）。

其实，南唐人才济济国力强盛，及中原有变，莫说自保，就是逐鹿中原也并不是没有可能。可是懦弱而短视的后主数次贻误战机，使逐鹿中原的可能化为乌有。南唐有识之士如林仁肇密言后主趁宋防守空虚而奇袭淮南，卢绛等曾力劝后主出兵灭吴越以振兴国威，"后主惧不敢从"（卷十四《林仁肇传》《卢绛传》），直至南唐灭亡。

陆游以秉笔直书的实录精神使《南唐书》成为一部良史，也由此成为后世研究南唐史者的必备书，"考南唐事者莫备于此"①。

二　"陆放翁之史识，具于《南唐书》"

刘熙载强调："文以识为主。认题立意，非识之高卓精审，无以中要。才、学、识三长，识为尤重，岂独作史然耶？"② 集中体现陆游史识的是《南唐书》中大量的传论。这些议论，并非每卷都有，往往是在最重要的地方有感而发，精辟中肯，表现出见识卓异的特点。最有价值的地方在于陆游对于南唐亡国的深入思索。

一是用人不当，赏罚不明。《南唐书》卷二《元宗本纪》在"会周师大举，寄任多非其人"后论曰："若用得其人，乘间楚昏乱，一举而平之。然后东取吴越，南下五岭，成南北之势。中原虽欲睥睨，岂易动哉！不幸诸将失律，贪功轻举，大事弗成。国势遂弱，非始谋之失。所以行之者非也。且陈觉冯延鲁辈用师闽楚，犹丧败若此。若北乡而争天下，

---

① （清）李慈铭：《越缦堂读书记·子部杂家类》，由云龙辑，上海书店出版社 2000 年版，第 500 页。

② （清）刘熙载：《艺概》卷一《文概》，上海古籍出版社 1978 年版，第 138 页。

与秦晋赵魏之师战于中原，角一旦胜负，其祸可胜言哉？故予具论其实如此，后之览者，得以考观焉。"南唐朝廷不辨忠奸，诸将多贪生怕死之辈，往往一见中原旗帜即望风而逃，或者卖主求荣不知廉耻。福州之役，魏岑为东南面应援使，"自焚营壁，纵兵入城，使穷寇坚心，大军失势"（卷十《张李皇甫江欧列传》），俨然已经成为敌人的内应。后主在金陵保卫战中将护国重任托付给皇甫继勋和朱令赟二人。皇甫继勋，皇甫晖之子，一个因为父亲战功而屡被提拔，成为大将的纨绔子弟。金陵被围之时，他因贪图富贵而无效死之意。偏将中有招募死士而谋以夜袭者，他"鞭而囚之"。后主召议事亦辞以军务不至，他内结传诏使，蔽塞圣听（卷十《皇甫继勋传》）。造成南唐亡国的直接原因是朱令赟的用谋失败。后主命令朱令赟发兵解金陵之围，朱令赟采用火攻之计，却反焰自焚，水陆诸军十五万，不战皆溃。"粮米戈甲俱焚，无孑遗，烟焰不止者旬日。"自此金陵外援遂绝，以至于亡（卷八《朱令赟传》）。陆游论道："金陵之被围也，以守备任皇甫继勋，以外援付朱令赟，继勋既怀贰心，而令赟孺子，复非大将才，其亡宜矣，使林仁肇不以间死，卢绛得当攻守之任，胡则、申屠令坚辈，宣力围城中，虽天威临之，岂易遽亡哉，然则江南虽弱，曹彬等所以成功者，独其任人乖刺而已。"（卷八《朱令赟传论》）明确指出南唐灭亡的原因在于"任人乖刺"。

"亡国之君，必先坏其纪纲。而后其国从焉。"陆游指出，纲纪败坏的重要表现是小人当道赏罚不明。陈觉之流一败涂地却未受到惩罚，朱元之辈屡奏凯歌却未受到奖赏，更有甚者小人嫉妒贤才，横加排挤，最后导致忠义之士被迫降敌的可悲结局。朱元在烈祖时数次上书论事，言中原战乱，有机可乘，"当取湖湘闽越钱塘，以固基本"，结果"用事者嫉其言，共谮之。以为远人谋握兵，包藏莫测"。这是朱元第一次遭受小人的妒忌和陷害。保大末年，周师入淮南，朱元主动请缨，元宗大悦，命从齐王景达救寿州。朱元善抚士卒，与之同甘共苦，每临战必鼓舞士气，"词指慷慨，流涕被面，闻者皆有效死赴敌之意"。连破舒和二州，屡立战功，一时间军威大振。监军使陈觉因妒忌朱元才能，屡进谗言。

最终朱元举寨万余降周，导致淮南战局一溃千里，边镐、许文缜、杨守忠皆被擒，寿州失守，遂画江请盟。朱元是淮南战线上的脊梁，他降周后，诸将皆束手无策，失去战略要地淮南后，南唐虽未亡而"亡形成矣"。陆游强调："欲知南唐之亡者，当于是观之。"（《南唐书》卷十二《朱元传论》）这是符合历史事实的真知灼见。

二是朋党之争，结党营私。党争问题贯串了南唐立国的始终。烈祖早在杨行密手下行事时，他手下的文士就分为当地土著与侨寓人士两部分，这也奠定了日后党争的基本格局。南唐党争，带有鲜明的地域特征①。土著文士以宋齐丘为首，陆游在其本传中列举了他诸多不足，包括"植朋党"："齐丘之客，最亲厚者陈觉，冯延巳、冯延鲁、魏岑、查文徽与觉深相附结，内主齐丘，时人谓之五鬼。""方是时，陈觉、李征古同为枢密副使，皆齐丘之党，躁妄专肆，无人臣礼。"（卷四《宋齐丘传》）党争的主要危害在于很多忠义之士成为党争的牺牲品。如潘佑之死，陆游指出"后主非强愎雄猜之君，而陷之于杀谏臣"，一个重要的原因是张洎从中推波助澜（卷十三《潘佑传》）。当时南唐士人中颇多有识之士，如张义方、江文蔚等均在奏议中指斥朋党之弊。但令人惋惜的是，虽然诸多有识之士认识到党争会危及社稷根基，但南唐终其一朝，党争不但没有缓解反而愈演愈烈，严重的内耗极大削弱了南唐的国势，最终上演了亡国的历史悲剧。

三是沉迷声色，世风萎靡。和中国历史上很多亡国之君一样，后主虽是文学艺术领域的才子，但却并不是一个合格的帝王。虽然擅长多种艺术而成就卓然，但这却是以满足自己的嗜好为前提的，最终亡国破家，代价异常惨重。后主嗣位之初，数与嬖幸弈棋。作为一国之君，沉湎于此无异于玩物丧志。因此萧俨怒不可遏，投局于地（卷十五《萧俨传》）。后主因为大周后喜好音律，也随之沉溺其中，达到荒废政事的程度。监察御史张宪切谏，虽赐帛三十匹，以旌敢言。但终其一朝并未作丝毫改

---

① 参见任爽《南唐党争试探》，《求是学刊》1985 年第 5 期。

观（卷十六《后妃诸王列传》）。

上有所好，下必甚焉。后主统治时期，南唐已经彻底衰落，面对中原的强敌，士大夫阶层也往往纵情声色，逃避现实，一时之间蔚然成风：

> 冯延巳、延鲁欲广置姬妾，辄矫遗制，托称民贫许卖子女。大臣亦方以豪侈相高，利于广声色。（卷十五《萧俨传》）
>
> （韩熙载）性忽细谨，老而益甚，蓄妓四十辈，纵其出，与客杂居。物议哄然。（卷十二《韩熙载传》）
>
> 保大后，（刘承勋）贡奉事兴，仓猝取办，愈得以为奸利，畜妓乐数十百人，每置一妓，价数十万，教以艺，又费数十万，而服饰珠犀金翠称之。（卷十五《刘承勋传》）
>
> （皇甫继勋）资产优赡，名园甲第，冠于金陵，多蓄声妓，厚自奉养。（卷十《（皇甫继勋传》）

可以说上至帝王下到士大夫都不思进取，安于现状，纵情声色，世风浮靡，这是导致南唐政权土崩瓦解的重要原因。

世风的萎靡又必然导致文风的萎靡绮艳。《南唐书》卷十一《冯孙廖彭列传》载：

> （冯延巳）尤喜为乐府词，元宗尝因曲宴内殿，从容谓曰："'吹皱一池春水'，何干卿事？"延巳对曰："安得如陛下'小楼吹彻玉笙寒'之句。"时丧败不支，国几亡，稽首称臣于敌，奉其正朔，以苟岁月，而君臣相谑乃如此。

而在当时词学的另外一个中心西蜀，文人正津津乐道于《花间词》的创作。在文学史上，产生于五代的《花间词》与齐梁之际的"宫体诗"相提并论，成为后人口诛笔伐的对象。陆游《跋〈花间集〉》（《文集》卷三十）云：

《花间集》皆唐末五代时人作。方斯时，天下岌岌，生民救死不暇，士大夫乃流宕如此，可叹也哉！或者亦出于无聊故邪？

这两段材料，从观点、语气到句式竟是如此相似。南唐词与西蜀词在创作环境上有类似的地方，虽然总体而言南唐词的成就要超过西蜀词，但南唐词中也带有明显的"花间"特色①。陆游从国计民生的角度出发，严厉批判了当时南唐君臣流连嬉戏的创作态度。

四是谄于道教，酷信浮屠。烈祖谄于道教，《南唐书》卷十七《杂艺方士节义列传》载：

史守冲，潘扆，皆不知何许人。烈祖尝梦得神丹。既觉，语左右，欲物色访求。而守冲适诣宫门献丹方，扆亦以方继进。烈祖皆神之，以为仙人，使炼金石为丹。服之，多暴怒。群臣奏事，往往厉声色诘让。尝以其药赐李建勋。建勋乘间言曰："臣服甫数日，已觉炎躁，岂可常进哉？"烈祖笑曰："孤服之已久，宁有是事？"谏者皆不从。俄而疽发，遂至大渐。临终，谓元宗曰："吾服金石求长年，今反若此，汝宜以为戒也。"

一代枭雄竟因迷恋长生服食丹药而过早辞世。因此临终前反复叮咛元宗要引以为戒。由于服食金石后易暴怒，导致"近臣数被谴罚"（卷十五《萧俨传》）、"谴者甚众"（卷十六《后妃诸王列传》），对烈祖这样的雄主而言这不能不说是一个污点。

此外，南唐诸君更是耽溺于佛教，陆游认为这是导致南唐败亡的重要因素。其实，浮屠本身不足以亡国，关键是过于沉溺而导致朝纲紊乱，政事荒废，国力浸弱。《南唐书》卷十八《浮屠契丹高丽列传》

---

① 参见彭飞《南唐文学研究》，硕士学位论文，山东大学，2009 年，第19—26 页。

云："呜呼！南唐偏国短世，无大淫虐，徒以寖衰而亡，要其最可为后世鉴者，酷好浮屠也。"烈祖之父李荣性谨厚，"喜从浮屠游，多晦迹精舍，时号'李道者'"（卷一《烈祖本纪》）。可以说南唐诸君耽溺佛教是"渊源有自"的。烈祖早在辅吴居建业之时，即大兴土木建造佛寺，此为南唐事佛之始。虽没有耽溺其中而国人事佛之俗已成。及元宗后主之世，"皆酷好浮屠，群臣化之，政事日弛"（卷十六《后妃诸王列传》）。后主退朝，"与后顶僧伽帽，服袈裟，课诵佛经。胡跪稽颡，至为瘤赘，手常屈指作佛印。命礼佛百而舍之，奏死刑日，适遇其齐，则于宫中佛前燃灯，以达旦为验，谓之'命灯'。未旦而灭，则论如律，不然，率贷死。富人赂宦官窃续膏油，往往获免。上下狂惑，不恤政事，有谏者辄被罪"。正是由于后主对浮屠之说过于沉迷，宋廷才有机可乘。开宝初年，宋廷遣奸细小长老，花言巧语取得了后主的信任。一时间南唐国内寺院和塔像林立，佛徒众多，本已不济的南唐国力消耗更甚。后宋师渡江南下，小长老等人更是成为其内应，佛寺成为宋师安顿休息的场所。而后主此时依然迷惑于谄媚之词，当金陵被围时，重赏小长老，下令军民，"皆诵救苦菩萨，声如江涛"（卷十八《浮屠契丹高丽列传》）。对浮屠救国之说深信不疑，其沉迷浮屠之程度由此可见一斑。陆游在《后主本纪》中愤慨地指出耽溺浮屠是导致南唐灭亡的重要因素，"酷好浮屠""颇废政事"，"故虽仁爱足以感其遗民，而卒不能保社稷云"。

三　经世之意

《南唐书》通篇渗透着作者以史为鉴的创作意图和强烈的经世之意。终南宋一朝，偏安江左，文恬武嬉，党争激烈，百姓负担沉重，始终面临北方强敌的威胁。内忧外患，较之南唐有过之而无不及。所以陆游暮年修史，就是为了敲响历史的警钟，警诫当局不要重蹈南唐的覆辙。表面上是在写历史，实际上是借古讽今，起到干预现实的作用。

《南唐书》的经世之意，除了表现为对于南唐亡国的深刻思考之外，还表现在陆游的历史观上。

一是提倡仁政，反对暴政。提倡仁政是陆游政治思想的重要组成部分，在《南唐书》中，他通过对上自帝王下到官员的诸多事迹的记录，明确表达了这一主张。如：

> 天祐十四年五月，昇州城建成，时徐温之子知训以内外马步都军副使，专制杨氏，骄淫失众。宋齐丘纳说曰："知训旦暮且败，是行天所赞也。"十五年，朱瑾杀知训，马仁裕自蒜山渡，驰告帝。帝即日帅师入广陵定乱，遂代知训为淮南节度行军副使，勤俭宽简，尽反知训之政，上下悦服。（卷一《烈祖本纪》）

将徐知训与李昇执政相对比，不难看出作者提倡仁政反对暴政的是非标准与情感倾向。李昇建立南唐后，同样实行与民休息的治国方略，社会生产得以迅速恢复。昇元六年冬十月的诏书中说："前朝失御，四方崛起者众，武人用事，德化壅而不宣，朕甚悼焉。三事大夫，其为朕举用儒者。罢去苛政，与吾民更始。"（卷一《烈祖本纪》）元宗与后主基本沿袭了烈祖以来的基本国策。保大四年秋九月，淮南发生虫灾，元宗下诏除民田税（卷二《元宗本纪》）。后主嗣位之初，"国削势弱，帑庾空竭，专以爱民为急，蠲赋息役，以裕民力"（卷三《后主本纪》）。

对于一些地方官员为政尚简，躬行仁义的行为，《南唐书》中亦有多处记录。陆游将此视为民心所向的重要因素，如马仁裕，任职庐州期间"为政宽简廉平，甚得民心"（卷六《马仁裕传》）。江梦孙，"治县宽简，吏民安之"（卷七《江梦孙传》）。刘崇俊，其父刘仁规任濠州刺史"为政苛虐"，后崇俊继之，"尽反仁规之政，人怀其惠"（卷十五《刘崇俊传》）。

二是举贤授能，罢黜奸佞。《南唐书》中对于烈祖重视贤才的赞颂以及对于贤才心忧社稷勇赴国难的讴歌，对于小人当权的激烈批判，都表现出陆游任贤黜佞的历史观。

早在代吴自立之前，烈祖就一边注重发展生产，一边有意延揽人才。天祐九年（912），李昇以功迁昇州刺史，他褒奖廉吏，发展农桑，轻财好施，礼贤下士。"以宋齐丘、王令谋、王翊主论议，曾禹、张洽、孙饬、徐融为宾客。马仁裕、周宗、曹悰为亲吏。"（卷一《烈祖本纪》）一时之间众贤云集，对南唐经济发达尤其是文化繁荣做出了杰出的贡献。继任者元宗大抵继承了这样一种优良传统。他在位二十年，"慈仁恭俭，礼贤睦族，爱民字孤，裕然有人君之度"（卷二《元宗本纪》）。

正是南唐诸帝的苦心经营，为士人营造了宽松的文化环境，才使得南唐成为乱世中文人理想的避难场所。也为日后众多士人杀身成仁勇赴国难种下了前因。《南唐书》卷十一《冯孙廖彭列传论》曰：

> 南唐之衰，刘仁赡死于封疆，孙忌死于奉使，皆天下伟丈夫事，虽敌雠不敢议也，区区江淮之地，有国仅四十年，覆亡不暇，而后世追考，犹为国有人焉，盖自烈祖以来，倾心下士，士之避乱失职者，以唐为归……呜呼！是诚足以得士矣，苟含血气名人类者，乌得不以死报之耶。传曰："君之视臣如手足，则臣视君如腹心。"讵不信夫？

陆游强调，人才是立国安邦的根本。先有诸君对士人的优待与礼遇，才有士人鞠躬尽瘁死而后已的回报。有鉴于此，陆游在《南唐书》中讴歌了众多贤才，而对那些佞幸小人则是深恶痛绝的。如果说贤才是国家的栋梁，那么小人就是国家的蛀虫。陆游借孙忌痛骂冯延巳酣畅淋漓地道出了他对奸佞的态度："仆山东书生，宏笔丽藻，十生不及君；诙谐歌酒，百生不及君；谄媚险诈，累劫不及君。然上所以置君于王邸者，欲

君以道义规益，非遣君为声色狗马之友也！仆固无所解，君之所解，适足以败国家耳！"（卷十一《冯延巳传》）

三是提倡节俭，反对奢靡。"历览前贤国与家，成由勤俭破由奢。"[1]烈祖是一个生活十分节俭的人，他出身军旅，深知百姓苦难之深，在实行与民休息兵不妄作的基本国策之外，十分注重勤俭节约。他穿着朴陋，曾蹑蒲履，使用铁盆盎。建国之初，用金陵治所为宫，裁左右宫婢数人。太子李璟欲得杉木作板障，烈祖曰："杉木固有之，但欲作战舰，以竹作障可也。"（卷一《烈祖本纪》）德昌宫是南唐内帑别藏的地方，因为烈祖励以节俭，一金不妄用，最后导致财富"积如山"（卷十五《刘承勋传》）。

正是由于烈祖与民休息的政策和勤俭节约的行为，使得南唐成为当时富甲一方的割据政权。而帝王如果为了满足自己的欲望，生活奢侈，必然会导致百姓生活于水深火热之中。因为满足一己之私欲是以搜刮民脂民膏为代价的。且莫说一国之君，烈祖的宠臣宋齐丘任镇南节度使时，"起大第，穷极宏丽。坊中居人，皆使修饰垣屋。民不堪其扰，有逃去者"（卷四《宋齐丘传》）。正是由于权贵的穷奢极欲，劳民伤财，最后难免会民怨沸腾。陆游是站在维持统治根基的高度来强调这一问题的。

四　《南唐书》的史笔

刘熙载在论述叙事之体中法与识的关系时指出："叙事要有法，然无识则法亦虚；叙事要有识，然无法则识亦晦。"[2] 史识与史法的完美结合使《南唐书》成为史书佳作中的良史。前人对《南唐书》史笔评价颇高：

---

[1]　（唐）李商隐：《咏史》，载刘学锴、余恕诚集解《李商隐诗歌集解》（增订重排本），中华书局1988年版，第383页。

[2]　（清）刘熙载：《艺概》卷一《文概》，上海古籍出版社1978年版，第44页。

"颇有史法"①"最号有法"②"详核有法"③。《南唐书》优良的史笔体现在以下三个方面。

第一，在体例上，陆游一反前人修南唐史的体例而有所独创。南唐作为五代十国时的一个割据政权，关于其地位，历来史书多以黄河流域的五代为正统。故《旧五代史》列入《僭伪列传》，《新五代史》则列有《南唐世家》。马令和胡恢的《南唐书》也同样沿袭了这样一种修史的思路和体例。自烈祖以下马氏谓之"书"，胡氏则谓之"载记"，前者是采用《三国志》的体例，将南唐视同三国时期的吴国和蜀国，后者则是取法《晋书》的体例，将南唐看作两晋时期的十六国。陆游不同意这种体例，他引用北宋名相苏颂的话说："夫所谓纪者，盖摘其事之纲要，系于岁月，属于时君，秦庄襄王而上与项羽，皆未尝有天下，而史迁著于本纪；范晔《汉书》又有皇后纪。以是质之，言纪者不足以别正闰。陈寿《三国志》吴蜀不称纪，是又非可法者也。"（卷一《烈祖本纪》）陆游最终采用司马迁对待项羽的做法，自烈祖以下列为本纪而不列世家或传。全书叙述视角以南唐为参照的第一人称展开。修史体例，不仅是一个形式问题，而且能表达出史家对待历史的是非标准和政治态度，"史之有例，犹国之有法。国无法，则上下靡定；史无例，则是非莫准"④。

陆游《南唐书》将南唐诸帝列为本纪，实则是以南唐为正统而暗喻南宋偏安为正统⑤。这是因为南宋与南唐有着诸多的相似之处：同样是偏

---

① （宋）陈振孙：《直斋书录解题》卷五，徐小蛮、顾美华点校，上海古籍出版社 1987 年版，第 137 页。

② （元）赵世延：《南唐书序》，载《南唐书》卷首，见《陆放翁全集》，中国书店 1986 年版。

③ （清）钱曾：《读书敏求记》卷二，《续修四库全书》本。

④ （唐）刘知几撰，（清）浦起龙释：《史通通释》卷四《序例》，上海古籍出版社 1978 年版。

⑤ （清）李慈铭：《越缦堂读书记·子部杂家类》："陆务观《南唐书》，为烈祖、元宗、后主作本纪，固以正统予之……明末清化李清著《南唐书合订》，复申陆说，以陆书为主，而参以马令及龙衮《江南近录》、郑文宝《近事》诸书，以烈祖继统长安，最得体要。"由云龙辑，上海书店出版社 2000 年版，第 500 页。

安江左，同样面临北方强敌的威胁，同样面临诸多的社会问题。陆游以南唐为正统，归根结底是为了警诫当世。"深著南唐之所以亡，垂诫后世也。"① 联系陆游在书中所发的诸多议论，关于南唐败亡的深刻反思，这一点并不难理解。

第二，在文法上，《南唐书》深受《春秋》影响，寓意褒贬，是非鲜明。南唐是五代乱世中的一个割据政权，其时文人武将不讲操守朝秦暮楚者比比皆是。为此，陆游在修《南唐书》时特别提倡忠义和气节，贬抑变节与投降。陆游重点记录了刘仁赡、孙忌和潘佑等人的忠义之事。陆游高度赞扬了他们的忠义精神："南唐之衰，刘仁赡死于封疆，孙忌死于奉使，皆天下伟丈夫事，虽敌仇不敢议也。"（卷十一《孙忌传论》）在记录时有意将笔触延伸到当代，写朝廷对其忠义之举的褒扬，"开宝中，仁赡子崇谅为进奉使，太祖嘉其忠臣之后，特命为都官郎中，仁赡至今庙食寿春不绝"（卷十三《刘仁赡传》）。"及王师南征，下诏数后主杀忠臣，盖谓佑也。子华，仕宋，至屯田员外郎，以疾致仕，景德中，真宗怜佑之忠，起华于家，授故官。"（卷十三《潘佑传》）此外，陆游还特意从各种零散的记载中，克服"史牒放逸，不能尽见"的困难，去除芜杂，摭拾菁华，合为节义传。（卷十七《杂艺方士节义列传》）对于一些投降卖国的贼子则以实录的笔法记录他们的可悲结局，表达对于不守气节的贬抑与批判，如皇甫继勋的最终下场是"军士云集脔之，斯须皆尽"（卷十《皇甫继勋传》）。南唐第一巨贪刘承勋的最终下场是"久客无资，裸袒乞食，不胜冻馁而死"（卷十五《刘承勋传》）。陆游在《南唐书》中提倡忠义，是为了以史为鉴，以期当代文士砥砺名节信守忠义。在寓意褒贬的语言运用上，《南唐书》往往微言大义，针砭时弊，精准而深刻，"亦《春秋》微显之义也"②。如"后主屡昏，而群臣方充位保富贵"（卷九《廖居素传》），"屡昏"二

---

① （清）汤运泰：《南唐书注序》，《南唐书注》卷首，清道光刻本。
② 刘承干：《南唐书补注》卷首，民国四年刘氏嘉业堂刻本。

字实录后主昏庸无能的政治表现，"充位"二字写出南唐群臣尸位素餐的可耻面目。"元宗遂斩德明于都市，觉、征古势焰益熏灼，道路以目"（卷九《李德明传》），"焰益熏灼""道路以目"，写出陈觉、李征古之流小人得志的嚣张气焰。保大十五年三月，后周世宗攻寿州时"耀兵城北，而仁赡已困笃，不知人"（卷十三《刘仁赡传》）。"耀兵"写出后周军耀武扬威趾高气扬的架势。又如："（冯延巳）尤喜为乐府词，元宗尝因曲宴内殿，从容谓曰：'吹皱一池春水，何干卿事？'延巳对曰：'安得如陛下小楼吹彻玉笙寒之句。'时丧败不支，国几亡，稽首称臣于敌，奉其正朔，以苟岁月，而君臣相谑乃如此。"（卷十一《冯延巳传》）"君臣相谑"四字反映出陆游对于南唐君臣在国势飘摇中嬉戏流连的严厉批判。

第三，在文笔上，《南唐书》以简洁著称，如：

> （烈祖）独与齐丘议事，率至夜分。又为高堂，不设屏障。中置灰炉，而不设火。两人终日拥炉，书灰为字，旋即平之，人以此刘穆之之佐宋高祖。然齐丘资躁褊，或议不合，则拂衣径起。烈祖谢之，乃已。（卷四《宋齐丘传》）
>
> 李元清，濠州人，徙金陵，趫健善走，能及奔马，常步入梁宋刺事。开宝中，后主以吉州永新与湖南临，命元清为永新制置使，每数月，一托疾，不坐衙，辄微服入湖南境，人无知者，以故敌人动息，皆知之，累年，边障晏然，国亡，归京师，元清心不欲仕二国，伪称失明，召验之，挥刃将及颈，而目不瞬，乃放归濠州，卒。（卷十五《李元清传》）

文笔简洁质实，准确干练，毫无烦冗拖沓之病。后者不写事件的发生发展经过，没有人物思想言行的交代，仅仅以百余字的有限篇幅就完成了一篇人物传记。

与陆游同时作《南唐书》的还有胡恢与马令两家，陆游之作后出转精，《四库全书总目提要》指出："游尤简核有法"，（马氏《南唐书》）"于诗话、小说不能割爱，亦不免芜杂琐碎，自秽其书"，"均不及陆游重修之本"①。如毛炳，马氏《南唐书》用二百余字的篇幅，列举他喜好饮酒的诸多事迹，而陆游《南唐书》的描写是："毛炳，洪州丰城人。隐居庐山，时为诸生讲，得钱即沽酒。尝醉卧道旁，有里正掖起之，炳瞋目呵之曰：'醉者自醉，醒者自醒，亟去，毋扰予睡。'后徙居南台山，书年，忽书齐壁曰：'先生不住此，千载惟空山。'因大醉，一夕卒。"（卷七《毛炳传》）陆游只用了马氏篇幅的三分之一，集中笔墨写"醉卧道旁"一事，两相对照，陆游《南唐书》之简明扼要而富有文采，是显而易见的。

　　除文笔简洁外，陆游在实录的基础上，往往写得灵活飞动，富有文采。陆游善于通过富于个性的语言来表现人物性格，如寿州之战，刘仁赡引弓射向周世宗未中，投弓于地曰："若天果不佑唐耶？吾有死于城下耳，终不失节。"（卷十三《刘仁赡传》）表现出一位忠义之士难奏奇功的遗憾和杀身成仁的决心。陆游还擅长运用精彩的小故事来表现人物的个性特点，如孙忌躲避追兵时"不顾，坐淮岸，扪弊衣齿虱"（卷十一《孙忌传》），这个细节表现出他镇定自若的品质，为下文孙忌出使后周不辱使命埋下了伏笔。这种手法为司马迁所常用，如《李斯列传》写李斯对厕中鼠的感慨，《酷吏列传》写张汤审鼠断案，《淮阴侯列传》写韩信受胯下之辱等，都为人物后来的性格发展埋下必要的伏笔。陆游是有意学习司马迁的笔法的。

　　在塑造人物形象时，陆游善于择取和铺写那些冲突紧张、矛盾集中的场面，在尖锐的冲突中展现人物性格。作者通过语言、动作和神情描写，选择典型细节来展现人物的内心世界。如：

---

　　① （清）纪昀等撰，四库全书研究所整理：《钦定四库全书总目》（整理本）卷六十六《南唐书提要》，中华书局1997年版，第911页。

王会，庐州庐江人，本名安。少事吴武王，王尝临战，升高冢望敌，安捧唾壶侍侧。左右皆注目前视，忽有卒持稍径趋王，莫能御者，会置壶于地，引弓射之，一发而殪，徐纳弓韣中，复捧壶立，色不变，王喜，抚其背曰："汝器度如此，他日必富贵。"（卷六《王会传》）

睦昭符，金陵人，不知所以进。保大中，为常州县刺史。当吴越之冲，屡交兵，城邑荒残。昭符为政宽简，招纳逋亡，未几遂富实。一日坐厅事，雷雨暴至，电光如金蛇，绕案，吏卒皆震仆。昭符不慑，抚案叱之，雷电遽散。及举案，惟得铁索重百斤，昭符亦不变色。（卷八《睦昭符传》）

朱元数有功，觉忌之，夺其兵，元遂叛降周，诸军悉溃，觉归为枢密使如故。而征古为副使，不以败事自咎。方相与挟齐丘为耐久计，议事元宗前，横甚。元宗尝言及家国，感慨泣下，征古辄曰："陛下当以兵力拒敌，涕泣何为？饮酒过量耶？乳保不至耶？"帝色变，左右股栗，而征古骜然自若。（卷九《陈觉传》）

第一段文字写吴武王杨行密的部下王会在一次战斗中的表现。在敌兵持兵器直奔杨行密的危急时刻，王会"置壶""引弓"，动作迅疾而连贯，"徐纳""复捧"，动作缓慢而有序。作者通过一系列的动作描写和神情描写，未写主人公语言而写杨行密的嘉奖，从侧面烘托，这样就非常到位地写出了人物的"器度"。

第二段文字写县官睦昭符在一次遭遇雷电袭击时的反应。在电光绕案的危急关头，左右"震仆"而睦昭符"不慑，抚案叱之"，同样是不着一字语言描写，通过神情和动作的对比，反衬出主人公临危不惧镇定自若。

第三段文字写佞幸李征古朝会时的表现。陈觉是造成南唐功臣朱元降周的元凶。朱元降周后，南唐军队在战场上一败涂地，但陈觉李征古等人却丝毫不以此自咎。在与元宗议事时，"横甚"二字已为下文张目。

当元宗言及国势飘摇而感慨流涕时,李征古连用三句臣子本不该说的话反诘皇帝。之后写不同人的不同反应,皇帝"色变"感到惊讶,左右"股栗"感到害怕,李征古却"鸷然自若"气势凌人。这样,作者通过人物之间的语言冲突,通过不同人物之间的对比衬托,将一个飞扬跋扈权倾朝野的贼臣刻画得栩栩如生。

第七章 碑志、颂赞、辞赋及其他

　　陆游文除了前面重点论列的序跋、书启、杂记、笔记和史传外，其他文体如碑志、颂赞、辞赋等也颇多佳作，富有文学色彩。总体而言，陆游文呈现出一种众体兼备的创作风貌。

　　陆游写有碑志43篇，其中，碑6篇，墓志铭37篇。《德勋庙碑》（《文集》卷十六）为陆游应张镃之请而作，文风庄重典雅，结构严谨整饬，后列铭文亦整肃劲健，从艺术上看，这是一篇苦心经营的作品。陆游的墓志铭保持了平实自然的文风，无谀墓之作。陆游的墓志对象十分广泛，有老师、同宗、好友、志士、官员、隐士和女子等。陆游以简洁的文字塑造了众多栩栩如生的人物形象。其中，有两类形象最为突出。第一类是爱国志士，如陈彦声、傅凝远、王佐、程宏济等，均为金兵南侵时从容应对击退敌兵的豪杰之士。其中，陈彦声是陆游重点书写的对象。陈彦声为陆游之父陆宰避乱东阳时结识的好友，在动乱中曾有恩于陆宰一家，所以，当陈彦声之子向陆游求写墓志时，陆游毫不推辞："呜呼！是尝有德于予家者，义不可辞。"作者在叙述完陈彦声事亲至孝、训练乡兵、招抚溃卒和义不受官之后，重点写家人避乱东阳时的情景：

　　　　至建炎初，群盗四合，州县复以御贼事属彦声。方是时，所立尤壮伟，及论赏，则又固辞。先君闻之大喜曰："是豪杰士，真可托死生者也。"于是奉楚国夫人间关适东阳。彦声越百里来迎，旗帜精明，士伍不哗。既至，屋庐器用，无一不具者，家人如归焉。居三

年乃归。彦声复出境饯别，泣下沾襟。（《文集》卷三十二《陈君墓志铭》）

"旗帜精明，士伍不哗"，仅仅八字就写出陈彦声的治军严格。前面辅以陆宰赞誉，后面接以家人如归，均从侧面烘托，这样就较为全面地塑造出一个治兵有方的爱国志士形象。

第二类是陆氏家族成员，这些记载如实地反映出墓主的苦学不辍、勤于政事、军事才华和政治才能，反映出陆氏家族人才济济的盛况。"宋兴，历三朝数十年，秀杰之士毕出。太傅始以进士起家，楚公继之，陆氏衣冠之盛，浸复如晋唐时，往往各以所长见于世。"（《文集》卷三十二《右朝散大夫陆公墓志铭》）如陆氏家族的文学之盛，写堂兄陆静之："晚，既久不仕，日诵《左氏传》、《史记》、《前汉书》，率尽两卷，不以寒暑疾恙少废。"（《文集》卷三十三《浙东安抚司参议陆公墓志铭》）堂兄陆沅："自束发至老，无一日废书，尤长于诗，闲澹有理致。"（《文集》卷三十四《陆郎中墓志铭》）堂兄陆洸："天资颖异，数岁能属文，举进士。"（《文集》卷三十五《奉直大夫陆公墓志铭》）再如叔叔陆宷，陆游较为全面地展示了他的政治才能、军事才华、文学才华、善于治家以及乐善好施等诸多品格，而重点写其军事才华。陆宷任职陈留期间，正值金人进犯京师，"（陆宷）召集燕山戍卒数千，杂以保甲，日夜步勒习教，命旧将张宪统之，扼据要害。虏既不能犯，而溃卒亦不为乱。措置号令，赫然有大将风采……方是时，虏剽掠四出，陈留适当其冲，微公几殆"（《文集》卷三十二《右朝散大夫陆公墓志铭》）。陆宷为陆佃第五子，他的这次训练士卒保卫家园的行动堪称是陆佃武学思想的一次实践。

在写法上，陆游墓志表现出灵活多变不拘一格的创作倾向。陆游墓志中不乏鸿篇巨制，如《右朝散大夫陆公墓志铭》《曾文清公墓志铭》《尚书王公墓志铭》《中丞蒋公墓志铭》《朝议大夫张公墓志铭》《朝奉大夫直秘阁张公墓志铭》《监丞周公墓志铭》等，动辄两三千言，但读来却丝毫没有冗长拖沓之感，这与作者驾驭文字的高超能力是密不可分的，主要表现在作者工于剪裁上，他特别擅长选取那些最具有代表性的事件来表现人物性格。如《曾文清公墓志铭》（《文集》卷三十二）写老师曾几，但并非事无巨细全部落墨，而是有详有略，重点写其一生大节，在写其大节时，则重点选择靖康初金人入寇时巧济时艰、因反对秦桧议和而遭罢斥和秦桧卒后高宗广开言路上奏天子注意矫枉过正三个典型事件加以详细铺叙，而写其知识淹博读书勤奋则仅以"公贯通六经，尤长于《易》、《论语》。夙兴，正衣冠，读《论语》一篇，殆老不废"一句带过。在简介生平和世系后，又辅以补笔，重点写其诗学渊源和交游对象。这篇墓志全文共二千八百余字，但因为作者工于剪裁，详略得当，巧于穿插，描写生动，使人读起来全无呆板滞涩之感，因此绝不同于一般冗长的碑版文字。

陆游墓志在章法上平实谨严，作者往往运用伏笔以造成文脉贯通和前后照应的效果。如《尚书王公墓志铭》（《文集》卷三十四）通过细节凸显人物性格，写王佐七岁听同宗王特进讲授《孟子》而能复讲，特进叹曰："吾家积善百年，当有兴者，是子其当之乎？"以极富家族自豪感的语言描写为下文张目。以下写二十一岁廷对而夺头魁、因讽刺秦党而遭论罢和调度物资抵御金兵等事，均由此生发。再如《朝议大夫张公墓志铭》（《文集》卷三十七）以强烈的感慨开篇，慨叹世人多怀才见弃而独标张公之"豪杰"，下文之写其政绩、性格，均由此展开。

陆游碑志的铭文或用四言，四句一章，每章一韵，或用七言，句句押韵，或用三言，语气短促，或用楚辞体，语气舒缓，或用杂言，句式参差错落，总体而言表现出灵活多变的特点。

陆游写有颂赞 24 篇，其中，有关佛道的 16 篇，占全部颂赞的三分之二。这反映出陆游与佛道的密切交游。陆游颂赞中塑造了一些爱国忧民的僧道形象。如《大洪禅师赞》（《文集》卷二十二）中对国事忧心如焚的大洪禅师："发长无心剃，衣破无心补。大洪山上有贼，大洪山下有虎。非但白刃杀尽儿孙，更能一口吞却佛祖。"《钟离真人赞》（《文集》

卷二十二）中生气难夺的钟离真人："五季之乱，方酣于兵。叱嗟风云，率乎人英。功虽不成，气则莫夺。煌煌金丹，秕糠陶葛。"

颂赞中第二类是品行高尚的文人。如《东坡像赞》（《文集》卷二十二）是对苏轼儒雅节操的誉美，《放翁自赞》（《文集》卷二十二）则塑造了一个胸怀大志却怀才不遇的志士形象，又如《崔伯易画像赞》（《文集》卷二十二）中塑造的不慕功名的崔伯易：

> 崔公名公度，字伯易，高邮人。刘相沆举贤良方正，不赴，以任为三班差使。韩魏公荐之，诏易文资，为国子监直讲，亦辞。元祐中，再召为郎，又皆固辞。补外郎，诸公力白于朝，强起为国子司业，讫不肯。复出为郡，以起居郎秘书少监召，亦不肯起。绍圣中，复以为秘书少监，辞如初。遂请宫观，寻致仕。予喜其白首一节，乃求画像于高邮，而为赞曰：
>
> 古之君子，学以为己。可行则行，可止则止。仕以行义，止以远耻。世衰道微，岂复知此。茧茧始学，青紫思拾。万马并驰，孰能独立。始虽弗急，后亦汲汲。我思崔公，涕泪横集。

崔伯易一生先后有六次入仕的机会，被他一一拒绝。陆游对其淡泊名利的品行给予高度赞扬。赞前面的一段文字相当于一篇小序，叙述完整，言简意赅，堪称是崔伯易的一篇个人传记。在艺术上，这篇赞韵散结合，相得益彰。

在书写颂赞时，陆游往往运用口语，呈现出一种活泼新鲜的语言风格。如写宏智禅师"看渠临了一着子，诸方倒退三十里"（《文集》卷二十二《宏智禅师真赞》）。写大慧禅师"平生嫌遮老子，说话口吧吧地"（《文集》卷二十二《大慧禅师真赞》）。写敷净人"光剃头，净洗钵，头头拈起头头活"（《文集》卷二十二《敷净人求僧赞》）。写钱道人"唤作神仙渠不肯，道是凡人我又错"（《文集》卷二十二《钱道人赞》）。

陆游的赋，或写景，或状物，或抒情，或议论，立意高远，见识卓异，语言简洁，风格流畅。《禹庙赋》（《放翁逸稿》卷上）驳斥了大禹治水成功缘于得玄女之符的荒谬之说，而从大禹勤奋不辍和穷水之理两个方面展开论述，条理清晰，说服力强。《丰城剑赋》（《放翁逸稿》卷上）尤能摆脱前人的妄传，指出决定社稷安危的在于人力而绝不是所谓"神物"，"使华开大公，进众贤。徙南风于长门，投贾谊于羽渊。则身名可以俱泰，家国可以两全。彼三尺者，尚何足捐乎！"《虎节门观雨赋》（《放翁逸稿》卷上）在对壮观的雨景进行一番描写后，转入议论："嗟夫！世有绝景，然后发驰骋怪伟之辞；士有奇志，然后悟超绝诡特之观。"《思故山赋》（《放翁逸稿》卷上）抒发在严州为官时的"秦稽之思"，且看其写景的一段：

> 仲秋之杪，木叶既落。残暑告归，霪雨未作。川原奇丽，天宇澄廓。风萧萧而未厉，日晖晖而寖薄。陆子于是被白葛之单衣，蹑青芸之双屦。抱峄阳之宝琴，引华亭之雏鹤。出衡茅，度略彴。傍一叶之轻舟，凌浮天之大壑。白鹭下渚，文鱼出跃。荷盖摧柄，竹枝陨箨。松翳翳以藏寺，柳疏疏而带郭。行欲尽而更赊，望若迩而逾邈。俄而披烟霞，观嵲嵲。千峰嶪峨，万嶂联络。或耸起而鸟骞，或怒奋而兽搏。或雍容而暇豫，或峭厉而刻削。或方行而巍立，或将前而复却。连者如堤，断者如笮。广者如屋，锐者如槊。泄云如甑，蓄雨如橐。或平如燕居之几，或壮如行军之幕。或筋脉奇瘦，如夔魍之欻见；或窍穴穿空，如混沌之初凿。

作者通过写眼前之景抒发思念故乡的情绪。开篇交代具体的时节和天气，"川原奇丽"四字堪称下面写景之总纲。写水，重点以白鹭下滩、文鱼出水和荷叶摧落等景象从侧面点染，写山，则点出"千峰嶪峨，万嶂联络"的总体特点，照应开篇之总纲。之后运用大段排比，气势雄放，淋漓尽致地写出山峰不同状态时的不同特点。作者连用十五个比喻，所选喻体既有日常生活中常见的景象，也有神话传说中的人物，既有自然界的动植物，也有人物的动作和神态，变幻多姿，无一雷同。总体来看，这段文字语言流畅，辞藻华美，音韵和谐，句式层次错落，以四六句为主，而夹杂以杂言，最短句只有三字，最长句则多达十字，排比处则颇为整齐典雅，堪称一篇难得的"美文"。

《自闵赋》（《放翁逸稿》卷上）是陆游晚年之作，是对自己一生际遇的总结：

> 余有志于古兮骋自壮岁，慕杀身以成仁兮如自力于弘毅。视暗室其尤康庄兮凛昭昭之可畏，敢以不赀之身兮冒没于富贵。嗟止不自推兮草奋如犟，余旁睨而窃怪兮抵掌戏歃。吐狂噫之三尺兮论极泾渭，徒拔斋而洁芳兮蹈道则未。念国中孰知我兮去而远游，穷三江而浮七泽兮莫维余舟。赤甲崇崇兮白盐茵茵，东屯之下兮清泉美畴。是可以置家兮予即而谋，忽驰骋而北首兮道阻且悠。宕渠葭萌兮石摧车鞅。云栈剑阁兮险名九州，遂戍散关兮北防盛秋。登高以望兮慷慨涕流，画策不见用兮宁钟釜之是求。归过蜀而少休兮卜城南之秋，筑室凿井兮六年之留。或挽而出兮遗以百忧，奚触而怂兮起为寇仇。惟节士以见疑兮趋以即死，岂摧辱之不置兮尚驰骛而弗止。彼贱丈夫之希世兮顽钝无耻。虽钳于市其犹安受兮何有于诋訾。毁吾车兮殿门，逝将老于故里。

从题目上看，这篇赋与韩愈的《闵己赋》一样，都是抒发自我性情的作品。赋中自述早年壮志，中年入蜀的壮举，老年思乡的心志，充满杀身报国的豪情，其中也交织着岁月蹉跎的无奈、奇谋不用的遗憾和知音难觅的悲哀。关于"画策不见用兮宁钟釜之是求"一句，朱东润先生《陆游传》有一段话很值得注意："近人以为王炎、陆游之间，意见不完全一致，王炎没有采取陆游的主张。这可能是根据《三山杜门作歌》中间两句'画策虽工不见用，悲吒那复从军乐'。但是问题还是有的。陆游画策不为王炎所用，固然是'不见用'，可是陆游、王炎共同的画策，不为南宋最高的统治者所用，也同样是'不见用'。①画策不见用的，除了陆游，还有他的幕主王炎。正是由于孝宗皇帝的摇摆不定，才致使征西大幕星散。而陆游也由此失去了生平唯一一次跃马疆场杀敌报国的机会。在艺术上，这篇赋和韩赋相比，篇幅更长，叙述中夹杂着强烈的抒情，全文以长句为主，构成奔放跌宕的气势，一气流转，豪气与悲壮并存，气势磅礴而又曲折宛转。

陆游写有祭文21篇，其中《祭刘枢密文》《祭朱元晦侍讲文》《祭梁右相文》《祭方伯谟文》《祭周益公文》（以上均载《文集》卷四十一）等均为感情真挚饱满的佳作，堪与韩愈《祭十二郎文》相媲美。再如《祭张季长大卿文》（《文集》卷四十一）：

> 呜呼！世之定交有如某与季长者乎？一产岷下，一家山阴。邂逅南郑，异体同心。有善相勉，阙遗相箴。公醉巴歌，我病越吟。大笑剧谈，坐客皆瘖。公既造朝，众彦所钦。我南入蜀，九折嶔崟。公以忧归，我亦陆沉。久乃相遇，垂涕沾襟。宿好未远，旧盟复寻。驾言造公，公已来临。我倡公和，如鼓瑟琴。送我东归，握手江浔。欲行复尼，顿足噫喑。是实古道，乃见于今。公还为卿，华路骎骎。我方畏谗，潜恐不深。公去我召，如商与参。渺邈天涯，一书万金。我自史闱，进长书林。迫老亟退，突不暇黔。亦尝挽公，力微弗任。比乃闻公，请投华簪。旋又闻讣，天乎难堪。玉树永閟，垄柏已森。何时复闻，正始遗音。渍酒絮中，不及手斟。英魂如生，岂忘来歆。呜呼哀哉！

这篇祭文表达了对好友张季长的无限深情，堪称一篇感人肺腑的至性之文。"呜呼"以下两句振起全篇，交代作者与张季长的深厚情谊。下面分写二人经历，在作者的追忆中，有相遇蜀中与握手作别时的温馨场面，

---

① 朱东润：《陆游传》，中华书局1960年版，第108页。

也有相距遥远无缘再会时的遗憾，有对于友人音信的关切，也有听闻故交零落时的无限哀伤。在艺术上，这篇祭文句式整饬简短，语言洗练优美，通篇用韵，却灵动跳荡。

陆游写有铭文 7 篇，其中多数为砚铭。书写载体的特殊性决定了砚铭的文体特点。砚空间有限，故刻于其上的铭文往往短小精悍。砚为"文房四宝"之一，是文人朝夕不离的书写工具，砚铭往往抒发作者的情志。如《金崖砚铭》："我游三峡，得砚南浦。西穷梁益，东掠吴楚。挥洒淋漓，鬼神风雨。百世之下，莫予敢侮。"（《文集》卷二十二）篇幅短小而气势磅礴，尺幅之中极见作者的性情。又如《钱侍郎海山砚铭》："云涛三山，饰此怪珍。谁其宝之，天子侍臣。煌煌绣衣，福我远民。一字落纸，活亿万人。勿谓器小，其重千钧。从公遄归，四海皆春。"（《文集》卷二十二）借题发挥，小中见大，巧妙地借用砚石表达关心民生疾苦的心情。

陆游写有 3 篇传，《族叔父元焘传》（《文集》卷二十三）塑造了一个勤于读书精通音律的文人形象，《陈氏老传》（《文集》卷二十三）不重在塑造人物形象，而是借讲述陈氏世代为农的故事阐释了自己的农本思想，写法上明显是受韩愈《圬者王承福传》的影响。再如《姚平仲小传》（《文集》卷二十三）：

> 姚平仲，字希晏，世为西陲大将。幼孤，从父古养为子。年十八，与夏人战臧底河，斩获甚众，贼莫能枝梧。宣抚使童贯召与语，平仲负气不少屈，贯不悦，抑其赏，然关中豪杰皆推之，号"小太尉"。睦州盗起，徽宗遣贯讨贼，贯虽恶平仲，心服其沉勇，复取以行。及贼平，平仲功冠军，乃见贯曰："平仲不愿得赏，愿一见上耳。"贯愈忌之。他将王渊、刘光世皆得召见，平仲独不与。钦宗在东宫，知其名，及即位，金人入寇，都城受围，平仲适在京师，得召对福宁殿，厚赐金帛，许以殊赏。于是平仲请出死士研营擒虏帅以献。及出，连破两寨，而虏以夜徙去。平仲功不成，遂乘青骡亡

命，一昼夜驰七百五十里，抵邓州，始得食。入武关，至长安，欲隐华山，顾以为浅，奔蜀，至青城山上清宫，人莫识也。留一日，复入大面山，行二百七十余里，度采药者莫能至，乃解纵所乘骡，得石穴以居。朝廷数下诏物色求之，弗得也。乾道、淳熙之间始出，至丈人观道院，自言如此。时年八十余，紫髯郁然，长数尺，面奕奕有光，行不择崖堑荆棘，其速若奔马。亦时为人作草书，颇奇伟，然秘不言得道之由云。

这篇小传以质实简洁的语言塑造了一个颇具传奇色彩的人物形象。传主姚平仲出身于军人世家，他征战沙场，少年成名；他耿直不屈，为童贯所忌；他战功卓著，为关中豪杰所推重。靖康初，在一次奇袭金营的行动失败后，奔入蜀中成为世外高人。在剪裁上，注重详略，这篇传记重点写了青年抗敌和老年归隐两个情节。写青年抗敌言与西夏战斗，斩获颇丰，带领敢死之士偷袭金营，紧扣"沉勇"二字，结构紧凑，章法井然。又通过敌人惧怕和贵族敬佩从侧面烘托，可谓独具匠心。写老年归隐，则从外貌、神态和动作等多个角度展开，文笔简洁，寥寥数笔即写出一个精神矍铄独具个性的隐者形象。

结语　陆游文文学史定位

通过对陆游的序跋文等七类文体的详细考察与分析，可知陆游文最突出的特征在于强烈的经世之意和鲜明的文学性。注重文章的经世之意与文学特质的有机结合，令陆游文取得了高度的艺术成就。陆游所处的中兴文坛是两宋文发展中的一个重要环节，是继北宋诗文革新运动后宋文发展的第二次高潮。作为中兴文的代表作家，陆游兼取众家之长，而最终又能形成自家面目，在文派林立的中兴文坛上卓然成家。南渡以来的文坛，存在一种"纤巧摘裂""卑鄙俚俗"（《文集》卷十五《陈长翁文集序》）的不良创作倾向，陆游以自己的创作实践，对这种不良创作倾向予以猛烈的批判。他坚持欧苏开辟的道路，使平易畅达的风格得以发扬，在序跋、书启、杂记、笔记和碑志诸体中既有继承又有开拓。陆游以平易自然为主的散文风格，向前继承了欧苏等人开创的优良的古文传统，向后则开启了明清之际的古文创作。那么，陆游文在文学史上的地位如何？对于这一问题的回答，前贤已经做过论断。朱东润先生不止一次地强调："平心而论，他的成就（指文）远在苏洵、苏辙之上。"① 钱锺书先生也曾说过："陆氏古文，仅亚于诗，亦南宋一高手，足与叶适、陈傅良骖靳。"② 本文即在前贤论断的基础上，将陆游文置于唐宋文发展的宏观背景中，与苏洵、苏辙作纵向对比，与陈傅良和叶适作横向对比，

---

① 朱东润：《陆游选集·序》，上海古籍出版社 1979 年版，第 7 页；《陆游的散文》，《陆游研究》，中华书局 1961 年版，第 171 页。

② 钱锺书：《管锥编》第四册，中华书局 1986 年版，第 1442 页。

以期对陆游文的文学史定位有一个比较具体的认识和把握。

一

陆游之子陆子遹在《渭南文集序》中说：

> 先太史之文，于古则《诗》、《书》、《左氏》、《庄》、《骚》、《史》、《汉》，于唐则韩昌黎，于本朝则曾南丰，是所取法。然禀赋宏大，造诣深远，故落笔成文，则卓然自为一家，人莫测其涯涘①。

陆子遹指出陆游文在渊源上取法众家，转益多师的特点，除了吸收先秦两汉的优秀作家的创作经验外，陆游还认真向倡导古文运动的唐宋名家学习。陆游学韩愈，同欧阳修学韩愈一样，主要学其文从字顺的一面，而对已露端倪的奇险深奥倾向弃而不取。陆游学曾巩，主要学其平正自然的风格。在普遍宗法欧阳修、苏轼的乾淳文坛上，陆游也或多或少地受到欧苏两位大家的影响②。陆游于八大家之文，有继承，也有开拓；他并未限于某家某派，而是转益多师，兼取众长，最终形成自家面目，屹然挺立于文派林立的乾淳文坛之上。

北宋欧阳修倡导的诗文革新运动，是对中唐韩愈柳宗元发起的古文运动的回应和继承，成为宋文发展中的一个高峰。苏洵、苏辙父子的散文同入"唐宋八大家"之列，是这个高峰中的代表人物。

第一，从创作数量上来看，陆游文远远超过苏洵而与苏辙不相上下。苏洵文集，现存主要为《嘉祐集》十五卷，共收文 106 篇。苏辙创作颇为宏富，文集有《栾城集》五十卷、《栾城后集》二十四卷、《栾城三集》十卷、《龙川略志》六卷、《龙川别志》四卷，学术著作有《诗集

---

① （宋）陆子遹：《渭南文集原序》，载《陆游集》第五册，中华书局 1976 年版，第 2491 页。

② 王水照、熊海英主编：《南宋文学史》，人民出版社 2009 年版，第 93、109 页。

传》十九卷、《春秋传》十二卷、《论语拾遗》一卷、《孟子解》一卷、《古史》六十卷等。"栾城三集"共收文1220篇。陆游文现存820篇，是苏洵文的七倍多！虽然少于苏辙文，但陆游除单篇文外，尚有《入蜀记》《南唐书》《老学庵笔记》和《家世旧闻》等文集，其文在数量上足可与苏辙相颉颃。

第二，苏洵、苏辙最擅长的几种文体，陆游也不乏佳作，与之相比毫不逊色。苏洵、苏辙最擅长论、书和记三类文体。苏洵长于论，"其学本申、韩，而其行文杂出于荀卿、孟轲及《战国策》诸家"①，其文颇有战国时期纵横家之风，往往以纵横恣肆，气势磅礴见长。苏洵为文主张"言当世之要"，"言必中当世之过。"② 他的政论与史论，均语切实弊，不尚空谈，苏辙说："父兄之学，皆以古今成败得失为议论之要。"③ 苏洵论政之作以《衡论》十篇为代表，这是苏洵系统论述国家政事的专著。《远虑》篇论治国须有腹心之臣，《御将》篇言御将之术，《任相》篇谈任相之法，《养士》篇言人才之重要及养"奇杰之士"以备非常之举，《广士》篇指斥吏治中非贤而举无功受禄，皆立足现实，切中肯綮，是典型的经世之文。《权书》十篇是苏洵系统论述军事战略战术的专著。作者从用兵、治心、强弱、攻守和用间等方面论述了自己的军事见解。尤以《心术论》和《六国论》为代表。前者论为将治心之重要，开篇点题："为将之道，当先治心。"④ 之后以七事分论之，看似各不相属，实则为丝线串珠之法，段落鲜明，章法井然。后者论六国赂强秦而败亡，实则借古讽今，喻指朝廷对强敌契丹之厚赂。在论述时，作者运用多重对比和精妙比喻，动之以情，晓之以理，文风纵横恣肆，结构严谨细密，语言

---

① （明）茅坤：《苏文公文钞引》，载《苏文公文钞卷首》。
② （宋）苏轼：《苏轼文集》卷十《凫绎先生诗集叙》，孔凡礼点校，中华书局1986年版，第313页。
③ （宋）苏辙：《栾城后集》卷七《历代论一并引》，载《苏辙集》，陈宏天、高秀芳点校，中华书局1990年版，第958页。
④ （宋）苏洵：《嘉祐集笺注》卷二《权书》，曾枣庄、金成礼笺注，上海古籍出版社1993年版，第29页。

质朴高古，使文章既有气势又有说服力。苏洵《史论》以《管仲论》为代表，这是一篇立论新颖的翻案文章。历史上的管仲，辅佐齐桓公称霸诸侯，连孔子也对他敬仰三分①。而作者却认为管仲应该为桓公死后齐国霸业盛难为继负主要责任："齐之治世，吾不曰管仲，而曰鲍叔；及其乱也，吾不曰竖刁、易牙、开方，而曰管仲。"② 文章从管仲生前没能选拔人才和死后齐国大乱的历史事实来论证，议论精切，文势婉曲，说服力强，"起伏照应，开阖抑扬。立论一层深一层，引证一段紧一段。似此卓识雄文，方令古今心服"③。

苏辙政论以《新论》三篇为代表，文章持论平允简明，行文纡徐委备，纵谈天下大事，强烈关注现实，如"今世之弊，患在欲治天下而不立为治之地"④，"凡今世之所恃为安者，惟无强臣而已"⑤，均鞭辟入里，深刻精要。史论的代表作是晚年谪居岭南时所作的《历代论》四十五篇。这组文章历数数十位历史人物的功过是非，"论事精确，修辞简严"⑥，既可以构成一个不可分割的整体，也可单独成篇。《汉光武》论述"人主之德，在于知人"⑦，却回顾自汉高祖以来历代帝王知人善任之举，视野宏通，思路开阔。《贾诩》以论贾诩为主，而以曹操等众多历史人物为映衬，时而论述，时而征引，驱遣材料于笔端。《汉文帝》与《冯道》立论新颖，为典型的翻案文章。其他如《管仲》《陈蕃》《荀彧》《苻坚》《牛李》等均为逻辑谨严的佳作。

---

① 《论语·宪问》："管仲相桓公，霸诸侯，一匡天下，民到于今受其赐。微管仲，吾其被发左衽矣。"载杨伯峻译注《论语译注》，中华书局 1980 年版，第 151 页。

② （宋）苏洵撰，曾枣庄、金成礼笺注：《嘉祐集笺注》卷九《杂论》，上海古籍出版社 1993 年版，第 261 页。

③ （清）吴楚材、吴调侯选：《古文观止》卷十，中华书局 1959 年版，第 460 页。

④ （宋）苏辙：《栾城集》卷十九《新论上》，《苏辙集》，陈宏天、高秀芳点校，中华书局 1990 年版，第 347 页。

⑤ （宋）苏辙：《栾城集》卷十九《新论中》，《苏辙集》，陈宏天、高秀芳点校，中华书局 1990 年版，第 351 页。

⑥ （元）脱脱等：《宋史》卷三百三十九《苏辙传》，中华书局 1985 年版，第 10837 页。

⑦ （宋）苏辙：《栾城后集》卷八《历代论二》，《苏辙集》，陈宏天、高秀芳点校，中华书局 1990 年版，第 971 页。

苏洵、苏辙的文，多论政言事之作，关注现实，针砭时弊，是其共同特点。苏洵的《上皇帝书》针对仁宗朝的政治弊端，提出十条革新措施，表达了自己的"忧国之心"。在《上韩枢密书》中他自称"洵著书无他长，及言兵事，论古今形势，至自比贾谊。所献《权书》，虽古人以往成败之迹，苟深晓其义，施之于今，无所不可"①，强调论兵言政就是针对现实而发的。《上文丞相书》言及官吏之滥和吏治腐败，认为取士当"略于始而精于终"②。苏辙的书往往根据不同的对象，以不同的口吻和语气落笔。《上皇帝书》指斥时弊，着语深沉："夫今日之患，莫急于无财而已。财者为国之命，而万事之本。国之所以存亡，事之所以成败，常必由之。""故臣谨为陛下言事之害财者三：一曰冗吏，二曰冗兵，三曰冗费。"③《上韩荆州书》和《上曾参政书》为作者早年之作，充满少年豪纵之气。《答徐州陈师仲书》和《答黄庭坚书》则宛如道家常一样娓娓道来，亲切自然，纡徐备至。写得最成功的当属《上枢密韩太尉书》，文字主旨在希冀韩琦的接见，但却首言为文当有养气之功，次言求天下奇闻壮观以养气，以作文养气引起历见名山大川京华人物，行文纡徐委备，堪称一篇立意新颖的绝妙文章。

苏洵杂记以《木假山记》为代表，文章借木之生材甚难而寓以个人感慨，文势迂回，曲折多变，与其纵横恣肆气势磅礴的政论迥然有别。林希元评之曰："说以木假山，必经历许多磨折跌宕……文字严急峻整，无一句懈怠，愈读愈不厌。"④苏辙杂记以《庐山栖贤寺新修僧堂记》《东轩记》《武昌九曲亭记》《黄州快哉亭记》为代表。作者往往在写景和记事的基础上，或抒情，或议论，事、景、情、理有机融合，浑然一体。《东轩记》以被贬筠州环境之苦引出颜渊之安贫乐道，通过颜渊、自

---

① （宋）苏洵撰，曾枣庄、金成礼笺注：《嘉祐集笺注》卷十一，上海古籍出版社1993年版，第301页。

② 同上书，第314页。

③ （宋）苏辙：《栾城集》卷二十一，《苏辙集》，陈宏天、高秀芳点校，中华书局1990年版，第368页。

④ （明）杨慎编：《三苏文范》，《四库全书》本。

己和世俗之士的多重对比，引发对于士人求道的议论，最后以躬身行道扣题，立意高远。《武昌九曲亭记》首叙九曲亭修建缘起，中间以追忆视角辅以补笔，写其兄苏轼对于山水的喜爱，有则"褰裳先之"，无则"怅然移日"。最后以议论收束全篇："盖天下之乐无穷，而以适意为悦。"①《黄州快哉亭记》紧紧围绕"快哉"二字展开，"快"字在文中先后出现七次之多，绾结缘起并扣题，写景与议论，现实与历史，淋漓尽致地表达出张梦得在谪居生活中怡然自适的情怀。

陆游的政论、书和杂记在质量上与苏洵和苏辙相比并不逊色。陆游文中虽然没有苏洵、苏辙那样篇幅宏大、气势雄壮的策论，但是他呈给皇帝的一些奏议，或论政，或论兵，均为针对现实立论剀切之作。如《论选用西北士大夫札子》论选用西北人才，《代乞分兵取山东札子》论遣奇兵奇袭敌后，《上二府论都邑札子》主张定都建康，《上殿札子》论振作士气，都是立足现实有感而发。他的政论层次谨严，平实自然，虽然有些主张与时人相似，但其特色却在于说得"平易通透"②。陆游的书，或论政，或论学，或论文，均表现出对现实的强烈关注。如《与尉论捕盗书》之论捕盗，《代二府与夏国主书》言与夏通好，《上虞丞相书》对王霸之术的探讨，《答邢司户书》对不良学风的批判，《上辛给事书》将言为心声文不容伪的观点和士之养气相结合。陆游的杂记，立意高远，感情真挚，文学性强，如《静镇堂记》和《铜壶阁记》寄意王炎和范成大恢复中原，《筹边楼记》以主客问答的形式，赞美建楼者忧国忧民的品质，《烟艇记》展现仕与隐抉择时的矛盾心理，《东屯高斋记》对杜甫的深刻理解等。再如《南园记》和《阅古泉记》，虽见讥清议而实无谀辞，且看《阅古泉记》中描写景物的一段文字：

太师平原王韩公府之西，燎山而上，五步一礎，十步一甃，崖

① （宋）苏辙：《栾城集》卷二十四，《苏辙集》，陈宏天、高秀芳点校，中华书局1990年版，第407页。

② 朱东润：《陆游的散文》，《陆游研究》，中华书局1961年版，第174页。

如伏鼋，径如惊蛇。大石礧礧，或如地踊以立，或如翔空而下，或翩如将奋，或森如欲搏。名葩硕果，更出互见，寿藤怪蔓，罗络蒙密。地多桂竹，秋而华敷，夏而箨解。至者应接不暇，及左顾而右盼，则呀然而江横陈，豁然而湖自献。天造地设，非人力所能为者。其尤胜绝之地曰阅古泉，在溜玉亭之西，缭以翠麓，覆以美荫。又以其东向，故浴海之日，既望之月，泉辄先得之。袤三尺，深不知其几也。霖雨不溢，久旱不涸，其甘怡蜜，其寒冰雪，其泓止明静，可鉴毛发。虽游尘堕叶，常若有神物呵护屏除者。朝暮雨旸，无时不镜如也。泉上有小亭，亭中置瓢，可饮可濯，尤于烹茗酿酒为宜。他石泉皆莫逮。

章法井然，文笔洗练，描写细致入微，文风清新自然，是难得的写景佳作，几可与《醉翁亭记》相媲美。

第三，陆游文在文体种类和文学性上要超过苏洵和苏辙。曾枣庄先生将中国古典文学文体分成三大类：文学类文体、非文学类文体和两可性文体。其中，文学类文体主要包括诗歌、小说、戏剧、辞赋、赠序、杂记和哀祭等，非文学性文体主要包括诏令、奏议、公牍和祈祷，两可性文体主要包括书启、序跋、论说、箴铭、颂赞、传状和碑志。曾先生进一步强调："从文学、非文学角度划分文体类别是可能的，但不是绝对的。任何非文学类文体都含有不少文学名篇，任何文学类文体也不是篇篇都堪称文学作品，任何文体都是两可的，都可能有文学作品和非文学作品。决定其是否属于文学是作品本身，而不是文体。"① 苏洵、苏辙生活在北宋王朝政治危机全面爆发和政治革新风起云涌之际，他们的文章言事论政针砭时弊，正迎合了时代的风气。毋庸讳言，苏洵、苏辙政论文中不乏文气盎然之作，但文体本身的实用功能或多或少地造成作品与

---

① 曾枣庄：《中国古典文学的尊体与破体》，《清华大学学报》（哲学社会科学版）2009 年第 1 期。

文学特质的疏离。他们政论文中大量非文学作品的存在，是不争的事实。苏洵、苏辙文集中文体过于集中和"单一"。而陆游众体兼擅，题跋、书启、杂记、笔记、史传、碑志、辞赋、颂赞等各类文体更接近文学性，且各类文体占文总量的比例较为合理。《嘉祐集》中，论 52 篇，书 22 篇，两项合计占其全部作品的 70%。《苏辙集》中，奏议、论状、政论、史论合计达 935 篇，占其全部作品的 77%。且莫说极富文学色彩的山水游记的缺席，就是最能代表宋人文体开拓之功的题跋，数量也极少，苏洵只有 1 篇，苏辙只有 5 篇，而陆游则多达 270 篇。再以苏洵、苏辙较为擅长的书启和杂记而论，书启苏洵有 22 篇，苏辙有 51 篇，陆游有 150 篇，杂记苏洵有 4 篇，苏辙有 24 篇，陆游有 60 篇，陆游均远远超过二人。

通过以上三方面的对比可知，陆游文无论是在数量上还是在质量上，均超过苏洵与苏辙。朱东润先生认为陆游文"远在苏洵、苏辙之上"，是符合文学史的事实的。

二

随着苏辙的过世，以宋六家为代表的北宋散文的高峰告一段落。之后由于党禁、靖康之变和宋室南渡等内忧外患，宋文的发展陷入低潮。至孝宗朝，北宋欧苏之文的典范地位得到确认，元祐法度影响既远且深，宋文发展又进入高潮时期①。这次散文高潮从孝宗乾道、淳熙间延续到宁宗嘉定末，前后约六十年，堪称宋文的中兴时期。这一时期的主要特征，表现为名家荟萃，文备众体，文派孳生，文论勃兴②。以人而论，王十朋、陆九渊、陈亮、朱熹、陈傅良、周必大、杨万里、范成大、辛弃疾、叶适等，均个性突出而成就斐然。以文派而论，则有以朱熹为代表的理

---

① 王水照、熊海英主编：《南宋文学史》，人民出版社 2009 年版，第 98 页。

② 参见朱迎平《乾、淳宋文中兴论》，《宋文论稿》，上海财经大学出版社 2003 年版，第 140—157 页。

学派、以陆九渊为代表的心学派、以陈亮为代表的永康学派和以叶适为代表的永嘉学派等。在文派林立的中兴文坛上，陆游不属于任何派别①，他以自己的不懈努力和勤奋创作而自成一家。

陈傅良（1137—1203），字君举，号止斋，瑞安（今属浙江）人。年少以文名当时，自成一家，人相传诵，从游者常数百人。乾道八年（1172）中进士，历任福州通判、吏部员外郎、中书舍人等职。绍熙四年（1193），光宗不朝重华宫，讽谏不听，自免而归。宁宗即位后复出，"伪学"党禁期间复罢官归乡。嘉泰三年（1203）卒，谥"文节"。陈氏一生著述宏富，著有《止斋集》五十二卷、《春秋后传》十二卷、《历代兵制》八卷、《论祖》四卷、《奥论》六卷、《永嘉先生八面锋》十三卷等。

叶适（1150—1223），字正则，号水心居士，永嘉（今属浙江）人。淳熙五年（1178）进士第二名。尝荐陈傅良等三十四人，皆召用，时称得人。历仕于孝宗、光宗、宁宗三朝，官至权工部侍郎、吏部侍郎兼直学士院。韩侂胄伐金失败，叶适以宝谟阁待制主持建康府兼沿江制置使，因军政措置得宜，曾屡挫敌军锋锐。金兵退，他被进用为宝文阁待制兼江淮制置使，曾上堡坞之议，实行屯田，均有利于巩固边防。后因依附韩侂胄被弹劾夺职。嘉定十六年（1223）卒，谥"忠定"。

陈傅良、叶适之文切中时弊，不尚空谈。永嘉学派以重视事功为显著特点，《宋元学案》谓其"教人就事上理会，步步着实，言之必使可行，足以开物成务"②，与以朱熹为代表的道学和以陆九渊为代表的心学鼎足而立。陈傅良师从于薛季宣，其学问以讲求事功为本："傅良之学终以通知成败、谙练掌故为长，不专于坐谈心性。故本传又称傅良为学，

---

① 杨庆存将陆游与陈亮和辛弃疾一起划入事功派，值得商榷。参见《宋代散文研究》，人民文学出版社 2002 年版，第 168 页。

② （清）黄宗羲：《宋元学案》卷五十二《艮斋学案》，（清）全祖望补修，陈金生、梁运华点校，中华书局 1986 年版，第 1696 页。

自三代秦汉以下靡不研究，一事一物，必稽于实而后已，盖记其实也。"①
其文章务实而不尚虚，"在宋儒之中，可称笃实"，"集中多切于实用之
文"，"无南渡末流冗沓腐滥之气"②。陈傅良"切于实用之文"多集中在
他的奏议之中。如他在任礼部员外郎时一连呈给光宗三封奏札，文中强
调太祖"创业垂统"，"可传之法"在于"爱惜民力为本"，建议皇帝重
视"民力之困极"。其第三札有云：

> 臣来自远方，不知朝廷之费宫掖之奉岁当几何？以所亲见，则
> 天下力竭于养兵，而莫甚于江上之军。故每欲省赋，朝廷以为可，
> 则版曹以为不可。版曹以为可，则总领以为不可。总领所欲以为可
> 矣，奈何都统司不可也。陛下亦孰念之钦？则以都统司所谓之御前
> 军马，虽朝廷不得知；总领所谓之大军钱粮，虽版曹不得与故也。
> 于是乎中外之势分，而职掌不同，事权不一，施行不专矣。职掌不
> 同，则彼此不能以相谋。事权不一，则有无不能以相济。施行不专，
> 则前后不能以相守。故虽欲宽民力，其道无由。③

文章以亲身经历立论，提出"宽民力"的主张，观点鲜明，结构严谨，
层层深入，反复申说，语言平实，堪称"永嘉文体"的典范之作④。

叶适"志意慷慨，雅以经济自负"⑤，其文章多在于"求贤、审官、
训兵、理财，一切施诸政事之间，可以隆国体，济时艰"⑥，他的政论文
如《治势》《财计》《民事》《法度》等均为言之有物平实可行的篇章，

---

① （清）纪昀等撰，四库全书研究所整理：《钦定四库全书总目》（整理本）卷一百五十九
《止斋文集提要》，中华书局 1997 年版，第 2129 页。
② 同上。
③ （明）陈傅良：《陈傅良先生文集》卷二十《吏部员外郎初对札子》，周梦江点校，浙江
大学出版社 1999 年版，第 284 页。
④ 参见王水照、熊海英主编《南宋文学史》第二章"中兴之局与文学高潮"之"'永嘉文
体'与陈傅良"，人民出版社 2009 年版，第 130—133 页。
⑤ （元）脱脱等：《宋史》卷四百三十四《叶适传》，中华书局 1985 年版，第 12894 页。
⑥ （明）王直：《黎刻水心文集序》，载《水心文集》卷首。

其宗旨俱在探求兴衰之理，以求当世之用。再如淳熙十四年（1187），叶适向孝宗上《上殿札子》论恢复大计。奏札开门见山地指出："臣窃以为今日人臣之义所当为陛下建明者，一大事而已；二陵之仇未报，故疆之半未复，此一大事者，天下之公愤，臣子之深责也；或不知所言，或言而不尽，皆非人臣之义也。"之后分九方面（"其难有四，其不可有五"）条分缕析，详细论述了孝宗一朝牵制恢复的诸多要素，而论及其根源则说："奇谋秘画者，则止于乘机待时；忠义决策者，则止于亲征迁都；深沉虑远者，则止于固本自治；高谈者远述性命，而以功业为可略；精论者妄推天意，而以夷夏为无辨。小人之论如彼，君子之论如此"①，指出朝臣鼠目寸光苟且偷安的现状，立论精警，入木三分，以至于孝宗在反复阅览后"惨然久之"②。

陈傅良与叶适均善于文章写作，除盛极一时的经义、策论等时文创作外，在其他文体上也有所建树。陈、叶二人对文章的艺术性均有着自觉的追求。陈傅良论诗文既反对艳词丽藻，也反对佶曲聱牙，而主张平实自然。"论事不欲如戎兵，欲如衣冠佩玉严整而和平；作文不欲如组绣，欲如疏林茂麓窈窕而敷荣。"③ 叶适以珠玉、蔚豹和孔鸾之文采比喻文章之美，"夫文如珠玉焉，人之所挟以自重也。蔚豹之泽必雾隐，孔鸾之舞必日中，快读而疾愈，争传而纸贵，乌有清溷瓦石，芒芒不决耶!"④

陈傅良共写有 54 篇题跋，其题跋充分发挥了题材广泛、体式灵活的特点。如《跋徐荐伯诗集》反对"书生不知兵"的世俗说法，而标举好友徐荐伯诗集有"烈丈夫气"⑤。《跋灵润庙赐敕额》写风俗，包括族居、

---

① （宋）叶适：《水心别集》卷十五《上殿札子》，《叶适集》，刘公纯等点校，中华书局2010 年版，第 830—836 页。

② （元）脱脱等：《宋史》卷四百三十四《叶适传》，中华书局 1985 年版，第 12890 页。

③ （宋）吴子良：《荆溪林下偶谈》卷四"止斋《宋陈益公诗》"，载王水照主编《历代文话》，复旦大学出版社 2007 年版，第 581 页。

④ （宋）叶适：《水心文集》卷十二《罗袁州文集序》，《叶适集》，刘公纯等点校，中华书局 2010 年版，第 226 页。

⑤ （宋）陈傅良：《陈傅良先生文集》卷四十一，周梦江点校，浙江大学出版社 1999 年版，第 521 页。

丧祭、农耕、祈雨等，具有鲜明的地域特色。如关于祈雨的一段描写："每旱，即立视苗槁而乞哀于神，无问不在祀典。日击羊豕，聚群巫鼓舞象龙，或燃指以膏火薄肉供佛。类不效，则祷于龙渡山之神。"①《跋周伯寿画猫》则借画猫写士大夫日常生活情趣："余家有数猫，终日饱食相跳蹦为戏，而不捕鼠。余怪而问人，人曰：'猫之善捕鼠者，日常睡。'"②止斋题跋中最有价值的是那些借题发挥感慨时事的作品。如《欧王帖后》借欧阳修、王安石二公遗墨，引发对"靖康之变"给文化事业造成巨大灾难的感慨③；《跋东坡所记程公逸事》将唐末藩镇求盗略平民充数与本朝艺祖重儒生而除藩镇之弊相对比，引出近岁有官吏"颇袭镇将之旧"，作者希望"改制以防之"④。《跋刘元城帖》借怀念元祐以前深厚之俗表达对于世风的关注⑤。陈傅良在抒发感慨时，往往以第一人称的视角展开，"余"字直接出现在文本中，感情色彩极其浓烈。如《跋赵康公责伪楚书》：

> 余闻京师之祸，子昉以募义兵见囚范琼。世多言靖康无伏节之士，有以宗室所暴白如此，岂无人哉！而皆诬陷于群小。呜呼！悲夫。⑥

> 余每读章氏论役法札子，言温公有爱君爱国之心，而不知变通之术。尝叹息于此。使元祐君子不以人废言，特未知后事如何耳？至读黄门谏疏，又未尝不壮其决也⑦。

---

① （宋）陈傅良：《陈傅良先生文集》卷四十一，周梦江点校，浙江大学出版社1999年版，第526页。

② （宋）陈傅良：《陈傅良先生文集》卷四十二，周梦江点校，浙江大学出版社1999年版，第532页。

③ （宋）陈傅良：《陈傅良先生文集》卷四十一，周梦江点校，浙江大学出版社1999年版，第520页。

④ 同上书，第523页。

⑤ 同上书，第529页。

⑥ （宋）陈傅良：《陈傅良先生文集》卷四十一《跋赵康公责伪楚书》，周梦江点校，浙江大学出版社1999年版，第527页。

⑦ （宋）陈傅良：《陈傅良先生文集》卷四十二《跋苏黄门论章子厚书》，周梦江点校，浙江大学出版社1999年版，第530页。

或写靖康之变时的世风，或写元祐更化时的士风，所关注的都是有关国家前途命运的大事，而着语极其沉痛，感情真挚而强烈。

陈傅良写有 42 篇墓志，其中大多数篇幅不长且按照墓志的一般程式而写，文学价值不高，但个中也不乏佳作。如《胡少宝墓志铭》写墓主性格倔强而不喜饮酒，曾独身漂泊千里而遇金梁之。之后追叙金梁之的逸事：“尝为奉新尉，一旦弃官，变衣服，垢面骂市，难近。即所可意，复危坐讲说，若经生学士然者，最善郑全真也。”① 寥寥数笔，一个狂傲不羁的狂士形象跃然纸上。再如《族叔祖元成墓志铭》追忆自己幼时与族叔祖陈绎之间谈话的温馨场面：“傅良幼也孤，能读书，夜达旦，府君故见爱。一日，挈傅良手至西厅者问焉。曰：‘而欲存此否乎？’傅良不能仰视，但泣下。府君叹曰：‘吾故期汝之有志也，当卒以归汝。’”② 语言简洁，情感深挚，读罢令人感动不已。

叶适“藻思英发”③，“文章雄赡，才气奔逸，在南渡卓然为一大宗”④。其弟子赵汝谠更是标举其文有集大成之功：“以词为经，以藻为纬，文人之文也；以事为经，以法为纬，史氏之文也；以理为经，以言为纬，圣哲之文也；本之圣哲而参之史，先生之文也，乃所谓大成也。”⑤叶适的奏议，立足现实，文风宏肆，一时流布，成为广大士子参加科举撰写策论效法的典范。除此之外，叶适在墓志和杂记两类文体上均取得较大成就。墓志一体，向来冗长板滞谀墓之作甚多。叶适自觉继承了韩愈、欧阳修等人的优良传统，他对墓志之体极为重视，“韩愈以来，相承以碑志、序记为文章家大典册”⑥，他创作墓志旨在如欧阳修那样“辅史

---

① （宋）陈傅良：《陈傅良先生文集》卷四十七，周梦江点校，浙江大学出版社 1999 年版，第 592 页。

② （宋）陈傅良：《陈傅良先生文集》卷五十，周梦江点校，浙江大学出版社 1999 年版，第 624 页。

③ （元）脱脱等：《宋史》卷四百三十四《叶适传》，中华书局 1985 年版，第 12890 页。

④ （清）纪昀等撰，四库全书研究所整理：《钦定四库全书总目》（整理本）卷一百六十《水心集提要》，中华书局 1997 年版，第 1573 页。

⑤ （宋）赵汝谠：《水心文集序》，载《水心文集》卷首。

⑥ （宋）叶适：《习学记言》卷四十九，《四库全书》本。

而行"①。墓主事迹多有不载于正史者，因此他的墓志具有较高的史料价值②。叶适创作的墓志多达 148 篇，几乎占其文集所收作品的一半。叶适以自己的苦心经营为后世读者记录了南宋中期各类人物，而作者往往根据人物的不同身份凸显出不同的精神风貌，"廊庙者赫奕，州县者艰勤，经行者粹醇，辞华者秀颖，驰骋者奇崛，隐遁者幽深，抑郁者悲怆，随其资质，与之形貌，可以见文章之妙"③。如《华文阁待制知庐州钱公墓志铭》叙钱之望在采石之战中建议虞允文鼓舞士气，在隆兴北伐中建议张浚兵分三路，寥寥数笔刻画出一个善于用兵的文人形象。《翰林医痊王君墓志铭》写王克明自幼多疾遍寻良医未果后，愤然自学终成一代名医，颇具传奇色彩。《张令人墓志铭》塑造了一个"不信方术，不崇释老，不畏巫鬼"的奇女子形象。在写其持家有方，性情旷达时，直录充满生活气息的语言："常日有不乐，未尝破声色，其女问何以能忍，曰：'我岂无气性者耶！但写上墓志不得，故不为尔！'"④《郑景元墓志铭》一反世俗称其为"豪士"的说法，而标举其"志士"身份，之后或感慨，或议论，反复申说，层层论列，让人信服。其他如好友、弟子、学者、奇士、妇孺等，均塑造得栩栩如生。叶适墓志在写法上也表现出灵活多变的特点。他对墓主的生平、故里、世考等往往简述甚至只字不提，而将笔墨重点放到对其遭遇的感慨上。如为陈岩、陈傅良和沈有开等撰写的墓志中均穿插以大段的抒情或议论，感情浓烈而出语深挚悲怆。叶适在墓志中还尝试了两人合写的体例，作者在创作时信手拈来收放自如，表现出驾驭语言的高超能力。如《著作正字二刘公墓志铭》写刘夙、刘朔兄弟二人，全文多达两千六百余字，叶适在叙述时有详有略，巧于穿插，文

---

① （宋）赵汝谠：《水心文集序》，载《水心文集》卷首。

② （清）孙衣言《校刊黎本水心文集书后》："集中墓铭之文独多，所载吾乡人物，有可补志乘之缺者。"

③ 吴子良：《荆溪林下偶谈》卷三"水心文章之妙"，载王水照主编《历代文话》，复旦大学出版社 2007 年版，第 563 页。

④ （宋）叶适：《水心文集》卷十四，《叶适集》，刘公纯等点校，中华书局 2010 年版，第 263 页。

脉顺畅而毫无枝蔓拖沓之病。《陈同甫王道甫墓志铭》开宗明义地点明："志复君之仇，大义也；欲挈诸夏合南北，大虑也；必行其所知，不得以丧壮老二其守，大节也；春秋、战国之材无是也。吾得二人焉：永康陈亮，平阳王自中。"① 之后紧紧围绕"三大"展开，分述二人事迹后以议论收束全篇。

叶适杂记很少单纯记事，而往往借助作记对象借题发挥，通过议论阐释对于宇宙人生的认识。如《时斋记》对"时"的发挥，《李氏中洲记》对"中和"之道的阐释，《觉斋记》对"觉"的阐发，均细致入微，切中肯綮。其写景之作如《烟霏记》《北村记》《宝婺观记》等均为文笔简练写景如画的佳作，最优秀的当属《醉乐亭记》，且看其写景的一段：

> 永嘉多大山，在州西者独细而秀，十数步内，辄自为拱揖，高不孤耸，下亦凝止，阴阳附从，向背以情。水至城西南阔千尺，自峙岩私盐港，绿野新桥，陂荡纵横，舟艇各出菱莲中，棹歌相应和，已而皆会于思远楼下。土人以山水所到，斯吉祥也，益深其庵，百金一藏，赇匠施僧，阡垄交植。岁将寒食，丈夫洁巾袜，女子新簪珥，扫冢而祭，相与为邀嬉，城内外无居人焉，故西山之游为最著。

作者对永嘉山水极为谙熟，开头"永嘉多大山"一句点明永嘉之山的总体特点，之后重点写州西之山，抓住其"细而秀"的特点，寥寥数语点染而过。转而重点写永嘉之水和人物活动。写水是"陂荡纵横"，写人是"舟艇各出菱莲中，棹歌相应和"，充满诗情画意。最后写寒食节男女衣着和郊游祭祖的繁盛场面，以"西山之游为最著"照应开篇。这段文字，语言简洁，风格清丽，写出了极具永嘉地域色彩的景物、人物和风土人情，堪称是写景杂记中的精品。

----

① （宋）叶适：《水心文集》卷二十四，《叶适集》，刘公纯等点校，中华书局2010年版，第482页。

钱锺书先生说陆游文可与陈傅良和叶适相骖靳，主要是指陆游与陈傅良、叶适同为南宋散文高潮中的代表人物，又各具特色。陆游文在创作数量、文体的多样性和文学性上明显超过陈、叶二人。《陈傅良先生文集》共收录文章716篇，其中制策、奏札、策问等政论有437篇，占全部作品的61.6%，另外近40%的文章分布于书、启、记、序、题跋和墓志等14类文体中。《水心文集》和《水心别集》共收录文章535篇，其中奏议等政论有132篇，占其全部作品的24.7%，另外四分之三的文章分布于墓志、祭文、记、序、题跋等13类文体中。《渭南文集》收录陆游文章共764篇，其中奏札等政论有82篇，占其全部作品的10.7%，近90%的文章分布于其他22类文体中。

综上所述，陆游文数量众多，题材多样，众体兼备，佳篇迭出，因此我们大抵可以得出这样的结论：陆游文的文学成就要超过苏洵、苏辙两家，而与陈傅良和叶适相比则各有千秋。陆游文纵可入八大家之列，横则为南宋散文高潮期之杰出代表。把陆游置于两宋文一流作家的行列是符合实际的。

主要参考文献

一 基本文献

1. （春秋）李耳撰，陈鼓应注译：《老子注译及评介》，中华书局 1984 年版。

2. （春秋）孔丘撰，杨伯峻译注：《论语译注》，中华书局 1980 年版。

3. （战国）孟轲撰，杨伯峻译注：《孟子译注》，中华书局 1960 年版。

4. （汉）毛亨传，（汉）郑玄笺，（唐）孔颖达等正义：《毛诗正义》，十三经注疏本。

5. （汉）司马迁：《史记》，中华书局 1982 年版。

6. （汉）刘向：《战国策》，上海古籍出版社 1985 年版。

7. （汉）班固撰，（唐）颜师古注：《汉书》，中华书局 1962 年版。

8. （晋）陈寿撰，（南朝宋）裴松之注：《三国志》，中华书局 1959 年版。

9. （晋）陆云撰，黄葵点校：《陆云集》，中华书局 1988 年版。

10. （晋）陶渊明撰，袁行霈笺注：《陶渊明集笺注》，中华书局 2003 年版。

11. （南朝宋）范晔撰，（唐）李贤等注：《后汉书》，中华书局 1965 年版。

12. （南朝宋）刘义庆撰，徐震堮校笺：《世说新语校笺》，中华书局 1984 年版。

13. （南朝梁）刘勰著，范文澜注：《文心雕龙注》，人民文学出版社

1958 年版。

14. （唐）李白著，（清）王琦注：《李太白全集》，中华书局 1977 年版。

15. （唐）刘知几撰，（清）浦起龙释：《史通通释》，上海古籍出版社 1978 年版。

16. （唐）杜佑撰，王文锦等点校：《通典》，中华书局 1988 年版。

17. （唐）韩愈撰，马其昶校注，马茂元整理：《韩昌黎文集校注》，上海古籍出版社 1987 年版。

18. （唐）柳宗元著，吴文治点校：《柳宗元集》，中华书局 1979 年版。

19. （唐）李商隐著，刘学锴、余恕诚集解：《李商隐诗歌集解》，中华书局 1988 年版。

20. （五代）王定保：《唐摭言》，中华书局 1959 年版。

21. （宋）薛居正等：《旧五代史》，中华书局 2003 年版。

22. （宋）欧阳修：《新五代史》，中华书局 1974 年版。

23. （宋）欧阳修撰，李伟周点校：《归田录》，中华书局 1981 年版。

24. （宋）欧阳修著，李逸安点校：《欧阳修全集》，中华书局 2001 年版。

25. （宋）苏洵撰，曾枣庄、金成礼笺注：《嘉祐集笺注》，上海古籍出版社 1993 年版。

26. （宋）司马光等著，（元）胡三省音注：《资治通鉴》，中华书局 1956 年版。

27. （宋）曾巩著，陈杏珍、晁继周点校：《曾巩集》，中华书局 1984 年版。

28. （宋）王安石：《王文公文集》，上海人民出版社 1974 年版。

29. （宋）程颐、（宋）程颢：《二程遗书》，四库全书本。

30. （宋）苏轼著，孔凡礼点校：《苏轼文集》，中华书局 1986 年版。

31. （宋）苏辙撰，陈宏天、高秀芳点校：《苏辙集》，中华书局 1990 年版。

32. （宋）苏辙撰，俞宗宪点校：《龙川略志·龙川别志》，中华书局 1982 年版。

33.（宋）陆佃：《陶山集》，丛书集成初编本。

34.（宋）黄庭坚：《山谷题跋》，丛书集成初编本。

35.（宋）朱弁撰，孔凡礼点校：《曲洧旧闻》，中华书局 2002 年版。

36.（宋）曾几：《茶山集》，四库全书本。

37.（宋）晁公武撰，孙猛校证：《郡斋读书志校证》，上海古籍出版社 1990 年版。

38.（宋）李焘：《续资治通鉴长编》，中华书局 1992 年版。

39.（宋）马令：《马氏南唐书》，四部丛刊续编本。

40.（宋）陆游：《放翁家训》，知不足斋丛书本。

41.（宋）陆游撰，（明）毛晋编：《放翁题跋》，津逮秘书本。

42.（宋）陆游撰，（清）汤运泰注：《唐书注》，清道光刻本。

43.（宋）陆游撰，刘承干补注：《南唐书补注》，民国四年刘氏嘉业堂刻本。

44.（宋）陆游：《陆放翁全集》，中国书店 1986 年版。

45.（宋）陆游：《陆游集》，中华书局 1976 年版。

46.（宋）陆游撰，钱仲联校注：《剑南诗稿校注》，上海古籍出版社 2005 年版。

47.（宋）陆游撰，李剑雄、刘德权点校：《老学庵笔记》，中华书局 1979 年版。

48.（宋）陆游撰，孔凡礼点校：《家世旧闻》，中华书局 1993 年版。

49.（宋）陆游撰，夏承焘、吴熊和笺注：《放翁词编年笺注》，上海古籍出版社 1981 年版。

50.（宋）范成大：《吴船录》，四库全书本。

51.（宋）周辉撰，刘永翔校注：《清波杂志校注》，中华书局 1994 年版。

52.（宋）周必大：《省斋文稿》，四库全书本。

53.（宋）杨万里：《诚斋集》，四部丛刊本。

54.（宋）陈骙撰，张富祥点校：《南宋馆阁录》，中华书局 1998 年版。

55. （宋）朱熹：《朱文公文集》，丛书集成初编本。

56. （宋）吕祖谦：《古文关键》，四库全书本。

57. （宋）陈傅良撰，周梦江点校：《陈傅良先生文集》，浙江大学出版社1999 年版。

58. （宋）陆九渊：《陆九渊集》，中华书局 1980 年版。

59. （宋）辛弃疾著，邓广铭笺注：《辛稼轩诗文笺注》，上海古籍出版社1995 年版。

60. （宋）陈亮：《陈亮集》，中华书局 1987 年版。

61. （宋）叶适：《习学记言》，四库全书本。

62. （宋）叶适撰，刘公纯等点校：《叶适集》，中华书局 2010 年版。

63. （宋）施宿等：《嘉泰会稽志》，宋元方志丛刊本。

64. （宋）李心传撰，徐规点校：《建炎以来朝野杂记》，中华书局 2000年版。

65. （宋）李心传：《建炎以来系年要录》，四库全书本。

66. （宋）真德秀：《文章正宗》，四库全书本。

67. （宋）陈振孙著，徐小蛮、顾美华点校：《直斋书录解题》，上海古籍出版社 1987 年版。

68. （宋）刘克庄撰，王秀梅点校：《后村诗话》，中华书局 1983 年版。

69. （宋）刘克庄著，王蓉贵等校点：《后村先生大全集》，四川大学出版社 2008 年版。

70. （宋）叶绍翁撰，沈锡麟、冯惠民点校：《四朝闻见录》，中华书局1989 年版。

71. （宋）罗大经撰，王瑞来点校：《鹤林玉露》，中华书局 1983 年版。

72. （宋）王应麟：《玉海》，四库全书本。

73. （宋）桑世昌：《兰亭考》，四库全书本。

74. （宋）黎靖德：《朱子语类》，中华书局 1986 年版。

75. （宋）陈鹄：《耆旧续闻》，丛书集成初编本。

76. （宋）杜旃：《癖斋小集》，读画斋重刊本南宋群贤小集。

77. （元）脱脱等：《宋史》，中华书局 1985 年版。

78. （元）刘埙：《水云村稿》，四库全书本。

79. （元）刘埙：《隐居通议》，丛书集成初编本。

80. （元）王构：《修辞鉴衡》，四库全书本。

81. （元）陈绎曾：《文章欧冶》，历代文话本。

82. （元）李淦：《文章精义》，历代文话本。

83. （明）唐锦：《龙江梦余录》，明弘治刊本。

84. （明）杨慎：《三苏文范》，编四库全书本。

85. （明）茅坤：《唐宋八大家文钞》，四库全书本。

86. （明）徐师曾著，罗根泽校点：《文体明辨序说》，人民文学出版社 1962 年版。

87. （明）吴讷著，于北山校点：《文章辨体序说》，人民文学出版社 1962 年版。

88. （明）钟惺著，李先耕、崔重庆标校：《隐秀轩集》，上海古籍出版社 1992 年版。

89. （明）姚广孝等：《永乐大典》，中华书局 1998 年版。

90. （明）何宇度：《益部谈资》，四库全书本。

91. （清）黄宗羲著，（清）全祖望补修，陈金生、梁运华点校：《宋元学案》，中华书局 1986 年版。

92. （清）顾炎武著，黄汝成集释：《日知录集释》，上海古籍出版社 1985 年版。

93. （清）王夫之著，舒士彦点校：《宋论》，中华书局 1964 年版。

94. （清）毛奇龄：《西河文集》，四库全书本。

95. （清）钱曾：《读书敏求记》，续修四库全书本。

96. （清）顾祖禹编纂，贺次君、施和金点校：《读史方舆纪要》，中华书局 2005 年版。

97. （清）彭定求等：《全唐诗》，中华书局 1960 年版。

98. （清）吴楚材、（清）吴调侯：《古文观止》，中华书局 1959 年版。

99. （清）何焯著，崔高维点校：《义门读书记》，中华书局 1987 年版。

100. （清）刘大櫆著，范先渊校点：《论文偶记》，人民文学出版社 1959 年版。

101. （清）董浩等：《全唐文》，中华书局 1983 年版。

102. （清）袁枚著，周本淳标校：《小仓山房诗文集》，上海古籍出版社 1988 年版。

103. （清）纪昀等撰，四库全书研究所整理：《钦定四库全书总目》（整理本），中华书局 1997 年版。

104. （清）赵翼著，王树民校证：《廿二史札记校证》（订补本），中华书局 1984 年版。

105. （清）赵翼撰，霍松林、胡主佑校点：《瓯北诗话》，人民文学出版社 1962 年版。

106. （清）钱大昕：《音韵问答》，昭代丛书本。

107. （清）毕沅：《续资治通鉴》，中华书局 1957 年版。

108. （清）姚鼐：《古文辞类纂》，四部备要本。

109. （清）彭元瑞选：《宋四六选》，丛书集成新编本。

110. （清）章学诚著，叶瑛校注：《文史通义校注》，中华书局 1985 年版。

111. （清）严可均：《全上古三代秦汉六朝文》，中华书局 1999 年版。

112. （清）舒位：《瓶水斋诗话》，清光绪刊本。

113. （清）包世臣：《艺舟双楫》，历代文话本。

114. （清）梁章钜：《退庵论文》，历代文话本。

115. （清）徐松：《宋会要辑稿》，中华书局 1957 年版。

116. （清）曾国藩：《经史百家杂钞》，四部备要本。

117. （清）刘熙载：《艺概》，上海古籍出版社 1978 年版。

118. （清）沈楙悳：《昭代丛书》，道光七年世楷堂刊本。

119. （清）卢世：《尊水园集略》，清顺治刊本。

120. （清）李慈铭撰，由云龙辑：《越缦堂读书记》，上海书店出版社

　　2000 年版。

121.（清）谭献：《复堂日记》，清光绪刊本。

122.（清）陆心源辑：《宋史翼》，中华书局 1991 年版。

123.（清）史学谦：《静学斋偶志》，清嘉庆刊本。

124. 林纾撰，范先渊校点：《春觉斋论文》，人民文学出版社 1959 年版。

125. 陈衍：《石遗室论文》，历代文话本。

126. 刘师培著，舒芜校点：《论文杂记》，人民文学出版社 1959 年版。

127. 续修四库全书编委会：《续修四库全书》，上海古籍出版社 2002
　　　年版。

128.《山阴陆氏族谱》，潘景郑先生题记本。

129. 北京大学古文献研究所：《全宋诗》，北京大学出版社 1991 年版。

130. 曾枣庄等：《全宋文》，上海辞书出版社 2006 年版。

　　二　研究著作

1. 朱东润：《陆游传》，中华书局 1960 年版。

2. 孔凡礼、齐治平：《陆游资料汇编》，中华书局 1962 年版。

3. 朱东润：《陆游选集》，上海古籍出版社 1979 年版。

4. 欧小牧：《陆游年谱》，人民文学出版社 1981 年版。

5. 沈曾植撰，钱仲联辑：《海日楼札丛》，中华书局 1982 年版。

6. 高步瀛：《唐宋文举要》，上海古籍出版社 1982 年版。

7. 曾枣庄：《苏洵评传》，四川人民出版社 1983 年版。

8. 朱东润：《中国文学论集》，中华书局 1983 年版。

9. 周振甫：《文章例话》，中国青年出版社 1983 年版。

10. 钱锺书：《谈艺录》（补订本），中华书局 1984 年版。

11. 王水照：《唐宋文学论集》，齐鲁书社 1984 年版。

12. 齐治平：《陆游传论》，岳麓书社 1984 年版。

13. 曾枣庄等：《宋文纪事》，四川大学出版社 1985 年版。

14. 钱锺书：《管锥编》，中华书局 1986 年版。

15. 马积高：《赋史》，上海古籍出版社 1987 年版。

16. 梁启超：《饮冰室合集》，中华书局 1988 年版。

17. 钱锺书：《宋诗选注》，人民文学出版社 1989 年版。

18. 吴组缃、沈天佑：《宋元文学史稿》，北京大学出版社 1989 年版。

19. 白寿彝：《中国通史》，上海人民出版社 1989 年版。

20. 万陆：《中国散文美学》，中州古籍出版社 1989 年版。

21. 中华书局编辑部：《宋元方志丛刊》，中华书局 1990 年版。

22. 褚斌杰：《中国古代文体概论》（增订本），北京大学出版社 1990 年版。

23. 程千帆、吴新雷：《两宋文学史》，上海古籍出版社 1991 年版。

24. ［韩］李致洙：《陆游诗研究》，台湾文史哲出版社 1991 年版。

25. 姚瀛艇：《宋代文化史》，河南大学出版社 1992 年版。

26. 张晖：《宋代笔记研究》，华中师范大学出版社 1993 年版。

27. 张福勋：《陆游散论》，内蒙古人民出版社 1993 年版。

28. 闻一多：《闻一多全集》，湖北人民出版社 1993 年版。

29. 钱穆：《中国文化史导论》（修订本），商务印书馆 1994 年版。

30. 谭家健：《先秦散文艺术新探》，首都师范大学出版社 1995 年版。

31. 张毅：《宋代文学思想史》，中华书局 1995 年版。

32. 陈柱：《中国散文史》，东方出版社 1996 年版。

33. ［日］佐藤一郎著，赵善嘉译：《中国文章论》，上海古籍出版社 1996 年版。

34. 曹虹：《阳湖文派研究》，中华书局 1996 年版。

35. 孙望、常国武：《宋代文学史》，人民文学出版社 1996 年版。

36. 章培恒、骆玉明：《中国文学史》，复旦大学出版社 1996 年版。

37. 陈钟凡：《两宋思想述评》，东方出版社 1996 年版。

38. 王水照：《宋代文学通论》，河南大学出版社 1997 年版。

39. 陈民生：《宋代地域文化》，河南大学出版社 1997 年版。

40. 钟涛：《六朝骈文形式及文化意蕴》，东方出版社 1997 年版。

41. 刘大杰：《中国文学发展史》，上海古籍出版社 1997 年版。

42. 朱刚：《唐宋四家道论与文学》，东方出版社 1997 年版。

43. 陈振鹏、章培恒：《古文鉴赏辞典》，上海辞书出版社 1997 年版。

44. 沈松勤：《北宋文人与党争——中国士大夫群体研究之一》，人民出版社 1998 年版。

45. 郭预衡主编：《中国古代文学史》，上海古籍出版社 1998 年版。

46. 梁启超：《中国历史研究法》，上海古籍出版社 1998 年版。

47. 袁行霈主编：《中国文学史》，高等教育出版社 1999 年版。

48. 孔凡礼：《古典文学论集》，学苑出版社 1999 年版。

49. 邹进先：《启蒙文学的先驱——龚自珍曹雪芹研究》，黑龙江人民出版社 2000 年版。

50. 莫砺锋：《朱熹文学研究》，南京大学出版社 2000 年版。

51. 郭预衡：《中国散文史》，上海古籍出版社 2000 年版。

52. 张毅：《宋代文学研究》，北京出版社 2001 年版。

53. 张伯伟：《中国古代文学批评方法研究》，生活·读书·新知三联书店 2001 年版。

54. 萧庆伟：《北宋新旧党争与文学》，人民文学出版社 2001 年版。

55. 钱锺书：《七缀集》，生活·读书·新知三联书店 2002 年版。

56. 邱鸣皋：《陆游评传》，南京大学出版社 2002 年版。

57. 杨庆存：《宋代散文研究》，人民文学出版社 2002 年版。

58. 漆侠：《宋学的发展与演变》，河北人民出版社 2002 年版。

59. 余英时：《士与中国文化》，上海人民出版社 2003 年版。

60. 朱迎平：《宋文论稿》，上海财经大学出版社 2003 年版。

61. 刘叶秋：《历代笔记概述》，北京出版社 2003 年版。

62. 侯外庐：《中国思想史纲》，上海书店出版社 2004 年版。

63. 余英时：《朱熹的历史世界：宋代士大夫政治文化的研究》，上海三联书店 2004 年版。

64. 朱自清：《朱自清选集》，人民文学出版社 2004 年版。

65. 曾枣庄：《中国文学家大辞典·宋代卷》，中华书局 2004 年版。

66. ［美］宇文所安著，郑学勤译：《追忆：中国古典文学中的往事再现》，生活·读书·新知三联书店 2004 年版。

67. 鲁迅：《鲁迅全集》，人民文学出版社 2005 年版。

68. 陈飞：《中国古代散文研究》，福建人民出版社 2005 年版。

69. 沈松勤：《南宋文人与党争》，人民出版社 2005 年版。

70. 莫砺锋：《古典诗学的文化观照》，中华书局 2005 年版。

71. 陈伯海：《中国诗学之现代观》，上海古籍出版社 2006 年版。

72. 于北山：《陆游年谱》，上海古籍出版社 2006 年版。

73. 曾枣庄：《宋代文学与宋代文化》，上海人民出版社 2006 年版。

74. 王水照：《历代文话》，复旦大学出版社 2007 年版。

75. 欧明俊：《陆游研究》，上海三联书店 2007 年版。

76. 邹志方：《陆游研究》，人民出版社 2008 年版。

77. 曾枣庄：《宋文通论》，上海人民出版社 2008 年版。

78. 王水照、熊海英：《南宋文学史》，人民出版社 2009 年版。

79. 邓乔彬编：《第五届宋代文学国际研讨会论文集》，暨南大学出版社 2009 年版。

三 论文

1. 曾枣庄：《苏洵与北宋古文革新运动》，《四川师院学报》1981 年第 1 期。

2. 朱仲玉：《陆游的史学成就》，《浙江学刊》1983 年第 4 期。

3. 曾枣庄：《苏辙对北宋文学的贡献》，《四川师院学报》1984 年第 4 期。

4. 任爽：《南唐党争试探》，《求是学刊》1985 年第 5 期。

5. 王立群：《入蜀记：向文化认同意识的倾斜》，《河南大学学报》（哲学社会科学版）1987 年第 5 期。

6. 张福勋：《老学庵笔记中的诗论》，《包头教育学院学报》1989 年第 1 期。

7. 徐志啸：《论陆游的散文》，《青大师院学报》1996 年第 1 期。

8. 洪本健：《苏洵苏辙散文创作比较论》，《江海学刊》1996 年第 4 期。

9. 傅明善：《近百年来陆游研究述评》，《中国韵文学刊》2001 年第 1 期。

10. 傅璇琮、孔凡礼：《陆游南郑从军诗失传探秘——兼论南宋抗金大将王炎的悲剧命运》，《文学遗产》2001 年第 4 期。

11. 冯丽君：《论宋代山阴陆氏家族对陆游的影响》，《绍兴文理学院学报》2003 年第 3 期。

12. 莫砺锋：《读陆游〈入蜀记〉札记》，《文学遗产》2005 年第 3 期。

13. 刘石：《陆游的书法》，《文史知识——纪念陆游诞辰 880 周年专号》2005 年第 11 期。

14. 白振奎：《陆游〈老学庵笔记〉中的秦桧家族群像》，《古典文学知识》2008 年第 3 期。

15. 江弱水：《互文性理论鉴照下的中国诗学用典问题》，《外国文学评论》2009 年第 1 期。

16. 曾枣庄：《中国古典文学的尊体与破体》，《清华大学学报》（哲学社会科学版）2009 年第 1 期。

17. 王水照：《南宋文学的时代特点与历史定位》，《文学遗产》2010 年第 1 期。

18. 王水照：《宋代文学研究的前沿问题》，《华南师范大学学报》（社会科学版）2010 年第 1 期。

19. 邢蕊杰：《数据化时代陆游研究的多维度呈现——纪念陆游诞辰 890 周年国际学术研讨会综述》，《绍兴文理学院学报》（哲学社会科学版）2015 年第 6 期。

20. 高利华：《陆游研究三十年述评》，《文学遗产》2016 年第 5 期。

后　记

　　本书是在我的博士论文《陆游文研究》的基础上修改而成。早在读硕士期间，我就对陆游其人其文产生了浓厚的兴趣。硕士二年级时我制定了一份陆游诗文的四角号码人名索引，对陆游的交游情况进行了详细考察。陆游诗文数量浩繁，研究其诗文，不患材料不足，而患粗细杂陈选择不精。我一遍一遍地细读文本，一次又一次地苦思冥想：陆游是个什么样的人？在失眠的夜晚，在等公交车的间隙，在和女儿一起玩耍的时候，我一直在琢磨：陆游是个什么样的人？

　　　陆游是性格狂放的乐天派，是慈祥可爱的父亲，是田间地头的劳作者，是普通百姓的朋友，是书法家，是医药学家，是藏书家，是关心民瘼的好官员，是纵酒高歌的诗人，是知识渊博的学者，是一生追求恢复中原的爱国志士。也许这一切还不足以概括陆放翁的全貌。

　　整个宋代，统治者面对的外患始终十分严重，辽、西夏、金、蒙元，北部边境的警报不断拉响。这种空前的危机使得宋代文人的参政意识和忧患意识较之汉唐更为高涨。陆游出生在北宋亡国前夕，时代的风雨，父辈的悲愤，老师的教导，使得陆游成为"那个时代充满灾难、陷入危机的土地上的诗魂"①。

---

　　① 杨义：《陆游：诗魂与越中山水魂》，《文学遗产》2006 年第 3 期。

作为爱国志士，陆游是同时代的文人中抒写与歌颂"兵魂"最为集中最为持久的诗人。"死去元知万事空，但悲不见九州同。王师北定中原日，家祭无忘告乃翁。"（《示儿》）这是诗人最后的呼声，也发出了时代的最强音。北宋亡国以后，恢复中原中兴大宋成为时代主题。这种主题的呈现与表达，体现在陆游所有的作品之中——除了诗词之外，还有文章。

陆游不仅是一位诗人，还是一个善写文章的大手笔，是一个学识淹贯的学者。陆游的祖父陆佃是著名学者，父亲陆宰是大藏书家，在父亲的严厉督促下，陆游从小就热爱读书，他写诗回忆说："我生学语即耽书，万卷纵横眼欲枯。"（《解嘲》）读书，是学者生活的重要组成部分。莫砺锋先生指出："陆游读书还有另一个用处，那就是他已经把读书视为其日常生活的重要内容，甚至是其生命中不可割裂的一部分。"[1] 在陆游的诗中，黄卷青灯，成为屡见不鲜的题材。

白发无情侵老境，青灯有味似儿时。（《秋夜读书每以二鼓尽为节》）

天涯怀友月千里，灯下读书鸡一鸣。（《冬夜读书忽闻鸡唱》）

投老难逢身健日，读书偏爱夜长时。（《冬夜》）

旧业虽衰犹不坠，夜窗父子读书声。（《读书》）

陆游一生仕途坎坷，辗转流离，虽屡遭打击却始终心怀社稷苍生，"残虏游魂苗渴雨，杜门忧国复忧民"（《春晚即事》）。他内养浩然正气，外炼强健体魄，以英雄自命，以志士自期，崇拜并赞美李广、刘琨、诸葛亮、檀道济等英雄人物。

① 莫砺锋：《陆游诗歌中的学者自画像》，《古典诗学的文化观照》，中华书局 2005 年版，第 153 页。

> 射虎将军老不侯，尚能豪纵醉江楼。（《芳华楼夜宴》）
> 低昂未免闻鸡舞，慷慨犹能击筑歌。（《自咏》）
> 《出师》一表千载无，远比管乐盖有余。（《游诸葛武侯书台》
> 塞上长城空自许，镜中衰鬓已先斑。（《书愤》）

他渴望建立不世之功，虽年华老去而激情不衰。

> 丈夫五十功未立，提刀独立顾八荒。（《金错刀行》）
> 老子犹堪绝大漠，诸君何至泣新亭。（《夜泊水村》）
> 一闻战鼓意气生，犹能为国平燕赵。（《老马行》）

英雄志士是陆游的核心身份，陆游文是典型的志士之文，以战士自命的他在创作时追求文章的战斗力，这造成了他相当一部分文章充满锋芒、是非分明、识见敏锐的特点。这是陆游文章中最有个性、最有价值的地方。

本书是我的第一部学术著作，书稿凝结了邹进先老师大量的心血。我有幸成为邹老师门下为数不多的硕博连读的弟子之一，跟从邹老师问学七年。邹老师教导我做学问要踏踏实实，有一份材料说一分话；要心细如发；要坐得住板凳，耐得住寂寞。刚读硕士时我二十四岁，还是一个有些青涩的毛头小子，而今已近不惑之年，却迄无所就，不胜惶恐之至。感谢老师对我论文的指导，对那密密麻麻的修改建议我记忆犹新；感谢老师年逾古稀，特意为我的书稿作序。面对恩师的教诲，除了感动，唯有惭愧。我只有用加倍的努力来回馈恩师的培养与期待。

感谢姚立江老师，是他带我进入古代文学的知识殿堂，并坚定了我从事学术研究的决心。感谢我的爱人李书兰女士，是她多年以来默默的付出与支持，使我得以安心读书治学。

最后，将拙作《题〈剑南诗稿〉》二首录于书末。

白首衰翁立斜阳，重游故地两茫茫。
惊鸿照影春如旧，绝等伤心是陆郎。

持剑英雄未有期，放翁心事复谁知。
南山射虎沈园柳，爱恨一生尽付诗。

2018 年 6 月 25 日清晨于哈尔滨